dtv

Unverhofft erbt Severin Somm ein Haus in Gspona, einem Bergdorf mit Einwohnern, die Gspona noch nie verlassen haben. Mit dem Haus erbt Somm auch dessen Bewohnerin: die schöne, aber verschlossene Lucrezia, die lebenslanges Wohnrecht dort geniesst. Somm ist guter Dinge, als er in Gspona ankommt, nach kurzer Zeit beherrscht er auch die Kunst des Einheizens ohne Zentralheizung. Dann findet er in seinem Haus einen zugemauerten Raum, in dem sich geheimnisvolle Zeichnungen und Truhen mit Kinderkleidung befinden. Welches Geheimnis birgt dieser Raum? Während Severin Somm dem Drama, das sich vor fünfzig Jahren hier abspielte, auf die Spur kommt und sich zugleich Lucrezia nähert, beginnt der Berg zu beben ...

»Ich beginne gegen 22 Uhr zu lesen. Gegen 3.30 Uhr weiss ich alles über Fortunat und Severin und Gspona. Dazwischen habe ich vergessen, auf die Uhr zu sehen; leider auch zu schlafen. Formale und erzählerische Rasanz und grosse Raffinesse braucht das, wenn einer sich in eine Gegend begibt, in die die Handys nicht hineinreichen, und da wird es natürlich spannend. Gruselig übrigens auch!« (Birgit Vanderbeke)

Urs Augstburger, geboren 1965 in Brugg, Journalist, lebt und schreibt in Ennetbaden (Aargau). Von Augstburger sind ausserdem erschienen: ›Für immer ist morgen‹, ›Chrom. Eine Basil-Bast-Produktion‹ und ›Gatto Dileo‹.

Urs Augstburger

Schattwand

Ein Bergdrama

Deutscher Taschenbuch Verlag

Von Urs Augstburger
sind im Deutschen Taschenbuch Verlag erschienen:
Für immer ist morgen (20257)
Chrom. Eine Basil-Bast-Produktion (20605)

Für L. und H. Augstburger

Ungekürzte Ausgabe
November 2005
Deutscher Taschenbuch Verlag GmbH & Co. KG,
München
www.dtv.de

Umschlagkonzept: Balk & Brumshagen
Umschlaggestaltung: Stephanie Weischer
unter Verwendung einer Fotografie von
© Visum / buchcover.com / H. Mall / mallpictures
Satz: Fotosatz Reinhard Amann, Aichstetten
Gesetzt aus der Bembo 10/12,25
Druck und Bindung: C. H. Beck, Nördlingen
Gedruckt auf säurefreiem, chlorfrei gebleichtem Papier
Printed in Germany · ISBN 3-423-20857-0

1.

Die Erbschaft

Fortunat Wiler starb in der Nacht, als Noah gezeugt wurde.

Am Morgen darauf ging Jan Somm wie gewohnt zur Arbeit, schlitzte einen Wolf auf und nahm ihn aus. Das Fell legte er in die Gerblösung. Sorgfältig begann er einen neuen Körper zu modellieren. Der ursprüngliche war mit Schrot vollgepumpt. Ein Walliser Bauer hatte dem Wolf Nacht für Nacht aufgelauert und ihn schliesslich erwischt, diesseits der Landesgrenze, wie er beteuerte, auf seinem Grund und Boden! Aus Rache für drei gerissene Schafe – und auch aus Prinzip – schoss er die Bestie in Stücke.

Neun Wochen später war der Wolf wie neu und Jan Somm erhielt zwei Anrufe.

Der erste kam von einem Treuhandbüro. Der Notar hiess Gebhardt, er begegnete Jans Verblüffung burschikos. Ob Herr Somm es für möglich halte oder nicht, sei unwichtig, Tatsache bleibe, dass Fortunat Wiler in der Nacht auf den dreiundzwanzigsten des vorletzten Monats verstorben sei. In seinem Testament habe er ihn, seinen Nachbarn Severin Somm, be …

»Jan«, korrigierte er.

»Severin ist nicht der Rufname?«

»Jan!« berichtigte er ein zweites Mal.

Jan hatte ihn sein Stiefvater nach seinem Stiefgrossvater getauft. Den Namen Severin hingegen, da konnten die Mutter und der Stiefvater noch so protestieren, hatte er von seinem leiblichen Vater, dem Extrembergsteiger Matthäus Somm. Er allein durfte ihn Severin nennen, hatte Jan Somm im Alter von dreizehn Jahren entschieden, dieser bärtige Mann, den er nur aus seinen Träumen kannte. Er war kurz vor seiner Geburt nach Feuerland gereist. Jan hatte grosses Verständnis für diese Expedition aufgebracht. Früher. Als Kind. Nur wegen ihm hatte der Vater ja nicht auf die abenteuerliche Erstbesteigung verzichten können.

Dass sie seine letzte würde, hatte keiner gewusst.

Wenn der Verschollene in Jans kindlichen Tagträumen auferstand, schwanden die letzten Zweifel. Der Vater, stellte er dann fest, hatte wie er den Blick für die wichtigen Dinge des Lebens. Er sah Severins selbstgebautes Rollbrett und kaufte ihm umgehend das neue Wings-Board mit den teuren, weichen Rollen ...

»Severin Jan Somm also, um präzis zu sein!« Der Notar war in Eile. Die Art der Erbschaft dürfe er ihm telefonisch zwar nicht mitteilen, sie sei aber nicht unbedeutend. Jan solle ihn morgen in Wilers Haus treffen, er hätte da ohnehin zu tun.

Jan willigte verdutzt ein.

Seit Jan dem Nachbarn eines Nachts unter zweifelhaften Umständen in seinem Garten begegnet war, hatte sich Fortunat Wiler nicht mehr blicken lassen. Aus Schamgefühl, hatte Jan vermutet, nun kannte er den wahren Grund. Er ging zum Fenster. Wilers Haus sah aus wie immer, die Fensterläden im oberen Stock waren geschlossen, wie sie es stets gewesen waren, seine Zierpflanzen welkten wie jeden Herbst beharrlich dem Winter entgegen.

Wiler tot! Jan schüttelte verwundert den Kopf. Und er hatte ihn in seinem Testament berücksichtigt. Den Nachbarn, mit dem er selten mehr als Grussworte gewechselt hatte!

Gestorben war er in der Nacht auf den dreiundzwanzigsten des vorletzten Monats. Das Datum hatte Jan während des Gesprächs mit dem Notar spontan auf einen Zettel gekritzelt. Er startete den Psion. Ein Geschenk von Cécile, einer aus der

5mxer-Serie, wie sie betonte, ausgefeilter als die normalen 5er, weil endlich mail- und netztauglich. Jan bestritt es nicht. Er gewöhnte sich so an seinen neuen Begleiter, dass er nun mit einer einzigen fliessenden Bewegung den Steuerstift aus der Halterung ziehen und fast ohne hinzuschauen am richtigen Ort auf den Bildschirm tocken konnte. Sein Leben der vergangenen Wochen tat sich auf. Nach kurzer Suche bestätigte ihm der entsprechende Eintrag die vage Vermutung: Wiler war tatsächlich in der Nacht gestorben, in der ihn Cécile besucht hatte!

Eine Nacht der Ekstasen, eine jener Nächte, die ihrer bröckelnden Beziehung Erinnerungen und Versprechungen für weitere Wochen schenkte. Jan beobachtete, wie der Giebel von Wilers Dach in der einbrechenden Dunkelheit verschwamm.

In derselben Nacht hatte er Wiler vor seinem Fenster erwischt.

Das Handy meldete fiepend den Eingang einer Meldung. Während er sie auf das Display holte, fragte er sich, weshalb Cécile nicht gleich angerufen hatte. Weshalb sie nie einfach nur anrief! Als einzige in seinem Bekanntenkreis jagte sie SMS-Nachrichten durchs Telefonnetz, worauf er zurückzurufen hatte. Nur einmal war nicht sie die Absenderin gewesen. Eine Nokia hatte ihm letzten Februar verspätet ein successvolles neues Jahr gewünscht.

Er solle sie im Büro anrufen, lautete Céciles Mitteilung.

Als sie den Raumlautsprecher ausgeschaltet hatte, klang sie noch immer bedrückt. Er erzählte von der Erbschaft, dabei kam er auf ihre letzte gemeinsame Nacht zu sprechen. Anzüglich fragte er, ob sie sich davon erholt habe.

»Nein. Ich … ich bin schwanger.«

Jan sagte lange nichts und dann einige falsche Dinge.

Sein Abendessen bestand aus einer Schüssel Salat, gefolgt von Käse und Brot und drei Tassen Kaffee. Im Fernseher lief die Tagesschau. Er schaute nur kurz hin. Der gewaltsame Tod seines Wolfes sorgte dank hartnäckiger Tierfreunde für Schlagzeilen. Erneut oder ein letztes Mal, er wusste es nicht, es interessierte ihn nicht mehr.

Neue Probleme verdrängten die alten.

Cécile hatte grusslos aufgehängt. Seine Entschuldigungsversuche verhallten seither auf ihrem Beantworter oder versickerten als SMS-Meldungen und Mails im Netz. Vielleicht hatte seine unverhohlene Hoffnung auf Abtreibung zu schnell den Schreck abgelöst, den ihm die Nachricht eingejagt hatte. Nachträglich bereute er seine Reaktion. Doch gab es eine andere Lösung? Ihre Beziehung war im Endstadium, das wussten sie beide. Er wollte kein Kind, sie wollte keines. Hatte sie zumindest immer gesagt.

Abgesehen davon – wurde man so Vater? In jener Nacht hatte er wie immer ihr Spiel mitgemacht, die Anweisungen in ihren Mails umgesetzt, die gemeinsame Nacht vorbereitet. Zu Beginn ihrer Beziehung waren ihre Regieanweisungen noch altmodische Briefe gewesen. Ihre sexuelle Offenheit hatte Jan erschreckt und zugleich erregt. Weil er sie nicht enttäuschen wollte, war er stets in die beschriebene Rolle geschlüpft. Es war ihm nicht so schwergefallen, Céciles sexuelle Phantasien hatten eine fast männliche Unverfrorenheit.

Die Briefe, später die Mails, waren zum Ritual geworden. Cécile schickte sie jeweils los, bevor sie in Lausanne wegfuhr. Das gab Jan zwei Stunden Zeit, sich in die aktive Rolle einzufühlen. Sie, die eigentliche Regisseurin, mutierte während der Herfahrt erstaunlicherweise zur passiven Mitspielerin.

Cécile beschränkte sich schon lange nicht mehr auf Situations- und Rollenspiele. Ihre Anweisungen gediehen mittlerweile zu literarischen Fingerübungen. Jan vermutete darin ihren eigentlichen Zweck. Sie schrieb auch erotische Kurzgeschichten, nur hatte sie bisher keinen Abnehmer dafür gefunden.

Was hatte das alles mit Kindern zu tun? Verdammt, zeugte man etwa so ein Kind? In einem Netz an der Decke schwebend, beobachtet von diesem…! O nein, Kinder machte man in einem Pariser Hotelzimmer im Frühling oder auf einem Barchentlaken in einem verschneiten Chalet in den Bergen oder im eigenen Schlafzimmer, in einer lauen Julinacht, mit überströmenden Gefühlen jedenfalls und der richtigen Einstellung: dem Wunsch, eine Familie zu gründen!

Den hatte er nicht.

Wiler ging ihm nicht aus dem Kopf. Er trat ans Fenster. Das Licht aus seinem Wohnzimmer fiel auf eine von Wilers verstümmelten Tannen. Sie waren allesamt geköpft, das obere Drittel fehlte. Sie würden ihm zuviel Licht nehmen! hatte Wiler ihm erklärt, als er wieder mal in den Ästen herumgeturnt hatte. Nach einer kurzen Pause hatte er hinzugefügt: »Man darf sie nie in den Himmel wachsen lassen!«

Wort für Wort erinnerte sich Jan daran, weil die Binsenwahrheit so gar nicht zu Fortunat Wilers Gesichtsausdruck gepasst hatte. Zum unaussprechlichen Schmerz, der für Sekunden seine Züge entstellt hatte.

Jan setzte sich an die Werkbank im Arbeitszimmer. Aus der Schublade zog er einige seiner Modellierdrähte. Spielzeug für seine nervösen Finger. Die Nachricht von Wilers Tod, die Erbschaft, beschäftigte ihn mehr als Céciles Testergebnis, stellte er fest. Davon fühlte er sich seltsam unbetroffen. Als hätte sie sich nur ein neues Spiel ausgedacht, als wolle sie so ihrer Beziehung neue Dringlichkeit einimpfen. Den Treuhänder aber, fiel ihm ein, hätte er nach der Todesursache fragen sollen. Herzinfarkt? Hatte er den Spanner in jener Nacht zu sehr erschreckt? Wiler war in seinen Garten zurückgerannt – in einem erstaunlichen Tempo für einen Siebzigjährigen.

War er schuld an seinem Tod? Er starrte auf die Tischplatte. Seine Finger hatten aus Drahtstücken ein Häuschen geformt.

»... und vermache also das Anwesen ›Zur Schmiede‹ in Gspona meinem Nachbarn Severin Jan Somm«, zitierte der Treuhänder die betreffende Stelle in Fortunat Wilers letztem Willen.

»In ... wo?«

»In Gspona, Herr Somm. Gspona! Herrliches Klettergebiet, kennen Sie nicht? Hoch in den Bergen, auf einer Art Plateau gelegen, dicht an der Grenze zu Italien.«

Jan musterte Gebhardt. Er räkelte sich in Fortunat Wilers ehrwürdigem Ohrensessel. Der Notar trug Jeans und ein kariertes Hemd, sein Haar war strubblig, sein Gesicht braungebrannt, die sehnigen Arme wirkten austrainiert. Seine hellen Augen blinzelten vergnügt. Er glich einem fanatischen Triathleten, seine Arbeit machte ihm trotzdem Spass.

Die Türklingel liess ihn aus dem Sessel hochschnellen. Er stand bereits im Flur, als Jan fragte, ob man eine Erbschaft annehmen müsse.

»Müssen muss man nur sterben!« rief Gebhardt zurück. Er ging zur Haustür. Jan hörte, wie er das nächste Ehepaar mit Kleinkind zur Hausbesichtigung begrüsste und die besonderen Umstände erklärte. Fortunat Wiler hatte den Verkauf seines Hauses verfügt. Verwandte lebten nicht mehr. Den Zuschlag würde jener Interessent erhalten, der es im bestehenden Zustand übernahm, inklusive der Fehlkonstruktion von Wintergarten. Sie raubte dem gesamten unteren Stock das Licht. Eingeschlossen auch Wilers Bauernmalerei auf den selbstgeschreinerten Einbauschränken. Naiv war Gebhardts diplomatischer Begriff dafür.

»Genau so wie es ist?« Jan hatte auf Wilers kurze Arbeitshose gedeutet. Sie lag zusammengefaltet auf der Kommode im Gang, als wäre er nur schnell duschen gegangen.

»Exakt im bestehenden Zustand! Unter uns: Spielt das eine Rolle? Später kann der Käufer damit ja machen, was er will!«

Über der Kommode hing eine kleine Pinnwand mit verschiedenen Zetteln. Auf einem war die Nummer der Hauspflege notiert. Jeden Abend um sechs Uhr hatten sie ihm das Abendessen gebracht. Direkt darunter der grünweisse Werbekleber einer Krankenkasse mit dem Slogan: Bewusst leben!

»– heisst auch bewusst sterben!« hatte Wiler mit Kugelschreiber hinzugefügt.

»Wie ... wie ist er gestorben?«

»So wie er wollte!«

Jan hatte Gebhardt verständnislos angeschaut.

»Exit. Na, Sie wissen schon: Sterbehilfe!«

»Aber ... weshalb?«

»Wiler hatte Krebs. Letztes Stadium. Sie waren sein Nachbar, Sie wissen ja, wie sehr er gelitten hat.«

Er wusste nichts, war Jan in diesem Moment klargeworden. Weder von Wilers Leiden und Sterben, noch von seiner Verbindung zu diesem Bergdorf, Sponatsch oder wie es heissen mochte. Jan verliess das Wohnzimmer. Mit einer Handbewegung bedeutete er Gebhardt, er wolle sich umschauen. Der erklärte dem Ehepaar im fensterlosen Raum gerade, der Besitzer habe eben die Dunkelheit geliebt. Hier habe er immer gesessen, ohne jegliches Aussenlicht, habe gelesen oder nur ... nur nachgedacht. »Klavier gespielt, vielleicht!« fügte die junge Frau hinzu. Sie hob den Deckel und klimperte eine Kindermelodie.

»Ist ... er hier gestorben?« fragte sie.

»Nein, nein, im Spital!« sagte Gebhardt. Er hatte sich in einen talentierten Immobilienmakler verwandelt.

Sein Schwindeln irritierte Jan. Er ging die Treppe hinunter. Die Räume der Einliegerwohnung musste Wiler als Atelier genutzt haben. Bis auf die Bilder an den Wänden war es leer. Jan verschaffte sich einen Überblick. Alle zeigten denselben, einzelnen Berg. Oder eher eine Felswand. Mit gewaltigen Abbrüchen und Felstürmen, ohne eigentlichen Gipfel. Stets dasselbe Motiv, nur die Jahreszeiten, die Lichtverhältnisse variierten. Mal strahlte die Wand in einem morgendlichen Rosa, mal war sie golden, dann eisigblau. Hier zierten Schneefelder die wenigen Stufen zwischen den Abbrüchen, dort saftiges Grün, da bräunliches, ausgetrocknetes Sommergras. Wiler war kein grosser Maler gewesen. Nur die Besessenheit, mit der er diesen einen Berg hatte erfassen wollen, niederringen vielleicht, mahnte an einen Künstler.

Oder an einen Spinner.

Jan verliess das Atelier. Er stahl sich oben an der Küche vorbei, wo Gebhardt den Interessenten die Formulare für die Preisgebote erklärte.

In Wilers Schlafzimmer stand ein Fernrohr. Es war auf sein Haus gerichtet! Einen Fluch unterdrückend, hob Jan das Stativ an. Drei Dellen im Holzboden kamen zum Vorschein. Das Fernrohr stand schon ewig hier. Er stellte es zurück. Wenn er seitlich schwenkte, hatte er freien Einblick ins eigene Wohnzimmer, in sein Schlafzimmer, in das Büro dazwischen.

Den Schreibtisch baute Cécile mit Vorliebe in ihre erotischen Inszenierungen ein.

Er trat einen Schritt zurück. Von hier aus erkannte er sein Haus kaum. Es schien grösser, als es war. Wie oft hatte Fortunat Wiler hier gestanden, ihn durch seinen Alltag begleitet? Aus diesem Blickwinkel kam Jan sein Leben noch belangloser vor. Er sah sich selbst, wie er drüben die Fensterläden öffnete, in morgendlicher Verwirrung durch die Zimmer tappte, vor der Terrassentür die erste Zigarette rauchte, die Kaffeetasse noch in der Hand. Wie er abends im bläulich zuckenden Schimmer des Fernsehers die Liege nur verliess, um sich Wein nachzuschenken, während Fortunat Wiler hier im Dunkeln sass, in der eigenen Einsamkeit gefangen.

Wenn Cécile gewusst hätte! In ihren Anweisungen war oft ein beobachtender Dritter eingebaut, eine Phantasiegestalt, die nie aktiv eingriff. Jan hatte sich alle erdenklichen Kniffs ausgedacht, ihn als möglich erscheinen zu lassen. Bis hin zum Tonband, das Geräusche des Unbekannten simulierte. Unnötige Mühe, stellte er jetzt fest, der dritte Mann hatte hier gesessen!

In seiner letzten Nacht war Wiler in Jans Garten geschlichen, um noch einmal aus der Nähe … Fortunat Wiler war der Zeugung neuen Lebens Pate gestanden, bevor er seinem ein Ende setzte. Die Vorstellung fand Jan so unerträglich wie kitschig.

»Herr Hausbesitzer, gewöhnen Sie sich an den Gedanken?«

Jan schreckte auf. Gebhardt war ins Zimmer getreten.

»Ich will das Haus nicht.«

»Nur nichts überstürzen!« beschwichtigte Gebhardt. »Sie sollten nach Gspona fahren. Vielleicht wächst es Ihnen ja ans Herz!«

»Ich muss gehen.«

»Jeder muss mal gehen.«

Jan blickte ihn genervt an. Gebhardt hob beruhigend die Hände. »Schon gut, ich gebe Ihnen die nötigen Unterlagen. Überlegen Sie es sich in Ruhe.«

Als Jan hinaustrat, peitschte der Novemberregen sein Gesicht. Dennoch war es draussen wärmer als im Haus. Der modrige Geruch des Hauses verfolgte ihn. Gewohnheitsmässig griff er in die Brusttasche seiner Jeansjacke, seine Finger tasteten ins Leere. Zum erstenmal seit Monaten war er ohne Handy aus dem Haus gegangen. Er kletterte über den Lattenzaun zwischen den beiden Grundstücken. Gebhardt rief ihn zurück. Er schleppte einen ausladenden Schaukelstuhl heran. »Den hier habe ich vergessen, der gehört Ihnen!«

Er wuchtete den Stuhl über den Zaun. »Da staunen Sie! Auch das ist testamentarisch verfügt. Fortunat Wiler muss einen Narren an Ihnen gefressen haben. Nur dieses Möbel darf das Haus verlassen.«

Er wollte etwas hinzufügen. Jan deutete zur Haustür, wo bereits das nächste Pärchen winkte, ohne Kleinkind diesmal, dafür in Begleitung eines elegant gekleideten Mannes mit graumelierten Haaren. »Den Architekten bringen sie gleich mit. Die meinen es ernst!« sagte Gebhardt. Er winkte zurück. »Bei all dem Gerümpel würde ein Trödler mehr nützen! Ade.«

Ratlos betrachtete Jan den Schaukelstuhl. Schliesslich stellte er ihn unter sein Vordach.

Die Handy-Combox war so leer wie der Anrufbeantworter. Jan startete das Powerbook. Zwanzig Museen war er um Stopfaufträge angegangen, sieben hatten zurückgemailt. Gefasst las er die Absagen. Er hatte nichts anderes erwartet. Der Wolf war eine Ausnahme gewesen. Krönung und Abschluss seiner Arbeit als Tierpräparator zugleich. Nie zuvor hatte er einen Wolf gestopft. Den einen oder andern aufgefrischt, wie Tierstopfer eben alles mal restaurieren. Bussarde, Zwölfender, Mäuse, Ratten, Eulen. Selbst ein Känguruh hatte er mal präpariert. Der Auftraggeber, leidenschaftlicher Leiter einer Schulsammlung, liebte Exotisches. Pausenlos hatte er die australischen Behörden mit seinen Bittbriefen bombardiert. Ohne Erfolg. Zehn Jahre später hatte er sein Känguruh doch noch erhalten, tot und gratis vom Nidwaldner Tierpark Wältschwil.

Besessene wie ihn gab es nicht mehr. Die Schweizer Sammlungen waren komplett und vollständig restauriert. Jans Beruf wurde allmählich überflüssig. Ein untrügliches Zeichen dafür waren die immer eleganteren Bezeichnungen, die im Verband »naturwissenschaftlicher Präparatoren und Präparatorinnen der Schweiz« kursierten. »Taxidermisten« nannten sich einige neustens. Jan Somm hatte andere Probleme. Er war freischaffend und erst dreiunddreissig Jahre alt, der jüngste praktizierende Präparator des Landes. Im Gegensatz zu den meisten Kollegen zu jung für eine frühzeitige Pensionierung. An guten Tagen war Jans Sinn für Ironie stärker als sein Pessimismus: In der Lehre hatte er Tiere ausgestopft, die vom Aussterben bedroht waren, nun drohte seiner Stopferei einfach das gleiche Schicksal.

So war Jan dem schiesswütigen Walliser Bauern fast dankbar. Dessen Wolf hatte ihm, unterstützt durch die Anteilnahme von Tierschützern und Boulevardblättern, zu einer würdigen Abschlussarbeit von nationalem Interesse verholfen.

Das laute Bingen des Computers riss ihn aus seinen Gedanken. Das Mail kam von Cécile.

Bin von deiner Reaktion enttäuscht. Will auch keine Mails oder Anrufe mehr, sondern Zeit für mich. Ich muss alles überdenken. Ich glaube nicht, dass eine Abtreibung in Frage kommt. Aber auch das will ich mir überlegen. Brauche dazu aber Ruhe und dich – ehrlich gesagt – nicht! Deine Worte waren deutlich genug, ich will gar nicht, dass du sie jetzt relativierst! Alle Entscheidungen liegen wie immer bei mir. Damit bin ich nicht mal unglücklich. C.

Bei Nachrichten von Cécile gab Jan noch vor der Lektüre den Printbefehl ein. Diesmal zerriss er den Ausdruck. Wenn sie nicht darüber sprechen wollte, bitte sehr! Er selbst hätte nichts zu sagen gewusst und nichts zu sagen gewagt.

In den folgenden Wochen ergab sich Jan Somm seiner Lethargie. Er liess die Tage an sich vorbeiziehen und nahm nur wahr, dass der Herbst zum Winter gefror, weil er die Heizung hochdrehen musste. Die meiste Zeit zappte er durch das Fernsehprogramm. Oder surfte ziellos im Netz. Nur einmal, in einer unruhigen Minute, fragte er sich, ob er nach Lausanne fahren sollte. Er verwarf die Idee so schnell, wie sie gekommen war. Grösser als Céciles Starrsinn war nur noch ihr Stolz.

Alle Entscheidungen liegen wie immer bei mir. Damit bin ich nicht mal unglücklich ...

Hilfe nahm sie nie an. Jan bewunderte sie auch dafür. Das Selbstverständnis einer modernen Powerfrau. Mit knapp vierzig hatte sie es endlich geschafft, lange hatte es nicht danach ausgesehen. Von ihrem früheren Leben erzählte Cécile jeweils mit differenzierter Bitterkeit: Heirat mit zweiundzwanzig, Scheidung mit achtundzwanzig Jahren, ein Jahr später war ihr Ex wieder verheiratet, zwei Jahre später Vater. Cécile schloss ihre Dolmetscherausbildung ab und baute die Sprachschule auf. Jan war überzeugt, dass die Scheidung tiefere Spuren hinterlassen hatte, als Cécile zugab. Die Schilderungen ihrer weiteren Beziehungen verrieten es. Nach der Ehe hatte Cécile ihre stets jüngeren Liebhaber mit Bedacht ausgewählt. Wer ihr nicht vollste Unabhängigkeit zugestand, kam nicht in Betracht. Nach ersten Rendezvous pflegte sie sich wochenlang nicht mehr zu melden. Im Gegensatz zu vielen anderen bestand Jan diese Nagelprobe. Aus Unachtsamkeit, nicht aus Berechnung. Cécile war es damals gewesen, die den Kontakt wiederaufgenommen hatte, wohl in der Gewissheit, dass dieser Mann sie niemals erdrücken würde.

Jan teilte ihre Meinung.

Doch jetzt war sie schwanger!

Und Wilers Schaukelstuhl stand noch immer unter dem Vordach.

Jan Somm verfiel nicht dem Irrtum, seine Probleme würden sich von selbst lösen. Was er tat oder eben nicht, hatte keine Methode. Er wartete einfach darauf, dass seine Lebensgeister zurückkehrten.

Es geschah an jenem Morgen, als Jan beim Aufwachen feststellte, dass alles anders war. Bläuliches Licht drang durch die Ritzen der Fensterläden, Stille wattierte sein Schlafzimmer.

Schnee?

In kindlicher Erwartungsfreude stiess er die Läden auf. Sein Garten lag unter einer weissen Decke! Es schneite noch. Kleine, trockene Flocken, nicht diese riesigen Leintücher, wie sie seine Mutter immer genannt hatte, die ankündigten, dass der Schnee bald in Regen übergehen, der ganzen Herrlichkeit ein schnelles Ende machen würde. Diesmal nicht!

Jan Somm wurde zum Kind. Er stürzte sich mit einem Juchzer in die Kleider und stürmte hinaus. Er stapfte durch die Wiese, die nun ein sanft gewellter Teppich war. Die Büsche hatten sich in freundliche Monster verwandelt. Weiter den Hang hoch, über den Zaun – heute wirkte er märchenhaft, nicht verlottert –, hinauf an den Waldrand, mit lautlosen Schritten, jeder stäubte ein pulvriges Wölkchen auf. Die Baumwipfel bogen sich unter ihrer Last und schlossen sich über ihm zum Dach. Eine weisse Kathedrale, in der Jan jegliches Gefühl für Zeit und Raum verlor.

Er war lange gegangen, als sich vor ihm die Bäume auftaten. Vom Felsen über der Stadt schaute er auf die Strassen hinunter. Die gewohnte Betriebsamkeit war im Schnee erstickt. Er suchte sein Haus, fand zuerst das von Fortunat Wiler. Daneben seines. Der Schaukelstuhl lugte unter dem Vordach hervor, die Hälfte der Sitzfläche war weiss.

Er wusste jetzt, was er tun würde.

Nachdem er sein Erbstück vom Schnee befreit hatte, brachte er es in den Heizungskeller zum Trocknen. Dann schrieb er den Kündigungsbrief an seinen Hausvermieter. Als nächstes liquidierte er sein Einmannunternehmen. Mit einigen Anrufen, zwei Briefen und leiser Wehmut entsorgte er siebzehn Jahre Berufsleben. Auf der Schweizerkarte fand er Gspona nicht, er brauchte eine genauere. Jan verliess das Haus Richtung Altstadt, ohne Kopfbedeckung, ohne Handschuhe, er wollte die Flocken spüren und scheute sich nicht, mitten auf der Strasse einige mit der Zunge aufzufangen.

Zurück in der Werkstatt begann er mit der Arbeit. Der Stuhl war trocken, die Feuchtigkeit hatte die Lackschichten, die Fortunat Wiler im Lauf der Jahre aufgetragen hatte, nicht durchdringen können. Die oberste Schicht war abgenutzt, stellenweise blätterte sie ab. Die darunterliegende hatte einen anderen Farbton. Die abgegriffenen Armlehnen schmiegten sich glatt in seine Handflächen. Beim Schaukeln erinnerte er sich an das Foto in Mutters Album: eine Schwarzweissaufnahme des bärtigen Mannes, in einem ähnlichen Stuhl sitzend, auf dem Vorplatz einer Berghütte. Sein Vater.

Von ihm hatte er nur die Sturheit geerbt. Sagte die Mutter.

Von Fortunat Wiler ein Haus.

Und den Stuhl. Er klettete ein feinkörniges Blatt an die Schleifmaschine. Behutsam begann er an einer Querstrebe der Rückenlehne. Die erste Lackschicht wurde zu feinem Mehl. Tiefer schleifen wollte er nicht. Noch nicht. Während der Arbeit hatte ihn eine unerklärliche Scheu erfasst.

Zwei Stunden später war die oberste Schicht weg. Sanft begann er zu schaukeln, als müsse er den halb entblössten Stuhl erst an die Bewegung gewöhnen. Seine Hände fuhren über die Armstützen zu den unteren Längsstreben. Sie verbanden Sitzfläche und Kufen. Seine Fingerspitzen tasteten die handgedrechselten Verzierungen ab. Nun spürte er sie konturierter.

So wie Jan Somm in den Wochen der Erstarrung nie nach

deren Ursache geforscht hatte, so wenig überlegte er jetzt, weshalb er was tat. Sein Vorhaben verstand er nicht als Flucht vor den sich häufenden Problemen, er handelte einfach, wie in Trance, doch in der Überzeugung, die einzig mögliche Entscheidung getroffen zu haben.

Die neue Karte hatte einen grösseren Massstab. Dennoch brauchte er eine Weile, bis er den Ort fand: Gspona. Oberhalb des Weilers Gspona-Wiler, im hintersten Winkel des Gsponatales, dicht an der schweizerisch-italienischen Grenze, wie Gebhardt gesagt hatte. Der rote Strich, der die Strasse markierte, folgte in engen Schlingen den blauen Windungen des Flusses. Auf den letzten Zentimetern schnitt er quer durch die Höhenkurven. Jan fragte sich, ob seine Schneeketten noch brauchbar waren.

2.

Das Mörderhaus

Die Kette hatte sich vom Reifen gelöst. Bereits zum dritten Mal. Diesmal war der Spannhaken gebrochen.

Mit einem Fluch gab er auf. Der Schneefall beunruhigte ihn. Obwohl er eben erst steckengeblieben war, lag bereits eine dicke Schicht auf der Frontscheibe. Der Schaukelstuhl, den er mit viel Phantasie auf das Dach seines R5 gezurrt hatte, nahm bizarre Formen an.

Jan stieg in den Wagen. Auf Hilfe zu warten war sinnlos. Auf den letzten Kilometern hatte kein Auto seinen Weg gekreuzt. Wenigstens blieb bis zum Einbruch der Dunkelheit etwas Zeit. Gspona-Wiler, die Handvoll Häuser, die er zuletzt passiert hatte, waren zu Fuss in einer halben Stunde erreichbar. Im besten Fall würde ihn einer nach Gspona hochschleppen, im schlimmsten fände er eine Unterkunft für die Nacht.

Wütend schlug er aufs Lenkrad. Umkehren, so kurz vor dem Ziel! Die ersten Windungen der Strasse hinauf zum Gsponaplateau hatte er bereits hinter sich gebracht, dann war ihm die ruppige Steigung zum Verhängnis geworden. Dabei waren die Verhältnisse beim Losfahren harmlos gewesen. Ungewöhnlich zwar für die Jahreszeit, denn im Dezember setzte sich im Unterland sonst nie viel Schnee fest. Die Räumungsdienste hatten die Strassen freigekriegt. Erst auf der Autobahn dem See entlang und dann durch die Voralpen war die Fahrt mühsamer geworden. Bei der Ausfahrt Richtung Gsponatal hatte er die Ketten aufgespannt. Die Landschaft hatte sich zusehends den weissen Massen ergeben, er war in eine unwirkliche Welt eingetaucht. Seine Augen wurden vom Schneefall irritiert. Zu Tausenden waren die Flocken auf die Frontscheibe zugeflogen, erst als Punkte, als Streifen, sobald er schneller gefahren war. Wie die Sterne in ›Star Wars‹, wenn das Raumschiff zwischen den Galaxien auf Hyperspeed beschleunigte.

Hyperspeed. Na ja. Was jetzt? Unschlüssig betrachtete er sein Gepäck. Schliesslich steckte er Handy und Psion in den Rucksack. Dann setzte er die Mütze auf. Beim Schliessen der Tür fiel sein Blick auf die Kufen des Schaukelstuhls. Ein spitzbübisches Lächeln huschte über sein Gesicht.

Die ersten paar Meter zurück nach Gspona-Wiler waren flach. Er musste schieben, bis die Strasse abfiel. In der Kurve kam der Stuhl in Bewegung. Prompt flog Jan in die Wächte am Strassenrand. Die Kufenspitzen hatten sich eingegraben! analysierte er schneegepudert. Er rappelte sich auf. Probierte, wie er sein Gewicht im Stuhl nach hinten verlagern musste, wie er mit den Füssen steuern konnte, glitt so die Kehren hinunter, erst wacklig, dann sicherer. Er spürte, wie seine Zähne in der Kälte zerspringen wollten und versagte sich sein breites Grinsen. Nach der letzten Kurve bemühte er sich um Haltung. Stilvoll rutschte er in Gspona-Wiler ein.

»Ich kaufe nichts«, brummte der Alte. Zugleich ging ihm wohl auf, dass nicht mal der beflissenste Vertreter mitten im ärgsten Schneesturm Schaukelstühle verkaufte. »Oder was wollen Sie?«

Jan starrte ihn fasziniert an. Das zerfurchte Gesicht, die schlohweissen Haare – so hatte er sich als Kind Gott vorgestellt.

»Also?«

»Entschuldigung.« Jan erklärte ihm sein Problem. Der Alte fragte, weshalb er dann den Stuhl mittrage. Nach Jans Schilderung der Schlittenfahrt wies er ihn lächelnd ein Haus weiter. Da wohne der Peider, der sei jünger, er habe auch einen Pflug am Traktor. Der wisse, was zu tun sei. »Ein seltenes

Stück übrigens, Ihr Stuhl«, fügte er hinzu. »Sieht aus wie einer von . . .«

Er liess den Satz unbeendet und schloss die Tür.

Jan klaubte sich ein bisschen Schnee aus den Haaren. Er wusste nicht, weshalb, aber der Alte erinnerte ihn an Fortunat Wiler! Obschon der wesentlich gesprächiger gewesen war.

Der Pflugbesitzer, Peider Capun hiess er laut Türschild, geizte ebenfalls mit Worten. »Muss sowieso die Lawinenwarnung einschalten«, sagte er. Er verschwand im Haus, kurz darauf kehrte er mit schwerem Umhang und breitkrempigem Lederhut zurück. Er wunderte sich keine Sekunde darüber oder versagte sich zumindest die Frage, weshalb ein Unterländer bei diesem Wetter in das gottverlassene Nest wollte.

Jan verging die kindliche Freude am Schnee. Krampfhaft klammerte er sich am Hilfssitz auf der Blechverkleidung des Traktorrades fest. Vergeblich die Versuche, sich der Schneewolke des Pfluges zu erwehren. Die feinen Kristalle drangen in jede Ritze seiner Jacke, zogen eine Eisschicht über sein Gesicht.

Peider Capun war in der Fahrerkabine gut geschützt.

Beim Auto angekommen, war Jan Somm erfroren. Capun half ihm herunter. Er fragte nicht nach einem Abschleppseil, der Anblick des verbeulten Renaults im Strassengraben sagte alles. Er knotete das eigene Seil an beiden Fahrzeugen fest, bevor er wieder zur Kabine ging. Diesmal brachte er einen Gasbrenner, wie ihn Jan früher zum Skiwachsen benutzt hatte. Er entzündete ihn geschickt, die Flamme richtete er auf das Schloss der Fahrertür. Mit zitternder Hand reichte Jan ihm den Schlüssel. Capun erhitzte auch den. Er öffnete das Auto mühelos. Jan stieg ein. Beim dritten Versuch sprang der Motor an. Capun beugte sich zu ihm herunter.

»In Gspona – zu wem wollen Sie da?«

»Ins Haus zur Schmiede!«

»Ins Mörderhaus? – Sie müssen's wissen!«

Er kletterte in seine Kabine, kurz darauf ruckte es, die mächtigen, verketteten Räder griffen, der Traktor setzte sich mitsamt der angehängten Last in Bewegung. Das letzte Tageslicht verblasste. Jan schaltete Scheibenwischer und Scheinwerfer ein. Durch den wirbelnden Schnee sah er knapp bis zum Schaukelstuhl. Capun hatte ihn auf dem Salzwagen festgezurrt, nun tanzte er vor ihm bergwärts.

Das Mörderhaus?

Fortunat Wilers Haus – sein Haus – wurde »Mörderhaus« genannt. Ein Dutzend möglicher Gründe dafür fiel ihm ein. Er sah blutbespritzte Wände vor sich, im Wahn zerstörte Möbel mit aufgerissenen Polstern, herausquellende Eingeweide ...

Wird wohl eine dieser Bergsagen dahinterstecken, beruhigte er sich. Dorftratsch, sonst nichts! Vielleicht war mal einer verunfallt im Haus, vor dreihundert Jahren, mehr brauchte es an solchen Orten nicht, und ein Missgeschick wurde im Lauf der Jahrzehnte zur Legende.

Der Wagen rutschte hinten weg, Jan steuerte dagegen. Er versagte sich das Nachdenken. Das Gefühl, dass er seine Fahrt hierher bereuen würde, liess sich weniger gut verdrängen.

Der Zug vom Traktor liess nach. Das Abschleppseil sackte durch, der Schaukelstuhl kam näher. Jan trat im letzten Moment auf die Bremse.

Peider Capun klinkte die Haken aus.

»Was ist?«

»Wir sind da«, sagte Capun ohne Regung.

Wie lange waren sie gefahren? Eine Viertelstunde? Eine halbe? Länger? Angestrengt starrte Jan in die Dunkelheit. Er konnte nichts erkennen, bis er um den Traktor herumstapfte.

Einige Meter weiter entfernt sah er ein erleuchtetes Fenster. Die vagen Umrisse eines Hauses. Beim Näherkommen nahm es Konturen an. Das Fenster lag auf der rechten Seite des Gebäudes, direkt neben dem einen Hauseingang, auf einen zweiten stiess Jan links davon. Er legte den Kopf zurück. Die Hauswand ragte wie ein Mahnmal hoch. Sie verlor sich im Dunklen. Er balancierte durch den Schnee zum Traktor zurück, wo Capun eben den Schaukelstuhl vom Salzanhänger hob.

»Da brennt Licht!«

»Ja.«

Als müsse er seine Fahrt hierher rechtfertigen, erklärte Jan, er sei der neue Hausbesitzer.

Capun nickte nur.

»Ich ... ich wusste nicht, dass da jemand wohnt.«

»Lucrezia!« Capun stapfte ohne weitere Erklärung zum erleuchteten Fenster. Jan folgte ihm. Auf Capuns Klopfen wurden die Vorhänge zurückgeschoben. Eine Frau in seinem Alter öffnete die Innenfenster und eines der Vorfenster einen Spalt weit.

»Peider?« Ihre dunkle Stimme klang erstaunt und erfreut zugleich.

»Ja. Ich muss aber gleich weiter.«

Jan trat näher. »Guten Abend. Ich bin ... der neue Hausbesitzer ... Jan Somm.«

Die Gesichtszüge der Frau verhärteten sich. Jan war die Situation peinlich. »Ich habe nicht gewusst ... gibt es hier ein Hotel?«

»Kaum!« mischte sich Capun ein. »Gib ihm den Schlüssel, Lucrezia, der wird sich in der alten Wohnung zurechtfinden. Ich muss los, die Warnanlage einschalten. Wenn es so weiterhudelt, kommt die Schrattenlawine. Sie aber«, er wandte sich an Jan, »Sie haben sicher einen Schrieb, der alles bestätigt.«

Jan schaute ihn verblüfft an. Das war Capuns bisher längste Rede.

»Die Bestätigung ... natürlich, im Auto! Von Gebhardt, vom Treuhänder von Fortunat Wiler!«

Die Frau winkte resigniert ab. »Ist recht, Peider. Geh du nur. Wer sollte sonst auf die Idee kommen ...«

Sie verschwand. Peider Capun tippte wortlos an seine Hutkrempe. Er stapfte zum Traktor. Jan rief ihm ein unsicheres »Danke vielmals!« hinterher. Die Frau kam ans Fenster zurück. Sie reichte Jan erst einen schweren Schlüssel, dann ein gefaltetes Blatt.

»Es ist nicht geheizt drüben. Strom und Warmwasser hat es nur im Parterre, die Kerzen sind im Schrank in der Stube, das Holz finden Sie hinter dem Haus. Anfeuern müssen Sie in der Küche, es wird dauern, bis der Kachelofen wärmt. Irgendwo steht ein Elektroofen. Den Zettel da müssen Sie lesen, damit alles klar ist. Wird langsam kalt, gute Nacht!«

Abrupt schloss sie das Fenster und zog die Vorhänge. Ein eisiger Windstoss rüttelte Jan aus seiner Erstarrung. Der Schnee trieb waagrecht durch die Luft.

Das Schloss der Tür auf der linken Seite öffnete sich nach einem kräftigen Ruck. Jans steifgefrorene Finger tasteten im Dunkeln nach einem Lichtschalter. Sie stiessen auf eine runde Dose mit einem altmodischen Kippschalter. Das Licht der Lampe erhellte den Windfang schwach. Jan verkniff sich einen ersten Blick, er hastete zum Auto zurück. Mühsam wuchtete er den Rucksack und die beiden Koffer durch den knietiefen Schnee zum Haus. Als er die Tür hinter sich schloss, fiel ihm der Schaukelstuhl ein. Fluchend ging er nochmals hinaus.

Hinter ihrem Fenster bewegte sich der Vorhang leicht, ihr Schatten verschwand.

»Willkommen in Gspona!« murmelte Jan. »Willkommen im Mörderhaus!«

Er stellte den Schaukelstuhl neben die Koffer in den Windfang. Aus dem heftigen Schneefall war ein ausgewachsener Sturm geworden, dessen Pfeifen selbst durch die dicken Mauern drang. Jan betrat das Wohnzimmer. In der Stube bildeten zwei zerschlissene Sessel und ein wuchtiges Sofa eine Art Polstergruppe. In ihrer Mitte ein niedriges Tischchen, in seine Holzplatte war ein Steinmosaik eingelegt. An der einen Wand standen ein altmodisches Buffet und ein lindgrüner Kachelofen, gegenüber deckte ein Schrank fast die ganze Wand ab. Dem einen Polstersessel war ein altes Radio beigestellt.

Jan fand den Elektroofen, den die Frau erwähnt hatte: eine Art Radiator auf Rollen. Die Steckdose an der Wand war dreipolig, sie hatte eine seltsam runde Öffnung, wie er sie seit Jahren nicht mehr gesehen hatte. Der Ofenstecker passte hinein. Die zwei Kippschalter leuchteten rot auf. Jan drückte beide. Er spürte, wie die Röhren unter seinen Händen warm wurden. Mit einem schmerzhaften Kribbeln in den Fingerspitzen begann das Blut zu zirkulieren.

Der angrenzende Raum war die Küche. Jan warf nur einen flüchtigen Blick hinein. Er nahm die mächtige hölzerne Eckbank wahr, den Tisch davor, und neben der Öffnungsklappe des Kachelofens einen Holzherd. Er würde sogar für eine Suppe einfeuern müssen!

Die dritte Tür führte in eine Vorratskammer. Vielleicht konnte er einige brauchbare Konserven aussortieren, wenn er nur erst die Spinnweben entfernt hatte. Angrenzend hatte man ein moderneres Badezimmer mit Toilette eingebaut. Er betätigte die Spülung. Das Wasser war zu Beginn rostbraun, später floss es einwandfrei. Jan atmete auf. Der Hintereingang ganz am Ende des engen Flurs war verschlossen. Der Schlüssel steckte.

Er ging zurück. Im Halbdunkel des Flurs entdeckte er eine Treppe, die er zuvor übersehen hatte. Sie führte fast senkrecht hoch. Die Tritte waren schmal wie Leitersprossen. Jan kletterte hinauf, durch eine Öffnung im Fussboden gelangte er in den ersten Stock. Er klickte sein Zippo auf. Im zuckenden Licht der Flamme machte er ein altmodisches Bett mit dicken Unter- und Obermatratzen aus, einen Schrank, zwei Kommoden. Der hintere Raum war genau gleich eingerichtet.

Die Leiter führte weiter. Die Falltür oben war verschlossen. »Vielleicht besser so!« Sein Frösteln wurde zum Schlottern. Er zog Federdecke und Kissen vom Bett, warf beides durch die Bodenluke. Irgendwo musste er schlafen, am besten unten in der Nähe des Ofens. Bei elektrischem Licht!

Der modrige Geruch erinnerte ihn an Wilers Haus. Hier war er viel stärker. Er war der erste Besucher seit sehr langer Zeit.

Am liebsten hätte er sich hingelegt, bei Tagesanbruch neue Schneeketten aufgetrieben und wäre losgefahren, weg von diesem Haus, weg von Gspona. Er würde trotzdem bleiben. Die Rückkehr war keine Alternative. Sein Geschäft war aufgelöst, sein Mietvertrag gekündigt. Jan gab sich einen Ruck. Das Holz fand er an der Rückwand des Hauses aufgestapelt. Er trug die Scheite auf den Armen in die Küche, ging einmal, zweimal, bis sich ein ansehnlicher Haufen neben der Ofenklappe auftürmte. Von wenigen dünneren Spänen genährt, frassen sich die Flammen sofort in die Scheite. Rauch quoll aus der Öffnung. Er hatte etwas übersehen! Bis er den Schieber am Kamin fand, war die Küche eingenebelt. Er öffnete das Fenster und harrte neben dem Feuer aus. Die nachgereichten Scheite verbrannten. Jan schob die Glut weit nach hinten. Endlich konnte er das Fenster ohne Erstickungsgefahr schliessen.

Im Stubenschrank fand er Kirschsteinsäcke, wie er sie aus dem Haus seiner Stiefgrossmutter kannte. Er legte sie in das dafür gedachte Fach ganz oben im Kachelofen. Während der Nacht würde er jede mögliche Wärmequelle brauchen.

Er zog das Radio näher. Attinghausen 1, Brig, Säntis 2, Monte Ceneri 2, Beromünster natürlich, darüber die Mittelwellensender wie Hilversum 1, AFN München oder England 2 – Namen, die er aus ferner Vergangenheit zu kennen glaubte. Er drückte die UKW-Taste. Die Anzeige leuchtete orange auf. Am elfenbeinfarbenen Senderknopf drehte er, bis das matte Grün des einen Feldes heller wurde. Wenn er einen Sender genau traf, zog es sich zu einem messerscharfen leuchtenden Strich zusammen. Volkstümlicher Schlager. Passte hierher. Er staunte, wie gut das Radio klang. Nicht so voluminös wie moderne Geräte, dafür wärmer, fast behaglich. Die Musik milderte sein Gefühl der Verlorenheit. Die italienischen Ansagen erinnerten ihn daran, wie nahe er der Grenze war.

Er zerknüllte das leere Päckchen Zigaretten, blickte sich suchend um. Der Koffer stand noch immer im Windfang. Ein kleines Bild erregte seine Aufmerksamkeit. Während er das neue Paket aus der Plastikhülle schälte, betrachtete er es genauer. Ein Felsvorsprung unter bedrohlichen Sturmwolken, ein Mann und eine Frau in bäurischer Kleidung. Sie hielten sich eng umschlungen, die Gesichter zum Abgrund hin, als setzten sie zum Sprung an. Etwas entfernt von ihnen ein Hund. Oder ein Wolf? Vielleicht war er der Phantasie der beiden Bedrängten entsprungen, denn das Tier war durchscheinend gemalt, die Felsen hinter ihm schimmerten durch seinen Körper. Draussen schwoll das Brausen des Windes zum orgelnden Pfeifen an. Jan blinzelte. Für Augenblicke hatte er tatsächlich geglaubt, die Wolken auf dem Bild hätten sich bewegt!

Er zündete sich eine Zigarette an. Die Fahrt hatte seine Augen und seine Nerven strapaziert. Erschöpft legte er sich auf das Sofa. Sein Blick folgte den schlichten Stukkaturen an der Decke. In Gedanken wiederholte er seinen Rundgang.

Das Haus war zweigeteilt, wurde ihm klar. Nachträglich, deshalb die seltsamen Leitern. Die Originaltreppen mussten sich auf der anderen Seite befinden, drüben bei der Frau.

Sie war unfreundlich gewesen.

Verständlich. Sie fürchtete um ihre Wohnung.

Er erinnerte sich an ihren Zettel. Hastig faltete er ihn auseinander. Notariat Gebhardt! Er überflog die Zeilen und verstand gar nichts mehr. Unentgeltliches Wohnrecht hatte sie. Lebenslänglich! Hier, im Haus zur Schmiede, das er geerbt hatte. War das juristisch überhaupt möglich? Weshalb hatte Fortunat Wiler das Haus nicht gleich dieser – er schaute auf das Dokument – dieser Lucrezia Camminada vermacht?

»Lesen Sie, damit alles klar ist«, hatte sie am Fenster erklärt. Nichts war klar!

Jan Somm lag noch lange wach. Wie er die Geschichte auch drehte, er fühlte sich wie das Opfer einer Verschwörung. Ein Bauer auf dem Schachbrett eines Toten! Mit düsteren Ahnungen fiel er in einen unruhigen Schlaf. Auf einem Hochseil balancierte er durch einen dunklen Raum, bodenlose Leere unter sich, in der Ferne ein einziges, erleuchtetes Fenster, die Umrisse einer Frau. Als er näher kam, löschte sie das Licht, und er, er verlor das Gleichgewicht.

3.
Die Nachbarin

»Darf ich Ihnen aufhelfen?«

Jan schob mit dem einen Arm die Mütze aus den Augen. Weil er nun mit dem ganzen Gewicht auf dem andern lag, sank er tiefer ein.

Lucrezia Camminada stand vor ihrer Tür. Ungerührt beobachtete sie seine Versuche aufzustehen. Die Arme hielt sie trotz der angebotenen Hilfe vor dem Körper verschränkt.

Jan fand den Schaufelstiel. Mit hochrotem Gesicht zog er sich daran hoch. Im steten Kampf ums Gleichgewicht bewältigte er den letzten Meter durch den hüfthohen Schnee. Seine Ungeschicklichkeit war ihm angesichts der Zuschauerin peinlich, doch wie hätte er es verhindern können? Kaum erwacht, hatte ihn der Hunger aus dem Haus getrieben. Die erste Verwehung im Windfang hatte er in Angriff genommen, ohne im Nebel zu sehen, welche Schneemassen dahinter auf ihn warteten. Erst jetzt überblickte er die Lage: Ihre Hälfte des Vorplatzes war freigefräst, seine diente als Schneehalde. Wenigstens stand der Renault drüben.

»Behandelt man Gäste hier immer so zuvorkommend?« Jan schaute Lucrezia Camminada wütend an.

»Gäste nicht.«

»Aber … Eindringlinge!«

»Vielleicht.« Sie musterte ihn abschätzig, ihre Augen funkelten streitlustig, bevor sich ihre Züge derselben müden Resignation ergaben, die er schon in der Nacht bemerkt hatte.

»Ach was!« sagte sie. »Der Schneeräumer hat von Ihrer Ankunft nichts gewusst.« Sie wandte sich ab.

»Frau Camminada!«

»Was noch?«

Jan kämpfte gegen seine übliche Schüchternheit. »Irgendwann müssen wir darüber sprechen, ich meine … über die Situation und alles!«

»Jaja.«

Ihre Antwort nahm Jan den Mut, Gebhardts Dokument anzusprechen. Statt dessen fragte er nach einem Lebensmittelgeschäft.

»Der Konsum. Beim Dorfplatz.«

»Und das Elektrogeschäft?«

»Im Konsum.«

Sie schloss die Tür.

Die Strasse zum Dorf fiel sanft ab. Nach dreissig Minuten Stolpern und Schlittern tauchte die Ortstafel vor Jan auf. Er ging um sie herum und blieb verwirrt stehen. Auf der Landkarte war Gspona bergseitig, etwas abseits der Strasse eingezeichnet. Er war am Dorfkern vorbeigegangen. Für den Rückweg wechselte er die Strassenseite. Seine Augen bohrten sich in das milchige Weiss. Nach etwa fünfzig Metern waren die Schneewälle durchbrochen, ein unmarkierter Pfad zweigte rechts ab. Er folgte ihm. Unversehens stand er vor verwitterten Holzhäusern. Sie drängten sich dicht aneinander, der Nebel fand dazwischen kaum Platz. Nach einer Weile weitete sich der Weg, die Häuser öffneten sich zur Kirche: der Dorfplatz, den Lucrezia Camminada erwähnt hatte! Er war so klein wie sein Garten im Unterland.

Eine dunkle Gestalt kam ihm entgegen. Ihr Gesicht konnte er nicht sehen, das Kopftuch verriet, dass es eine Frau war. Jan grüsste. Ihr Kopf sank etwas tiefer, sie ging vorbei, als wäre er nicht vorhanden. Jan schaute ihr verblüfft hinterher. Zumindest hatte er eine Antwort auf seinen Gruss erwartet, wie es in Bergdörfern üblich war. Sie verschwand, ihr vom Alter gebeugter Körper löste sich im Nebel der nächsten Seitengasse auf.

Jan steuerte das einzige grössere Fenster zum Platz hin an. Begrüsst vom Bimmeln einer Türglocke trat er in den Laden. Zwei Holzgestelle standen im Raum, der Rest der Ware füllte die Regale hinter dem Verkaufstisch.

»Einen Moment.«

Die Stimme kam aus dem hinteren Zimmer, die Tür war angelehnt. Jan schaute sich um. Das Toastbrot lagerte neben den Gillette-Rasierklingen und den Seifen. Sie wurden hier in der ursprünglich festen Form angeboten, nicht in modernen Plastikspendern. Er suchte nach Frühstücks-Cereals. Finden konnte er nur Haferflocken, gleich neben dem Backpulver, einigen Suppenbeuteln, einem Dreierpack Abwaschbürsten ...

»Guten Tag.«

Jan wandte sich um. Ein leuchtend blaues Augenpaar, umrahmt von einem wilden Haargestrüpp, musterte ihn. Die ledrige Haut und der gewaltige Bart, der nahtlos in das wuschelige Kopfhaar überging, liessen den Mann älter scheinen. Er trug ein kragenloses, besticktes Hemd.

Jan gab sich einen Ruck. Er streckte die Hand über die Theke.

»Ich bin Jan Somm, ich habe das ...«

»... Haus geerbt, ich weiss.« Der Mann drückte seine Hand so kräftig, dass Jan sie beschädigt zurückzog. »Gion Capun.«

»Ah – ein Bruder von Peider Capun!«

»Nein, wie kommen Sie darauf?« Er schaute ihn an, als hätte er etwas absolut Widersinniges gesagt.

»Nur weil ...«

»Capun heissen hier einige.«

»Natürlich, entschuldigen Sie. Woher wissen Sie das mit dem Haus?«

Gion Capun hob die Hand mit leicht angewinkelten Fingern auf Schulterhöhe, den Zeigefinger der andern legte er an die Lippen. Etwas Unverständliches murmelnd verschwand er im Hinterzimmer.

Jan wartete verwirrt.

»Also?« fragte Capun drei Sekunden später.

»Also was?«

»Die Imitation! Inspektor Colombo!«

»Ausgezeichnet.« Jans Finger pflügten haltsuchend durch die Haare.

Gion Capun zauberte einen Briefumschlag hervor. »Einige Unterlagen zum Haus. Ich erledige die Schreibarbeiten der Gemeinde.«

»Deshalb!« Jan warf einen Blick hinein: Parzellenplan, Nutzungsvorschriften, einige ältere Dokumente. »Über das ... das Haus müssen wir uns ein andermal unterhalten. Zuerst brauche ich dringend einige Dinge.« Er deutete auf die Wand hinter Capun.

»Sie brauchen viel mehr, als Sie denken«, erwiderte der. Der ernste Blick kontrastierte mit seinem freundlichen Lächeln. »Was darf es sein?«

»Mmh ... Frühstücksflocken haben Sie nicht?«

Sein Kopf verschwand unter der Theke. Mit einer Zehnerschachtel kleiner Kelloggs-Packungen in der Hand tauchte er wieder auf.

»Ein Werbegeschenk. Das ... oder die Haferflocken.«

»Milch?«

Er griff wieder nach unten und stellte ein verbeultes Kesselchen auf die Theke.

»Haben Sie Brot?«

Er deutete auf das Toastbrot. »Heute nur das Verpackte.«

»Und morgen?«

»Morgen? So wie es aussieht auch morgen nicht.«

»Ja dann ... Fleisch?«

»Nur noch heute. Steaks und Rauchwürste.«

»Zwei Steaks und vier Würste.«

Capun ging nach hinten. Jan suchte die beiden Gestelle ab, er nahm heraus, was ihm nützlich schien: Suppenbeutel, vakuumverpackter, gemahlener Kaffee, Papierfilter, das halbe Angebot an Trockengebäck, fünf Ravioli-Büchsen, einige Packungen Teigwaren, Toilettenpapier, Seife ...

»Keine Hamsterkäufe, bitte!« Gion Capun war wieder aufgetaucht. Diesmal meinte er, was er sagte.

Jan lief rot an. Er entdeckte den Postbriefkasten in der Ecke. »Sind Sie auch Posthalter?« fragte er, von sich ablenkend.

»Posthalter, Sigrist, Gemeindeschreiber, Gemeindepräsident, Briefträger ... was anfällt. Erwarten Sie Post?«

»Nein, ich habe mich nur gewundert ... Eine Kabelrolle wäre nützlich.«

»Elektrisch?«

»Ja. Und Adapterstecker.«

»Die flachen?«

»Die heutigen.«

Gion Capun grinste fröhlich. »Brauchen wir selten.«

»Aber Sie könnten mir welche besorgen?«

»Theoretisch ja.«

»Und praktisch?«

»Ich glaube nicht, dass sie die einfliegen.«

»Entschuldigung – einfliegen?!«

»Das wissen Sie nicht? Die Schrattenlawine hat die Strasse verschüttet. Da kommt keiner durch!«

Jan schaute ihn misstrauisch an.

»Sie wirken etwas ... wollten Sie abreisen?«

»Deshalb das fehlende Brot!«

»Natürlich, was haben Sie gedacht?« Capun lächelte belustigt. »Bei den Wilden gelandet? Abseits der Zivilisation?«

»Davon abgeschnitten zumindest.«

»Im Moment schon. Aber keine Angst, das Dorf ist sicher, auch wenn ...« Er brach mitten im Satz ab.

»... wenn was?«

»Nicht hintersinnen, Herr Somm. Am Ende wird es wärmer, der Schnee kann sich setzen. Sollte sich die Situation ändern, werden wir Sie benachrichtigen.«

Gion Capun hatte alles eingepackt. Jan bezahlte. »Ehe ich es vergesse: Kennen Sie jemanden von der Schneeräumung?«

»Nun ...« Capun machte eine unbestimmte Handbewegung.

»Könnten Sie denen bitte ausrichten, das Haus zur Schmiede sei ab sofort beidseitig bewohnt?«

»Ich räume erst morgen wieder.«

Jan nahm den Weg, den er gekommen war. Zumindest war dieser Capun etwas zugänglicher. Der erste freundliche Gsponer! Ladenbetreiber, Gemeindeschreiber, Gemeindepräsident, Sigrist, Posthalter und Schneeräumer in einem. Grosszügig sah er ihm die Halde vor seiner Tür nach. Der Mann mochte Scherze, das war alles.

Er zählte seine Schritte, wollte die Distanz zwischen Haus und Dorf fassbarer machen. Ein Motorengeräusch schreckte ihn nach wenigen Metern auf. Der Mann auf dem Traktor trug eine schwarze Öljacke mit hochgestelltem Kragen. Die Krempe seines Huts verdeckte die obere Hälfte seines Gesichtes. Jan hob grüssend die Hand. Der andere rührte sich nicht.

Konsterniert schaute Jan ihm hinterher. Vielleicht hatte er ihn im Nebel ja nicht gesehen! redete er sich wider besseren Wissens ein.

Er konzentrierte sich von neuem aufs Zählen. Bei hundertzehn schlug die Strasse einen Bogen nach rechts, dann wieder nach links. Hier stieg sie stark an. Nach hundertneunzig Schritten führte der Pfad zum Haus rechts den Hang hoch. Er quälte sich hinauf. Zweihundertdreizehn. Keuchend vergegenwärtigte er sich den Verlauf seines Weges. Sein Haus lag auf derselben Seite des Gsponatales wie das Dorf, knapp zweihundert Meter entfernt, durch ein Tobel abgetrennt. Bei diesem Schnee ein sehr beschwerlicher Fussmarsch. Vor allem der Rückweg, das Haus war ja höher gelegen, höher am Hang, weiter oben im Tal.

Ein Windstoss liess seine Jacke knattern. Er schaute auf. Für einige Sekunden zerriss der Nebel. Er sah zum erstenmal das Haus in seiner stattlichen Grösse und dahinter ... den Berg. Das Motiv von Wilers Bildern! Viel bedrohlicher, als der die Wand jemals hatte auf Leinwand bannen können, ragte sie vor Jan auf, durchbrochen von Felstürmen, wie Säulen strebten sie in ihr hoch, einige endeten in der Hälfte der Wand abrupt, andere reichten weiter, verästelten sich in dünnere Felsadern. Ein versteinertes Spinnennetz! Senkrecht hing es über ihm, unverrückbar und fragil zugleich. Jede Sekunde konnte es sich einen Hauch nach vorn bewegen, würde kippen und nach vorn stürzen und mit seinem Gewicht alles zermalmen.

Erschreckt von der blossen Vorstellung stolperte Jan durch die Rinne, die er frühmorgens mit ganzem Körpereinsatz gebahnt hatte.

Im Haus fühlte er sich sicherer. Um die Geborgenheit zu erhalten, schob er soviel Holz in den Ofen, wie der nur fassen konnte. Den Rest legte er unten in den Kochherd. Er füllte eine der russgeschwärzten Pfannen mit Wasser. Gespannt beobachtete er die beiden Feuer. Diesmal hatte er alles richtig gemacht, der Rauch zog sofort ab.

Beruhigt suchte er eine Steckdose in der Nähe der Leiter. Er führte das Kabel der neuen Rolle nach oben, bevor er mit einigen Schwierigkeiten den Elektroofen hinaufbugsierte. Er stellte ihn ins vordere Zimmer. Im Schrank fand er Wäsche für die vergilbten Kissen und Decken. Die Koffer standen noch im Windfang. Er trug sie in den ersten Stock. Die Kleider verteilte er auf die Fächer im Schrank und in der Kommode. Im angrenzenden Raum hatte er einen dreiarmigen Kerzenständer gesehen. Den stellte er zur Krönung auf das Nachttischchen. So liess es sich für einige Tage hausen!

Das Wasser in der Pfanne war siedendheiss. Er suchte nach einem Krug, im Küchenkasten fand er zudem einen Porzellanfilter. Während der Kaffee durchlief, mischte er sich ein Kelloggs-Potpourri. Das Toastbrot legte er auf den Rost im vordersten Teil des Ofenlochs.

Während er ass, brachte er Ordnung in die Eindrücke der vergangenen Stunden. Peider Capun hatte gewusst, dass er kam, Lucrezia ebenfalls, der vielseitige Gion Capun ohnehin. Gebhardt! Er würde ihn anrufen, gleich nach dem Essen. Er würde ihm einige Fragen stellen. Rein juristische und zwei, drei bezüglich Anstand. Am Telefon würde er sich trauen.

Wie lange die Strasse wohl gesperrt blieb? Ungemütliches Gefühl, nicht wegfahren zu können, zumal er in Gspona unerwünscht schien. Das überraschte ihn nicht. Das Gefühl begleitete ihn seit seiner Kindheit. An der Party zu seinem dreissigsten Geburtstag war einer der zweiundzwanzig Anwesenden fehl am Platz gewesen: er selbst. Den ganzen Abend hatte er den Eindruck gehabt, neben dem zu stehen, der gefeiert wurde. Er war nun mal ein Einzelgänger, für viele gar ein Sonderling. Sein ungewöhnlicher Beruf hatte dazu beigetragen. Aber auschlaggebend war seine verfluchte Schüchternheit. Sie stand ihm selbst dann im Wege, wenn er jemanden näher kennenlernen wollte, wie ... wie diese Lucrezia

Camminada! Verblüfft durch sein Eingeständnis starrte Jan zur Wand, die sie beide trennte. Lucrezia …

Er beschloss, sie ab sofort zu duzen. In Gedanken.

Ihre schroffe Art hatte ihn abgestossen und fasziniert. Nicht nur sie! Auch das Haus, das Dorf, selbst diese Felswand mit ihren Schrunden und Rissen. Alles … alles hier schien ein Geheimnis zu bergen! Lucrezia, das Mörderhaus, das fast ausgestorbene Dorf, der Berg. Eine Geschichte, ein Unglück in der Vergangenheit vielleicht. Was es auch war, er wollte dahinterkommen. Er würde nachforschen, zumindest solange die Strasse gesperrt war. Der Schlüssel zu allem, ahnte er, war in diesem Haus zu finden, das Fortunat Wiler ihm vererbt hatte. Aus einem bestimmten Grund?

Automatisch, als hätte er in seinem Leben niemals einen elektrischen Kochherd und eine Ölheizung benutzt, war Jan aufgestanden. Er hatte seine Gedanken weiterspinnend die Glut an die hinterste Wand des Ofens geschoben, dort wo die Wärme auf die Kacheln überging, hatte auch im Herd Holz nachgelegt, ohne eine der regulierenden Klappen falsch zu betätigen.

Er fischte das Handy aus der Hemdtasche. Im Menü rief er die Nummer von Gebhardt auf, zugleich sah er, dass der Akku fast voll war. Zwei, drei Tage würde er noch ohne den Adapterstecker auskommen.

Gebhardt fragte sofort, wie es ihm in Gspona gefalle.

»Woher wissen Sie, wo ich bin?«

»Kombinationsgabe. Ich hatte Sie angerufen, Ihr Telefon war abgemeldet, der Schluss lag also nahe.«

»Was mich erstaunt, Herr Gebhardt, ist ein gewisses Dokument von Lucrezia Camminada. Vielmehr Ihr Schweigen diesbezüglich!«

»Ich vernehme den Ärger und kann doch nichts dafür, lieber Somm! Wiler hat es so bestimmt.«

»Hat er?« Die Auskunft überraschte Jan nicht. »Was sind – in aller Kürze – die juristischen Konsequenzen?«

»Alles im Leben hat eben einen Haken, würde ich sagen.«

Jan verzog das Gesicht. Gebhardts Weisheiten hatten ihn schon bei der ersten Begegnung genervt.

»Etwas salopp gesagt: Wenn Sie das Haus behalten, haben Sie die Frau bis an Ihr Lebensende am Hals. Wenn sie stirbt oder freiwillig verzichtet, geht der Hausteil an Sie über. Das ist keine Aufforderung zum Mord, wohlverstanden!«

Jan provozierte ein jähes Ende seines Gelächters und des Gesprächs. Ob die Hälfte des Hauses ihm gehörte oder das ganze, spielte keine Rolle. Es war Platz genug da. Er würde ohnehin nicht länger bleiben.

Ein letztes Mal las er Lucrezias Dokument. Dann legte er sich in Gedanken glaubhafte Gründe für einen Besuch bei ihr zurecht. Er konnte ihr die Papiere zurückbringen, sie nach einem Adapterstecker fragen, nach einem Schlüssel für die oberste, verschlossene Falltür, nach fehlenden Lebensmitteln – Zucker, Butter, Mehl ...

Bevor er ging, liess ihn sein schlechtes Gewissen zum Psion greifen. Er legte ihn an die Infrarot-Schnittstelle des Handys. Keine Mails! meldete das Display, als die Verbindung aufgebaut war. Jan unterbrach sie gleich wieder, um Batterien zu sparen. Céciles Funkstille dauerte nun schon einige Wochen an. Er würde ihr morgen mailen. Wie er über ihre Beziehung und dieses mögliche Kind dachte. Dass sie sich treffen sollten, um alles zu besprechen ...

Sobald das Wetter es zuliess.

Vor Lucrezias Tür bereute er sein Vorhaben bereits. Er kehrte um, weil sie auf sein Klopfen nicht sofort offnete. Sie rief ihn zurück.

»Ich möchte Ihnen nur das Dokument zurückgeben.«

Sie nahm es mit misstrauischem Blick entgegen. Die Tür blieb halb verschlossen.

»Ich wollte fragen, ich ... hätten Sie ...« Im Geist rief er die Liste guter Gründe ab, der einzig wichtige fiel ihm zuerst ein. »Haben Sie zufällig einen Adapterstecker, Sie wissen schon, diese flachen, weil ich ... meinen Computer müsste ich aufladen können, und anderes auch.«

»Nein.«

Schaute sie trotzdem eine Spur freundlicher?

»Dann ... ich bräuchte etwas Zucker!«

Das war offensichtlich ein Vorwand, aber Jans Verwirrung erweichte Lucrezia Camminada. Sie öffnete die Tür.

»Warten Sie hier!«

Sie stieg eine breite Treppe hoch. Er schaute sich um. Das Atelier war so gross wie bei ihm Stube und Küche zusammen. Es wurde von einer offenen Feuerstelle beheizt. Eine Art archaisches Cheminée mit rostbraunem Rauchabzug. Die Esse der alten Schmiede!

Jan hörte oben ihre Schritte. Seine Blicke pfeilten durch den Raum, er wollte soviel wie möglich aufnehmen, ehe sie ihn hinauswarf. Die eine Wand war mit Holzbrettern verstellt, an der anderen hingen Werkzeuge verschiedenster Art. Daneben eine Unzahl von Farbtöpfen. In der Mitte stand ein riesiger Tisch. Ihr Arbeitsplatz. Er war belegt mit Werkzeugen, Holzresten und drei mächtigen Wurzelstökken.

Lucrezia kam herunter. Erst jetzt schaute Jan sie genauer an. In Jeans und anliegendem Rollkragenpullover war sie weder stämmig noch robust, wie ihre winterliche Vermummung draussen vorgetäuscht hatte. Im Gegenteil, er hätte ihre Taille mit einer Hand umfassen können. Ihre schwarzen Haare fielen in Locken über die Schultern. Das gleiche Schwarz wie das ihrer Augen, stellte er fest. Sogar ihr Gesicht wirkte verändert. Vielleicht die Schminke, das Rot auf ihren Lippen ...

»Nehmen Sie!«

»Entschuldigung!« Er hatte sie zwei Sekunden zu lang angestarrt, ihre ausgestreckte Hand mit der Zuckerdose übersehen.

»Ich habe eben überlegt ... was ich Sie fragen wollte.«

»Tatsächlich?« Sie verschränkte die Arme vor der Brust. Ein Schutz vor seinen Blicken, befürchtete er.

»Die Falltür! Die Falltür zum Dachstock.«

»Ja?«

»Sie ist verschlossen.«

»Und nun wollen Sie einen Schlüssel.«

»Genau!« sagte Jan erleichtert.

»Hab ich nicht. Das oberste Stockwerk ist nur von Ihrer Seite aus zugänglich. Bei mir führt nicht mal eine Treppe hinauf.«

Sie ging zur Tür. Jan folgte ihr widerwillig. »Was machen Sie eigentlich hier. Ich meine beruflich ...«

»Tut mir leid. Ich muss gleich weg.«

»Ja, natürlich, deshalb ... ja.«

Ehe er sich versah, stand er draussen. Den Zucker balancierte er wie ein kostbares Gut durch den Schnee. Zumindest hatte sie ihn eintreten lassen, ihm einen Blick in ihr Atelier gewährt. Er öffnete seine Tür. Ein verbeulter Golf spulte die Einfahrt herauf. Er hielt gefährlich nahe bei seinem Wagen. Hinter der Windschutzscheibe war keine Bewegung auszumachen, bis Lucrezia herauskam. Sie hatte nicht gelogen, sie musste wirklich weg! Jan schlüpfte ins Haus. Durch das Fenster beobachtete er, wie sie zum Auto stapfte. Die Beifahrertür wurde aufgedrückt, sekundenlang waren zottige Haare zu sehen, darunter ein hölzernes Gesicht, eine Art Maske. Lucrezia Camminada stieg ein, der Wagen wendete und verschwand im Schneetreiben.

Jan starrte hinterher. Phantasierte er? Oder spielte das Dorf zu seiner Erbauung Beauty and the Beast?

Das Gefühl von Bedrohung kehrte zurück. Zur Beruhigung nahm er sich den Schaukelstuhl vor. Schleifpapier und ein Stück Holz ersetzten ihm die Maschine. Während der Arbeit liess er die Begegnung Revue passieren. Lucrezia war abweisend gewesen. Aber weniger feindselig. Bis er den Schlüssel für die obere Falltür angesprochen hatte!

4.

Das Zeichenbuch

Die Tür bewegte sich nicht. Jan verkeilte seine Füsse in den Leitersprossen, genauer visierte er die Stelle an, wo der Riegel sass. Zum dritten Mal riss er den Vorschlaghammer hoch. Der rostige Kopf krachte gegen das Holz, der Riegel gab mit einem Knall nach, die Falltür sprang einige Zentimeter hoch und fiel zurück.

Jan lehnte den Hammer gegen die Wand. Schweissperlen standen auf seiner Stirn, zugleich fröstelte ihn. Was würde ihn oben erwarten?

Er sah nicht viel. Das Licht drang in Streifen durch die Fensterläden. Seine Augen brauchten Zeit, um sich ans Halbdunkel zu gewöhnen. Der Raum war bis auf einen grossen Schreibtisch leer. Er öffnete die Läden, Licht fiel auf die Deckplatte. Staub überzog sie, einem feinen Pelz gleich. Ein altes Tintenfass, ein Federhalter, eine Schreibunterlage aus brüchigem Leder. Jan öffnete alle Schubladen. Nichts.

Er trat ans Fenster. Seine Schultern sanken herab, die Anspannung löste sich. Missmutig lehnte er sich hinaus. Der Wind trieb mit den Nebelschwaden sein Gaukelspiel. Kurz tauchte der Renault auf dem Vorplatz auf, er wurde verschluckt, dafür sah er nun die Strasse. Sie führte am Haus vorbei, weiter den Berg hoch. Ein Stück weit war sie geräumt.

Jan schaute ein zweitesmal hin. Dort, wo der Pflug gewendet hatte, führte ein Pfad weiter bis hinauf zum Fuss der Felswand. Eine Rinne im Tiefschnee, von Menschen gestampft. Er hatte nicht geträumt, wie er sich zu seiner eigenen Beruhigung eingeredet hatte! Er war tatsächlich von Schellenklängen und Peitschengeknall aus dem Schlaf gerissen worden! Langsam waren sie unter seinem Fenster vorbeigezogen: zottelige Wesen mit grausigen Fratzen, ein Bussgang von Sündern im Licht der Fackeln, begleitet von liturgischen Gesängen. Ein Aufmarsch der Untoten, wie sie Jan nur aus durchgeknallten B-Movies kannte.

Mit einem Ruck zog er das Fenster zu. Wer wusste schon, welche Bräuche sie hier hatten – gerade in der Zeit zwischen Klaustag und Weihnachten. Das war die Erklärung: Die Dorfbewohner hatten bloss das alte Jahr zum Teufel gejagt, wie sie es um diese Jahreszeit immer taten!

Die Dorfbewohner?

Fünfzehn, zwanzig Fackelträger waren es gewesen. Jan lächelte. Sie hatten für die Prozession wohl sämtliche gehfähigen Einwohner aufgeboten!

Sein Blick wanderte durch das Zimmer. Es war grösser als alle andern im Haus. Die Falltür befand sich hier in der Mitte, fiel ihm auf. Es konnte nur bedeuten, dass sich der Raum über beide Hausteile erstreckte. Dafür wirkte er wiederum klein. Die Wand gegenüber hatte keine Fenster. Er untersuchte sie genauer. Der Putz unterschied sich nicht von dem der übrigen Mauern. Und doch …

Er holte den Hammer. Wozu lange überlegen, es war ja sein Haus?! Mit aller Kraft schwang er ihn gegen die Wand. Die Gipsschicht zerplatzte. Er schlug wie ein Besessener, als sei die Mauer verantwortlich für die maskierten, verborgenen Gesichter der Gsponer, für ihre Wortlosigkeit, für Lucrezias Abneigung … Splitter flogen um seine Beine, unbeirrt werkte er weiter, bis zwei Backsteine nachgaben. Sie polterten auf der andern Seite hinunter. Der Hammerkopf blieb im entstandenen Loch stecken. Jan würgte ihn heraus. Er bückte sich, schaute durch die Öffnung. Auch drüben filterten Fensterläden das Licht. Die paar hellen Streifen genügten: Er sah Umrisse von Gegenständen! Mit neuem Elan packte er den

Hammer. Nachdem die Mauer an einer Stelle nachgegeben hatte, kam er schnell voran. Er ruhte nicht, bis das Mauerloch gross genug war, um hindurchzuschlüpfen.

Als erstes fand er hölzernes Kinderspielzeug.

Alles handgemacht. Heute gab es so was kaum mehr. Jan wischte Staub und Spinnweben von einem Murmelturm. »Chlürlispiel« hatten sie es genannt, damals bei der Stiefgrossmutter. Stundenlang hatte er damit gespielt, hatte die farbigen Kugeln oben hineingelegt, gespannt ihren Weg von einer schrägen Ebene zur nächsten verfolgt; er hatte ihr rollendes Sirren wieder im Ohr, das trockene Tocken, als sie auf die nächste Ebene fielen, das gläserne Klicken, wenn sie unten auf die bereits in den Fächern liegenden stiessen. Bei dem hier waren die Punkte aufgemalt: eine Zehn in den äussersten Fächern, eine Zwanzig in den angrenzenden und die Fünfzig im mittleren. Punkte waren ihm nie wichtig gewesen. Viel spannender hatte er die Versuche gefunden, ganze Kaskaden von Murmeln durch den Turm zu schicken. Ein Verfolgungsrennen, bei dem die erste stets erste geblieben war. Eine Unwägbarkeit hatte es trotzdem gegeben: die möglichen Verstopfungen bei den Richtungswechseln.

Was hatte Fortunat Wilers Kind oder Kinder am Spiel fasziniert? Womöglich die verschlungenen, dreidimensionalen Farbspiralen in den Murmeln. Auf der Fahrt wurden sie zum wirbelnden Kreis, zum optischen Strudel, unten in den Fächern erstarrten sie in der ursprünglichen Form.

Kinderspiele. Bald würde sein eigenes …

Er verdrängte den Gedanken. Den Turm trug er zum Schreibtisch. Er holte nacheinander den Elektroofen und den Schaukelstuhl herauf. Zuletzt wischte er die Schreibtischplatte sauber.

Ein guter Platz für seine Nachforschungen.

In einer Ecke der versteckten Kammer stand eine Kommode. Die Schubladen waren mit altmodischen, bäurischen Frauenkleidern gefüllt: wollene Strümpfe, lodenartige Röcke, baumwollene Schösse, feine, spitzenverzierte Blusen. Ein Stapel Bücher erregte Jans Aufmerksamkeit. Er nahm das oberste, im selben Moment fühlte er, dass er sich in eine Geschichte mit unabsehbaren Folgen verstrickte. Welcher Schicksalsschlag, fragte er sich erschüttert, hatte Fortunat Wiler soweit gebracht? Was brachte einen Menschen dazu, die wichtigsten Habseligkeiten, intimste Erinnerungen wie diese Fotobücher einzumauern? Die Einbände hatte ein Kunsthandwerker geschaffen. Sie bestanden aus zwei dünnen, glatt geschliffenen Holzplatten, an einer Kante waren sie fein gelöchelt und mit dem ledernen Rücken vernäht. Jan schlug einen Band auf. Das Papier der ersten Seite erinnerte ihn in der Struktur an Pergament. Es musste von aussergewöhnlicher Qualität sein, denn es war kaum vergilbt, keiner der üblichen Altersflecken verunstaltete die Widmung:

Dem Fräulein Lisbeth Comet zugedacht – auf dass ihre meisterhaften Bilder einen würdigen Rahmen finden.

Fortunat Wiler, Gspona im Juli 44.

Gespannt blätterte Jan weiter. An Stelle der erwarteten Fotos überraschte ihn die Bleistiftskizze eines Soldaten mit Pferd, darauf Tuschzeichnungen eines Hauses, Landschaften, Bergbäche, ein Gesicht das ihn an jemanden erinnerte, weitere Skizzen und Zeichnungen, einige sanft koloriert. Erst spärlich, dann öfter, waren sie mit einem kurzen Begleittext versehen, geschrieben in einer zierlichen, gestochenen Handschrift.

Jan trug den Stapel Bücher zum Tisch. Alle waren in derselben Art gefertigt. Jeder Band begann mit einer Widmung von Fortunat Wiler. Die Bewunderung in der Anrede wurde unverblümter. Zärtlicher. Noch 1944 fiel das Fräulein weg, ein Jahr später der Nachname Comet, aus Lisbeth wurde »meine geliebte Lis« und 1950 – der Zeitsprung irritierte ihn – »meine geliebte Gattin«.

Jan war in den ersten Band vertieft. Lautes Rufen schreckte ihn auf. Er kletterte hinunter. Der Hausplatz war vollständig geräumt. Gion Capun lachte freundlich vom Traktorsitz herunter, neben dem Pflug stand Lucrezia. Sie streckte ihm etwas entgegen.

»Ich habe den Schlüssel gefunden!«

»Zu spät, ich ...«

»Dachte ich mir. Es war nicht zu überhören.«

Sie machte auf dem Absatz kehrt. Gion Capun schaute ihr nachsichtig lächelnd nach.

Aus dem verhangenen Himmel lösten sich erste Flocken.

»Es wird schlimmer!«

Jan nickte.

»Wenn Sie abreisen möchten – wir könnten das organisieren. Die Strasse bleibt geschlossen, aber Peider Capun würde für Sie ...«

»Danke. Ich bleibe.« Die eigene Entschlossenheit erstaunte Jan. »Wenn die Wetterprognosen stimmen, werden Sie eine Weile nicht mehr wegkommen. Sie wissen, worauf Sie sich einlassen?«

»Was meinen Sie damit?«

»Nun ... den Schnee natürlich. Sehr viel Schnee! Und neue Lawinen. Nicht nur unterhalb des Dorfes.«

»Das ist ... alles?«

»Reicht Ihnen das nicht?« Gion Capun versuchte kopfschüttelnd seine Zigarillo anzuzünden. »Ihr Unterländer habt keine Ahnung, was die Natur anrichten kann.«

Jan kam eine Idee. Wenn einer das wusste, dann Gion Capun: »Sagen Sie, gibt es hier eine Art Dorfchronik?«

Capun blinzelte ihn durch die Rauchwolke an. »Die gibt es wahrhaftig! Mein Grossvater hat sie begonnen, mein Vater bis zu seinem Tod weitergeführt und ich fühle mich auch schon schwächlich.« Er schmunzelte, als hätte er die Pointe zum ersten Mal plaziert.

»Darf ich mir die mal ausleihen?«

»Ausleihen?« Capuns Züge rutschten aus dem Gleichgewicht. »Das ist nicht vorgesehen!«

»Vorgesehen? Ich möchte nur mehr wissen über Gspona. Zeit zu lesen hat man hier ja!«

»Sie können ja mal vorbeischauen.«

»Jetzt?«

»Halt, halt. Ich … ich muss mir das überlegen und … was nachschauen. Ob das wirklich geht!«

Jan hatte seine ganzen Überredungskünste und Capun drei Tage Bedenkzeit gebraucht. Jan liess den dicken Wälzer auf den Schreibtisch fallen. Die Chronik deckte die Jahre von 1940 bis 1965 ab. Er wunderte sich, weshalb Capun sich so geziert hatte. Offizielle Dokumente bargen wohl kaum Geheimnisse.

Das Netz mit den Glasmurmeln lag daneben. Gion hatte es auf seine Frage hin aus einem seiner Regale gezaubert.

Seine Finger tasteten über die Armlehnen des Schaukelstuhls. Zwei Lackschichten hatte er weggeschliffen, wie bei einem Baumstamm arbeitete er sich von Jahrring zu Jahrring vor. Wann war die Lackierung unter seinen Handflächen entstanden? Ein Leben lang hatte das Möbel einem anderen gedient. Mit der Arbeit machte er es sich zu eigen. Der Stuhl näherte sich mehr und mehr seinem Originalzustand, er schlug zwischen Jan und dem Besitzer eine Brücke über die Jahrzehnte.

Er schüttelte den Kopf. Er wurde wunderlich. Die Abgeschiedenheit, das Dorf, das Haus ... sie lockten ihn in eine Vergangenheit, die nicht die seine war. Fort aus seinem bisherigen Leben, fort von Cécile und dem Kind.

Vielleicht hätte er nachgeben sollen, als selbst der ruhige Peider Capun, den er und Gion tags zuvor auf dem Dorfplatz getroffen hatten, gesprächig geworden war. Er hatte von der drohenden zweiten Lawine an der Schrattenfluh erzählt. Bald könne er selbst nicht mehr nach Hause, hinunter nach Gspona-Wiler. Vielleicht bleibe er ohnehin, hier oben würde er eher gebraucht!

Er hatte dabei an Lucrezia gedacht, war Jan überzeugt.

Jan riss das Murmelnetzchen auf. Für seine Verhältnisse war er heute aus sich herausgegangen. Die Frage nach der nächtlichen Prozession hatte die beiden Capuns in Verlegenheit gebracht. Sie hatten einen kurzen Blick gewechselt, bevor Gion etwas von einem alten Brauch gemurmelt hatte. Bei grosser Lawinengefahr würde der wiederbelebt. »Wegen der Wolfslauene!« hatte Peider Capun wenig hilfreich hinzugefügt und sich eiligst verabschiedet.

Jan drehte eine der Glaskugeln zwischen den Fingern, unschlüssig, womit er beginnen sollte. Er zündete einige Kerzen an. Draussen nachtete es, die Flocken fielen so dicht wie bei seiner Ankunft. Er setzte eine Murmel oben auf den Turm. Sie rollte langsam an, die Spirale im Glas wurde zum farbigen Wirbel. Er schickte eine zweite hinterher, eine dritte, nahm das früheste Skizzenbuch, las nochmals die Widmung, betrachtete die erste Zeichnung, blätterte, interpretierte Begleittexte, ging einige Seiten zurück, zu einer Skizze, zu einem Detail, bevor er die Dorfchronik nahm, Querbezüge suchte und sie tatsächlich fand, und sich wieder dem Buch zuwandte. Die Zeichnungen wurden plastischer, lebendig wie die Farbspiralen in den Kugeln. Bilder, die eine Geschichte erzählten, die Geschichte von Lisbeth Comet und ihrer grossen Liebe Fortunat Wiler.

Begonnen hatte sie an jenem Sommertag im Jahr 1943. Lisbeth brachte die Sägisse mit dem zersprungenen Blatt in die Schmiede des Kantonnements. Ein junger Soldat fragte im Unterländerdialekt und etwas umständlich, wie es sie dünkte, nach ihren Wünschen.

»Geflickt werden muss die halt!« Lisbeth deutete auf die Sägisse. Neugierig betrachtete sie ihn. Das also war der Schmiedgeselle. Der Verwundete! Die Geschichte seines Unfalls war wie ein Lauffeuer durchs Dorf gegangen. Für einige Abende hatte sie den Schwatz der Mädchen vor der Milchhütte beherrscht. Wie hiess er gleich? Fortunat! Fortunat Wiler, genau! Die Hanna vom Schrattenhof hatte noch frech gemutmasst, ob der Name und sein Besitzer wohl einer von ihnen Glück bringen würde. Alle Mädchen hatten gelacht, sie am lautesten.

Dabei hatte Fortunats Dienst bei ihnen alles andere als glücklich begonnen! In aller Herrgottsfrühe hatte der junge Trainsoldat an jenem Tag im Kantonnement sein Pferd mit Nahrungsmitteln, Decken, Medikamenten und Munitionskartuschen beladen. Zusammen mit Grenzwachtkorporal Gsteiger, wie Lisbeth sich entsann, war er aufgebrochen. Langsam hatten sie Höhe gewonnen und Stunden später den bequemen Wanderweg verlassen. Der führte nicht weiter hoch, querte statt dessen die letzten Wiesenhänge, dort, wo Lisbeth mit der Mutter Heu gezettelt hatte. Der alte Schmugglerpfad, auf den der Korporal Fortunat danach führte, wurde sofort felsiger. Weiter oben verschwand er aus Lisbeths Blickfeld.

Lisbeth Comet hatte eine sprudelnde Phantasie. Sie konnte sich lebhaft vorstellen, was Fortunat beim Marschieren gedacht hatte. Eben erst in Gspona angekommen, frisch von der Rekrutenschule, hatte er sicher nicht glauben wollen, dass da ein Weg hinaufführte! Doch die Flüchtlinge aus Italien bewiesen das Gegenteil. Alle paar Tage kamen einige im Dorf an, die Gesichter fahl vor Erschöpfung, die Augen erloschen. Das Grauen, das sie gesehen hatten, mochte sich Lisbeth gar nicht vorstellen, so wie kaum einer im Dorf genauer wissen wollte, was den Gehetzten widerfahren war. Zu Lisbeths Freude wurden die Gsponer den Fremden gegenüber hilfsbereiter, je länger der Krieg dauerte. Bereits war es eine der Hauptaufgaben der Grenzer, die Verlorenen in Empfang zu nehmen. Aus politischen Gründen gab das zwar keiner offen zu.

Zweimal waren Flüchtlinge diesseits der Grenze, in vermeintlicher Sicherheit, von den Deutschen beschossen und getötet worden. Da konnte keiner wegsehen! Selbst Schmuggler wie ihr Bruder Venzin vergassen ihr unrechtes Treiben. Sie kämpften an der Seite der italienischen Partisanen gegen die übriggebliebenen SS-Truppen. Oder sie setzten ihr Leben aufs Spiel, wenn sie Flüchtlinge auf ihren Schleichwegen über die Grenze und durch die Schattwand geleiteten.

Die Wand – für die einen war es das letzte Hindernis auf dem Weg in die Freiheit, für sie im Dorf ein Schutzwall gegen das Böse! Während Lisbeth im stets gleichen Rhythmus die Heugabel ins Gras stach, es anhob, zettelte und streute, mochte sich Fortunat Wiler auf die Zügel konzentriert haben. Der Pfad wurde schmaler und steiler, talseitig fiel die Wand jäh ab. Fortunat hatte kaum hinuntergeschaut, so trittsicher und schwindelfrei war der nicht!

Zwei Stunden später mussten die beiden das Ziel erblickt haben. Von da an konnte sich Lisbeth nur zusammenreimen, was sich abgespielt hatte, so wie Jan Somm es über fünfzig Jahre später auf Grund der spärlichen Angaben in der Dorfchronik tat, während er eine weitere Murmel auf ihren Weg schickte.

»Schau, die Wolfsscharte!« hatte Korporal Gsteiger Fortunat Wiler angespornt. »Wir sind fast da!«

Fortunat blickte auf und sah die Lücke, der einzige Ort, wo die Wand nicht in senkrecht hochragende Spitzen auslief.

»Passo del lupo nennen die Italiener die Scharte«, sagte der Korporal. »Ein Pass ist es weiss Gott nur auf ihrer Seite, wirst sehen! Da fallen die Hänge sanfter ab ...«

Ein peitschender Knall unterbrach ihn, gefolgt von weiteren. Ihr Hall vervielfachte sich in den Felsen. Lisbeth unten hörte das Echo und wechselte einen ängstlichen Blick mit ihrer Mutter, die sich bekreuzigte. Wenn nur nicht der Venzin in die Schiesserei verwickelt war!

Fortunat indes zog den Kopf des Pferdes an seine Brust. Er legte ihm die Hand über die Nüstern. Beunruhigt schaute er Gsteiger an.

»Es räblet wieder«, sagte der grimmig. Und schwindelte, als er Fortunats Gesicht sah: »Aber drüben, ennet der Grenze!«

Der Weg wurde flacher. Fortunat atmete auf. Er sah die Berghütte. Unter einem Überhang schmiegte sie sich an den Felsen. Erneut peitschten Schüsse. Fortunat beschleunigte wie Gsteiger seine Schritte. Plötzlich, noch bevor er den stechenden Schmerz spürte, gab sein Bein nach. Er strauchelte. Stürzte. Gsteiger war mit einem Satz neben ihm, das Gewehr im Anschlag. Sein Blick durchkämmte das Gelände. Er konnte nichts entdecken. Sofort kümmerte er sich um Fortunat, der auf sein Bein starrte. Die Hose färbte sich dunkel.

»So ein verfluchtes, verdammtes Pech! Die schiessen auf Flüchtlinge, aber uns fliegen die Kugeln um die Ohren!« Gsteiger schnitt mit dem Taschenmesser die Hose auf. Fortunat wurde schlecht. »Nur eine Fleischwunde«, hörte er Gsteiger sagen. Dann wurde er ohnmächtig.

So rekonstruierte Jan Fortunat Wilers Unfall an Hand der Dorfchronik. Die Verletzung heilte binnen Wochen, aber marschieren konnte Fortunat nicht mehr. Er wurde Geselle des Hufschmiedes. Neben dem Beschlagen der Pferde und allen möglichen Schmiedearbeiten an Wagen und Geräten hatte Fortunat bald für die Bauern im Dorf gearbeitet. Der Kommandant, verriet die Chronik, unterstütze das »zum Zwecke eines harmonischen Zusammenlebens von Truppe und Einwohnern«.

Die urtümlichen Formulierungen der Chronik, die vom Alter dunklen Wände des Raumes, die Poesie in den Zeichnungen – all das half Jan, in die damalige Zeit einzutauchen. In das Gsponer Leben, in die Gefühlswelt der Lisbeth Comet, als sie vor Fortunat stand. Sie wusste, dass der sie schon gesehen hatte. Die Mutter meinte immer, sie sei bekannt wie ein geflecktes Kalb! Nicht nur wegen ihrer zarten Erscheinung, die hier im Tal fast fremd wirkte, nein, weil sie den meisten Soldaten in den Wiesenhängen unter der Schattwand schon begegnet war. Wie so oft im Gras sitzend, den Zeichenblock auf den Knien, behütet vom Kranz der Bergspitzen, tief unter ihr in den Matten des Talbodens die glitzernde Gspona. Alles prächtige »Motive«, wie die richtigen Maler gesagt hätten!

»Flicken kann ich die schon, wenn Sie mir dafür erlauben, bei Ihrer nächsten Zeichenwanderung mitzugehen . . .« sagte Fortunat Wiler also gleich als erstes. Frechdachs! Doch Lisbeth sah, wie er die Sägisse ob seiner übermütigen Forderung nervös in der Hand drehte, und gab sogleich ihr Einverständnis, nicht etwa mit gesenktem Blick, wie er vielleicht erwartet hatte, o nein! Im Gegenteil, sie schaute ihn neugierig an, worauf er seine Füsse betrachtete.

»Wann haben Sie denn Urlaub?« fragte sie, um ihn weiter aus der Fassung zu bringen.

»Morgen schon!« sagte Fortunat schnell.

»Morgen um neun Uhr, oben, wo der Schmugglerweg abzweigt!« Lisbeth lächelte verstohlen. Der Arme musste wahrscheinlich die ganze Nacht durcharbeiten, um vom Korporal wirklich frei zu bekommen. »Alsdann! Wir gehen zum Schlifftobel. Ich will den Wasserfall probieren!«

Es war nicht beim Versuch geblieben. Jan betrachtete die erste kolorierte Tuschzeichnung. Lisbeth Comet hatte Brösel von Farbstiftminen abgeschabt und sie mit dem Finger auf dem Blatt zerrieben. Das Wasser der Gspona changierte zwischen grün und blau, stürzte über zwei Stufen, bevor es in einem felsigen Becken zur Ruhe kam.

Der Abfluss des Teiches sei unterirdisch, erklärte Lisbeth Fortunat, während sie einen geeigneten Ort suchte. Dicht stehende Bäume umgaben das Becken, es war meist nur zur Hälfte sichtbar. Sie entschied sich für einen Platz mit Blick auf den Wasserfall. Fortunat packte Brot, Käse und Wurst aus. Im Bach füllte er die Feldflasche nach. Bei seiner Rückkehr strichelte sie schon eifrig, zwischen den Zähnen ein Stück Brot.

»Du musst kauen!« sagte er. Sie lachte mit ihm. Hier oben erlaubte sie das Du, das war schliesslich Brauch unter Berggängern. Aber nur bis zur Rückkehr ins Tal!

»Siehst du, wenn ich zeichne, vergesse ich alles. Ich werde dir eine schlechte Gesellschafterin sein!«

»Lass dich nicht ablenken, solange ich dir zuschauen darf...«

Was er damit wohl meinte? Er wich ihrem Blick aus und guckte auf das Blatt. Mit wenigen Strichen hatte sie die Felsen und das stürzende Wasser skizziert.

»Wie echt!« sagte er bewundernd.

»Ja, hoffentlich!« erwiderte sie ohne den Stift abzusetzen. Fortunat streckte sich im Gras aus. Sie schielte einige Male zu ihm hinüber, sie freute sich über den angenehmen Begleiter. Wahrscheinlich hätte er tausend Fragen stellen mögen, statt dessen ... schlief er rücksichtsvoll ein.

Als er aufwachte, war sie ein gutes Stück weitergekommen. Sie hatte sogar Zeit gefunden, ihn genauer zu betrachten. Bis auf die geschlossenen Augen. Sonst guckten sie ein bisschen verträumt, das gefiel ihr besonders.

Die Sonne war gewandert. Aus ihrem Schattenplatz wurde ein Glutofen.

»Ist dir nicht heiss?«

Sie zuckte mit den Schultern, obwohl sie das Salz der Schweissperlen über ihren Lippen schmeckte. »Geh schwimmen, das kühlt zünftig ab!«

»Ich habe kein Badezeug dabei!«

»Ich auch nicht. Weisst du was? Ich gehe zuerst, ich möchte mir sowieso die Felsen aus der Nähe anschauen!« Sie stand auf. »Du bleibst hier, versprochen? Komm mir nicht schpienzeln!«

Er nickte.

»Schwör es!«

Fortunat hob die drei Schwurfinger. Lisbeth war sich fast sicher, dass er Zeige- und Mittelfinger der andern Hand hinter seinem Rücken kreuzte, um den Schwur aufzuheben. Sie lachte dennoch zufrieden. Geschickt kletterte sie die Felsstufen zum Becken hinab. Unten winkte sie ihm zu, dann ging sie hinter die Bäume. Im Schatten zog sie das Kleid aus, wie sie es hier schon oft getan hatte, erst nach dem Unterrock wurde ihr gschmuch. Wenn er ihr böse wollte? Ach was! Das Wasser lockte grün glitzernd. Sie zog sich ganz aus, tauchte mit einem Juchzer ein, behielt unter Wasser die Augen offen, bestaunte die Felsen am Boden, tauchte auf und schwamm hinüber zu ihrem Lieblingsstein. Im Wasser kauernd legte sie ihre Wange an seine Oberfläche, ihre Arme umspannten den Stein, ihre Hände liebkosten seine glattpolierte Haut. Sie kletterte hinauf. Ihr Bauch und ihre Brüste nahmen die Wärme des Felsens auf. Dieses kribblig-kitzlige Gefühl, das sie in letzter Zeit in ihrer Kammer genauer erforscht hatte, flimmerte in ihrem Unterkörper auf. Ohne den Kopf zu bewegen, schielte sie durch die Haarsträhnen zu den Bäumen hinüber, suchte nach einem Farbflecken im Gezweig. Prompt entdeckte sie Fortunat! Er schlich gerade weg.

Sie lief rot an. Wagte sich vor Scham nicht zu rühren. Zugleich fühlte sie eine verboten lustvolle Freude aufsteigen. Mochte er sie gesehen haben! Mochte er nur einen heissen Kopf kriegen oder was! Sie war stolz auf ihren Körper, die Mutter sagte oft, der würde noch manchem den Kopf verdrehen, sie solle nur achtgeben! Dem da drüben schwindelte es wohl schon! Sie vergewisserte sich, dass er verschwunden war, bevor sie zurückschwamm. Während sie sich ankleidete, lachte sie leise. Sie würde ihn Mores lehren! Sie würde sich revanchieren. Auf ihre Art!

Sie kletterte hinauf. Ihre Haare waren tropfnass und sie merkte wohl, dass ihr Kleid an einigen Stellen unziemlich an ihrer Haut klebte! Trotzdem stellte sie sich dicht neben ihn, nahm die Haare zusammen, drückte sie über ihm aus.

»Voilà! Du bist dran!«

»War's schön?« Seine Stimme klang belegt.

»Kalt ist's!« Lisbeth griff zum Block. Am Becken blickte er hoch. Sie tat in ihre Zeichnung vertieft. Dass sie ihn durch die Haarsträhnen hindurch beobachtete, sah er sicher nicht! Sie wartete ab, wie weit er hinausschwimmen würde, horchte auf das Plätschern seiner Züge. Den Schutz der Bäume verliess er nicht.

Er hatte wohl Angst, sie würde ihm etwas wegschauen!

Schon recht, so konnte er sie auch nicht sehen.

Sie ertappte sich beim Wunsch, er möge auf ihrem Stein die nassen Flecken und die Pfützen liebkosen, die ihr Körper zurückgelassen hatte. Wahrscheinlich hatte Fortunat schon verbotene Helgen gesehen. Der war nicht so unbedarft, wie er tat, aber sie und er alleine hier am Felsteich, so ganz ohne Kleider ...

Den schturmen Kopf hatte er nicht von der Sonne!

Als Fortunat zurückkam, stand sie sofort auf. »Zeit zu gehen, wir haben einen weiten Weg vor uns.« Sie klappte den Block zu, bevor er hineinschauen konnte.

»Zeigst du mir das Bild nicht?«

»Nein. Erst wenn es fertig ist!« Lisbeth wandte sich ab. Diese Augen! Ohne dass ein ungehöriges Wort gesprochen worden war, keimten zwischen ihnen Gefühle, die nicht mehr so leicht auszulöschen waren.

Die letzte Murmel klickte auf die unten liegenden. Jan lächelte versonnen. Eine ungewöhnliche Frau, diese Lisbeth Comet! Die Bergbauerntochter bildete ihre Welt nicht nur meisterhaft ab, sie erschuf sich in den Zeichnungen gleich eine eigene. Wann sie wohl diese hier Fortunat Wiler offenbart haben mochte? Das Bild vor ihm war ein Landschaftsbild mit Zutaten! Im Wasser des Felsteiches stand ein junger, nackter Mann, über einen Stein gebeugt, von hinten gezeichnet. Mit noch schmaler Taille und schon kräftiger Schulterpartie, plastisch bis in die feinschraffierten Details der Rükken- und Gesässmuskulatur.

Sie hatte in der kurzen Zeit gründlich hingeschaut, die Lisbeth Comet anno 1943, versteckt hinter den Bäumen.

Bis auf die Kerzen und die rotleuchtenden Kippschalter des Ofens war es dunkel im Zimmer. Jan kämpfte sich aus dem Schaukelstuhl. Was war den beiden zugestossen? Die Aufzeichnung der Geschichte ihrer Liebe hatte Fortunat Wiler eingemauert. Wenn einer die Frau verlor, die Kinder – mochte er im ersten Moment nach dem Unglück so reagieren. Das konnte Jan nachvollziehen. Wiler behielt seine Erinnerungen jedoch während Jahrzehnten eingeschlossen. Trauer konnte dafür nicht der einzige Grund sein, Trauer war irgendwann bewältigt. Schuldgefühle nicht. Welche Schuld? Oder eine tiefe Verletzung… Hatte Lisbeth Comet ihn verlassen?

Er blickte ratlos zur Maueröffnung. Ein Schimmer erhellte den lange verborgenen Raum, er riss Jan schlagartig aus dem Sinnieren. Noch wollte er nicht an Geister glauben! Er ging hinüber. Das Licht kam durch die Bodenritzen aus dem unteren Zimmer. Logisch, dieser Raum lag über Lucrezias Wohnung! Er zwängte sich durch die Mauer. Die Bodenriemen hatten sich im Laufe der Jahre verzogen, die Zwischenräume waren teilweise fingerbreit. Er kauerte bei einem nieder. Wie Fortunat Wiler in jenem Wäldchen und ein Leben später in Jans Garten, konnte er nicht widerstehen: Er linste durch den Spalt.

Erschreckt fuhr er hoch, ein Stuhl fiel polternd um, er hetzte die Leiter hinab, erst in der Küche blieb er stehen. Nicht mal die Wärme und die Helligkeit hier konnten ihn beruhigen. Was er gesehen hatte, verfolgte ihn während der ganzen Nacht.

5.

Das Gespräch

Groteske Bilder drängten sich in Jans Träume. Der haarige Körper der Bestie neben Lucrezia, seine Pranke auf ihrer Hüfte, die Fratze neben ihrer Wange ...

Im ersten Morgenlicht stolperte Jan ins Badezimmer. Eine kalte Dusche verhalf ihm zu klaren Gedanken.

Er hatte im Schreck ja nicht mal richtig hingeschaut!

Bevor ihn der Mut verliess, stieg er in den ersten Stock hoch, zögernder in den zweiten. Im Arbeitszimmer war alles so, wie er es verlassen hatte: das Murmelspiel mit den Kugeln in den Fächern, die Zeichenbücher neben der Dorfchronik auf dem Tisch. Wenigstens war die Geschichte von Lisbeth und Fortunat nicht seiner Phantasie entsprungen!

Er beugte sich über den Spalt.

Da lag Lucrezia. Regungslos. Die Haare ins Weiss des Kissens gegossen.

Neben ihrem Kopf – eine Maske! Eine der Masken, die er bei der Prozession gesehen hatte. Leer glotzende Augenlöcher, zottlige Haarbüschel. Jans Blick folgte Lucrezias Arm. Er ruhte auf einem mächtigen Brustkasten. Behaart war der zwar, aber eindeutig menschlich. Das Gesicht konnte er nicht sehen.

Jan richtete sich auf. Seine überreizten Nerven, die ungewohnte Umgebung, die rätselhaften Geschehnisse, das gedimmte Licht – was er auch zur eigenen Entschuldigung anführte, änderte nichts: Er war ein Trottel.

Vor Scham hätte er in den Boden versinken wollen. Nur – wozu? Keiner konnte ihn sehen. Im Gegensatz zu den beiden unten war er alleine! Während sie nach der lustvollen Nacht

Seite an Seite aufwachen würden. Ausgeschlafen, verliebt, bereit, das neckische Spiel mit der Maske und ihren Körpern fortzuführen.

Er aber, er war nur ... eifersüchtig.

Leise zog er sich zurück. Auf der Leiter liess ein Geräusch, mehr das Gefühl eines Geräusches, ihn stocken. Ein kaum hörbares Grollen, ähnlich einem fernen Donnern. Der Ton schwoll an, er veränderte sich, klang nun höher. Die Fensterscheiben zum Dorf hin klirrten. Jan fühlte das Beben der Sprossen unter seinen Füssen. Es liess so schnell nach, wie das Geräusch erstarb.

Jan ging vors Haus. Es schneite nicht mehr. Die Schattwand – dank der Dorfchronik wusste er endlich ihren Namen – war verhüllt. Durchs Dorf trieben Nebelschlieren. Über den untersten Häusern hing eine dichte, weisse Wolke.

»Die Schrattenlawine! Die zweite! Eine solche Staubkrone habe ich meiner Lebtag nicht gesehen!«

Jan hatte ihn nicht kommen hören und war zusammengezuckt. Im bereits zugeknöpften Mantel stand Peider Capun neben ihm. Er! Jan hatte es vermutet. Vorsichtig schielte er zum Haus. Lucrezia stand im Schlafanzug in der Tür.

»Ich muss hinunter!« rief Peider ihr zu. »Simonets Scheune hat es erwischt ... mindestens die!« Er marschierte los.

Jan war noch immer peinlich berührt.

»Es wird schon nichts passiert sein!« Lucrezia schlang fröstelnd die Arme um ihren Oberkörper.

Er horchte auf. Zum ersten Mal hörte er keine Ablehnung in ihrer Stimme. Vielleicht war das der richtige Augenblick!

»Ich möchte mich mal mit Ihnen unterhalten, Frau Camminada.«

Zu seiner Verblüffung nickte sie. Er könne später herüberkommen, sie sei im Atelier.

Lucrezia war gekleidet wie letztes Mal. Jan hatte im Koffer nach sauberen Kleidern gesucht.

Das Feuer in der ehemaligen Esse brannte bereits.

»Was wollen Sie wissen?« fragte sie ihn, während sie ihm Kaffee einschenkte. Jan beobachtete ihre schmalen Finger, die dennoch kräftig wirkten. Sie trug keine Ringe, ihre Nägel waren kurz geschnitten. Er wusste nicht, welche Frage er zuerst stellen wollte, zu viele hatten sich angesammelt.

»Die Lawine vorhin ... da könnten weitere kommen!«

»Im Dorf, meinen Sie? Oder hier oben?« Lucrezia schaute zum Fenster hinüber. »Der Bannwald über dem Dorf ist lichter geworden. Und solche Schneemengen hatten wir seit Jahren nicht mehr, so früh im Winter! Da oben hat sich noch nichts verfestigt. Aber keine Angst, der Wald und die darüberliegenden Verbauungen werden wohl standhalten. Dieses Jahr noch.«

»Diese Schrattenlawine ist trotzdem gekommen.«

»Die kommt immer, wenn viel Schnee liegt.«

»Und die Wolfslawine?«

»Nun ...«

»Sie wissen davon?«

»Nicht mehr als alle anderen. Schauen Sie ...« Lucrezia nahm einen Fetzen Papier und einen Stift. Mit schnellen Strichen skizzierte sie das Tal, die Schattwand, das Dorf. »Hier ist das Tobel, in dem die Schrattenlawine niedergegangen ist.« Sie zeichnete unterhalb des Dorfes einen Pfeil. »Normalerweise passiert dort nichts, doch das Ende des Tobels war mit Schnee der ersten Lawine gefüllt, die zweite muss über die Ränder gesprungen sein. Sie hat wahrscheinlich zwei Scheunen mitgenommen. Wohnhäuser gibt es unten keine. Nur die Strasse wird noch stärker verschüttet sein.«

Leicht abseits des Dorfes zeichnete sie ihr Haus.

»Hier sind wir überhaupt nicht geschützt!« Jans Schrecken war nicht gespielt.

»Durch den Wald nicht. Dafür vom senkrechten Teil der Wand. Das Problem liegt hier!« Sie deutete auf das Tobel zwischen Dorf und Haus, das Jan mit seinen Schritten ausgemessen hatte. »Da könnte was kommen.«

»Das wäre diese ... Wolfslawine?«

»Ja. Die sagenhafte Lawine.« Die Bleistiftspitze kletterte zu einer Lücke hoch. »Hier oben bei der Wolfsscharte ...«

»... wurde Fortunat Wiler angeschossen!« platzte Jan dazwischen.

Sie schaute ihn verwirrt an.

»Als Soldat im Krieg – aber das ist unwichtig!« Er hatte das Gefühl, ein Geheimnis auszuplaudern.

»Das hat er Ihnen erzählt?« Sie wirkte irritiert. »Wie auch immer. An der Wolfsscharte gehen oft Rutsche ab. Über die Geröllfelder in diese Mulde hinunter, wo sie auslaufen.«

»Bis die Mulde gefüllt ist.«

»Ja.«

»Und dann?«

»Kein Lebender weiss, ob es soweit kommen kann. Ob eine Lawine jemals das Tobel erreicht, ihren Weg herunterfindet. Selbst wenn ... würde sie zwischen uns und dem Dorf ... ach, was soll's! Das sind nur Legenden. An denen mangelt es Gspona nicht.« Den letzten Satz hatte sie fast verächtlich dazugesetzt.

»Legenden wie die vom Mörderhaus?«

»Ja.«

»Weshalb wird es so genannt?«

»Keine Ahnung.«

Jan schaute sie misstrauisch an. »Sie sind hier aufgewachsen!«

»Nein.«

Seine verdutzte Miene entlockte ihr ein Lächeln. »Meine Mutter stammte ursprünglich aus Gspona«, erklärte sie. »Kurz vor meiner Geburt hat sie das Dorf verlassen. Weil ihr Freund, mein Vater, bei einem Bergunglück ums Leben gekommen war.«

Jan musste an sich halten. Meiner auch! wollte er sagen, mein Vater auch! Er beobachtete jede Regung ihres Gesichts, während sie weitererzählte. Ihre Mutter habe ihr nie erklärt, wie es genau passiert sei. In welcher Wand, bei welcher Tour, aus welchen Gründen. Zu gross war ihr Schmerz gewesen, die Angst, die Wunde aufzubrechen. Statt dessen war sie mit der Tochter nach der Beerdigung nach Zürich geflüchtet. Sie hatte die Anonymität gesucht und sie in einer Zweizimmerwohnung und einer Stelle im Service gefunden. Mehr hatte eine alleinerziehende Berglerin in der Stadt nicht erwarten dürfen! Lucrezia war in Kneipen aufgewachsen, hatte an Stammtischen schreiben und ein paar Dinge mehr gelernt, oder auf den Tischsets einfach die Stunden bis zum Feierabend der Mutter weggezeichnet. Der Sprung vom Beizen- zum Strassenkind war klein gewesen. Die übliche Karriere: Klauereien, Drogen … Nur ihre Mutter hatte den totalen Absturz verhindert. Mit einem Zweitjob. Sie putzte abends. Ihr Fleiss hatte Lucrezia die Erfüllung ihres Traums finanziert: die Ausbildung an der Kunstgewerbeschule.

»Vor drei Jahren ist sie gestorben«, sagte Lucrezia nach einer Pause. »Genau zu dem Zeitpunkt, als ich erstmals Geld verdiente. Als ich ihr vieles hätte zurückgeben können.«

Sie verstummte.

Jan überwand sich und durchbrach die Stille. »Weshalb sind Sie hier gelandet? Wollten Sie mehr über Ihren Vater erfahren?«

»Nein. Nie. Bis … Nein. Männergeschichten waren der Grund. Oder die Flucht davor. Vielleicht … ach, einfach Futter für Briefkastentanten! Sie wissen schon: das Mädchen, das in allen Männern den verlorenen Vater sucht.« Ihr Lächeln war selbstironisch und verbittert.

»Und das Haus hier? Weshalb Ihr Wohnrecht?«

»Das ging von meiner Mutter auf mich über, habe ich bei der Testamentseröffnung erfahren. Vielleicht eine Jugendliebe von ihr, dieser Herr Wiler!«

»Sie haben ihn nie getroffen?«

»Das wollte der nicht. Ich noch weniger. Das Angebot hingegen liess ich mir nicht entgehen, ich musste aus der Stadt weg. Für meine Arbeit ist das Haus ideal. Vor allem kostet es nichts. Ich hatte nur Kontakt zu diesem Notar. Er hat mir dann das Verscheiden meines grosszügigen Mäzens mitgeteilt ... und Ihre bevorstehende Ankunft.«

Jan war aufgestanden, er drehte Kreise, wie es seine Gewohnheit war. Lucrezia Camminada erzählte ihm mehr als erhofft, doch nicht im entferntesten, was er erwartet hatte! Sie war nicht von hier, keine Bergbauerntochter, sie war eine Fremde wie er. Vaterlos wie er. Selbst ihre Launenhaftigkeit hatte verständliche Gründe.

»Was arbeiten Sie hier?« wiederholte er schliesslich die Frage, deren Antwort sie ihm beim letzten Mal schuldig geblieben war.

Sie stand auf. Nach unmerklichem Zögern öffnete sie den einzigen Schrank im Raum. Wortlos deutete sie hinein. Jan trat näher. Sie arbeitete in Holz, fiel ihm zuerst auf. Sein Blick blieb in der Fülle der Gegenstände an einem Buch hängen. Er griff danach.

»Der Prototyp für ein Fotoalbum«, erklärte sie.

Er nahm es heraus. Die Deckel waren aus Holz, der Rükken aus Leder. Wie die Zeichenbücher! Dieses hier allerdings verströmte den Geruch frisch lackierten Holzes. Zufall! sagte er sich, das erneut aufkeimende Misstrauen erstickend. Er legte das Buch zurück. Alle Gegenstände im Schrank waren kunstvoll gearbeitete Papeterieutensilien, von Schreibtischunterlagen aus Holz über Briefbeschwerer bis zu Stifthaltern und Bücherstützen. Edle Füllfedern stachen Jan ins Auge. Ihr Mittelleil war aus Wurzelholz geschaffen, er wirkte urtümlich, aber nicht kitschig. Jan bewunderte die Verästelungen in der Struktur des Holzes, den feinen Schliff, er wog eine der Federn zwischen den Fingern, spürte sofort dieselbe Sinnlichkeit des Handgemachten, die er bei der Restaurierung des Schaukelstuhls wiederentdeckt hatte. Die Halterung der Feder, der Deckel und das Füllerende waren aus Metall. Ihr modernes Design kontrastierte mit dem altmodischen Kernstück.

»Den möchte ich Ihnen abkaufen!« Jan hatte sich unvermittelt umgedreht.

»Weshalb?« fragte sie nur.

»Er passt zu den … Nun, ich mag das Gefühl, wie er in der Hand liegt.«

»Guter Grund. Nehmen Sie ihn.«

Sie setzte sich zurück an den Tisch. Er spürte, dass sie kein Geld haben wollte.

»Danke. Kann man davon leben?« Er deutete auf den Schrank.

Sie lächelte nur.

»Sie haben nie nachgefragt?« Eiligst hatte Jan das Thema gewechselt. »Ich meine: Mörderhaus ist zumindest ein ungewöhnlicher Name!«

»Eine Legende eben, weshalb sollte ich mich damit belasten? Mir gefällt es hier.«

»Aber … Ihr Freund, Peider Capun, sollte es wissen.«

»Weshalb, glauben Sie, ist er mein Freund?«

Jan lief unter ihrem spöttischen Blick rot an. »Weil heute morgen …«

»Ach so! Peider ist … ich weiss nicht. Irgendwas steht zwischen uns.«

Die letzten Worte waren ihr herausgerutscht, sie bereute es sogleich, ihr Gesicht verschloss sich. Die Vertraulichkeit, die sich in ihr Gespräch geschlichen hatte, verflog. Jan hatte nach der Prozession fragen wollen. Ob sie dabeigewesen war! Ihre abschätzige Art, von Sagen und Legenden zu sprechen, liess das Gegenteil vermuten. Doch sie war an jenem Abend in Peiders Golf gestiegen.

Nicht zu vergessen die Maske im Bett!

»Die andern Gsponer ... ich sehe bei dem Wetter ja kaum jemanden ... Gesichter schon gar nicht.«

»Das hat nichts mit dem Wetter zu tun.«

»Nicht?«

»Peider und Gion sind die einzigen ihrer Generation. Die andern sind weggezogen. Sonst gibt es hier nur ältere Leute. Seltsame Menschen. Beschädigte.«

»Beschädigt wovon?«

»Von der Vergangenheit, von ihrer Geschichte, was weiss ich. Verwittert wie das Holz der Wände. Vielleicht wird man so, hier oben.« Sie lachte freudlos. »Das Dorf hat sich nie erneuert. Es dämmert seinem Ende entgegen. Ich hatte schon immer eine Vorliebe für alles Morbide.«

»Ihr müsstet doch froh sein, wenn neue Leute zuziehen!« Das Kokettieren lag Jan nicht, Lucrezia Camminada ging auch nicht darauf ein.

»Das Tal ist ein Kessel, sein Horizont eine Wand. Trotzdem: Das Haus war und ist im Moment der richtige Ort für mich. Danach ...«

Sie schenkte sich Kaffee nach. Fragend schaute sie ihn an. Mit einem Nicken schob er ihr seine Tasse hin.

»Übrigens ... der Raum oben, bei mir drüben, wussten Sie davon?«

»Über der Falltür? Es ist ein altes Haus. Ich habe eine ganze Schublade voll Schlüssel, aber mich interessiert nur meine Hälfte.«

»Da war ein zugemauertes Zimmer!«

»Ja? Haben Sie was gefunden?« Ihr Desinteresse war offensichtlich, ihre Frage nur höflich.

»Mmh ... alten Krempel eben.«

»Weshalb hat dieser Wiler Ihnen das Haus vererbt?«

»Ich habe nicht die leiseste Ahnung!«

Sie schaute von ihrer Tasse hoch.

»Ungelogen!« beteuerte Jan. »Bei Ihnen ist alles viel eher nachvollziehbar. Fortunat Wiler muss Ihre Mutter gut gekannt haben. Bei mir ... er war mein Nachbar, das ist alles.« Er sah Wiler mit wehendem Bademantel durch seinen Garten hasten. »Von der Sorte, die man lieber auf Distanz hält. Dann starb er. Von meiner Erbschaft erfuhr ich aus heiterem Himmel.«

»Wahrscheinlich kannte er sonst niemanden.«

»Er hätte Ihnen das ganze Haus überschreiben können. Das wäre logischer gewesen. Nein, ich ... er muss etwas Bestimmtes bezweckt haben!«

»Deshalb sind Sie hier.«

»Ja. Nein. Ich weiss nicht, es hat sich einfach so ergeben.«

»Arbeiten müssen Sie nicht? Im Unterland?« Elegant hatte sie die Rolle getauscht. Ihre Frage klang beiläufig.

»Ich war freischaffend und bin arbeitslos.«

»Freischaffend?«

»Tierstopfer.«

»Tierstopfer?«

»Bis vor einigen Wochen. Seither betrachte ich den Beruf als ausgestorben. Wie es die meisten schon lange tun. Ich sollte mich gelegentlich neu orientieren.«

»Statt dessen stecken Sie hier fest. Ihre Familie macht sich sicher Sorgen!«

»Ich stecke sozusagen freiwillig fest und meine Familie gibt es ...« Jan verstummte. Seine Familie! Sie meinte Frau und Kinder, er dachte an Cécile und ihr anhaltendes Schweigen.

»Gibt es nicht oder nicht mehr?« Lucrezia war für einmal erstaunlich hartnäckig.

»Oder noch nicht. Wählen Sie es sich aus!« Jan steckte den Füller ein. Er ging zur Tür. »Ich habe Sie lange genug aufgehalten ...«

Sie hielt ihn nicht zurück, wie er insgeheim gehofft hatte. Er reichte ihr die Hand, sie drückte sie etwas nachlässig, aber er hatte sie erstmals berührt, vielleicht ein winziges Stückchen der Kluft zwischen ihnen überbrückt.

»Und wir sind hier wirklich sicher?« fragte er unter der Tür.

»Sicher? Sicher ist keiner, nirgendwo und nie«, erwiderte sie. »Mit Lawinen hat das nichts zu tun.«

Jan Somm drehte wieder Kreise. Auf dem Küchentisch stand der Psion, daneben das Handy. Er hatte das einzige Mail in den lokalen Eingang verschoben. Die Antwort von Cécile! Lesen konnte er sie nicht, zu sehr beschäftigte ihn das Gespräch mit Lucrezia. Ganz anders hatte er sie heute wahrgenommen. Wie er war sie eine Fremde hier, allerdings verband die Geschichte ihrer Mutter sie mit Gspona und dem Tal und der Schattwand. Selbst mit deren Geheimnis! vermutete er. Denn eines seiner Hirngespinste wurde er nicht los: Fortunat Wiler hatte sie hier haben wollen, genauso wie er ihn hierhergelotst hatte! Den Grund dafür würde er in den Zeichenbüchern finden.

Was immer Cécile schrieb, er würde hierbleiben, bis er das Leben von Lisbeth und Fortunat Wiler rekonstruiert hatte. Ihr Leben und Lisbeths Sterben.

Er blieb, um zu erfahren, ob er ... sich wirklich in Lucrezia verliebt hatte! Was war es sonst, dieses übermächtige Gefühl, das er sich erstmals eingestand? Seine unbestimmte Sehnsucht in ihrer Nähe. Die Betroffenheit, wenn sie ihm über den Mund fuhr, die Dankbarkeit, wenn sie es nicht tat. Die Eifersucht auf Peider Capun! Die Anzeichen waren deutlich, er traute seinen Gefühlen trotzdem nicht. Vielleicht waren sie nur der Versuch, seiner Verunsicherung zu entfliehen! Zwischen Vergangenheit und Zukunft lag üblicherweise die Gegenwart, bei sich ortete Jan an dieser Stelle nur Orientierungslosigkeit. Leere. »Beschädigt« hatte Lucrezia die Gsponer genannt. Welch ein Wort für Menschen! Wie treffend es sie ... und ihn beschrieb!

Warm lag der Füllfederhalter in seiner Hand. Sein Blick fiel auf den Computer. Er lächelte traurig. Auch Lucrezia würde eines Tages feststellen, dass es für ihre Talente keine Verwendung mehr gab. Ihr Handwerk würde aussterben wie seines. Wer schrieb heute noch von Hand?

Er legte den Füller behutsam neben den Computer und öffnete die Mailbox.

Du hast dich also aus dem Staub gemacht! Tut mir leid, ich nehme dir deine Geschichte nicht ab. Gut aufgebaut, einfach zu durchschauen! Jeden Abend bringen die Nachrichten Meldungen von abgeschnittenen Bergdörfern. Dein wirres Gefasel von geheimnisvollen Bergwänden und Mörderhäusern ist etwas dick aufgetragen! Egal, ich habe von Anfang an gewusst, dass die Entscheidung bei mir liegt. Du, der ewige Zögerer und Zauderer, bist keine Hilfe. Ich habe mich entschieden. Für das Kind. Falls es dich interessiert: Es ist ein Junge, er wird Noah heissen ...

Jan sank in den Stuhl zurück. Er hatte trotz seiner Verdrängungsversuche ihre Entscheidung vorausgeahnt. Jetzt, da er sie schwarz auf grün las, das Geschlecht, der Name, den sie bereits bestimmt hatte ...

Noah!

Er horchte in sich hinein, bemüht, etwas wie Freude zu empfinden. Er spürte nur Beklemmung. Er war dreiunddreissig und bis heute waren Versuche, das Bild, das andere von ihm hatten, mit dem in Einklang zu bringen, was er selbst fühlte, vergeblich geblieben. Zögerer und Zauderer nannte

Cécile ihn. Zu Recht. Seine Ziellosigkeit machte ihm selbst am meisten Mühe. Das hatte sich erst in den letzten Tagen geändert. Seit er hier war, handelte er ohne die üblichen Zweifel. Alles was er tat, erschien ihm logisch.

Der Computer hatte sich automatisch ausgeschaltet, er startete ihn neu.

Ich organisiere mein Leben neu. Die Schule leiten kann ich von zu Hause aus. Nur das Unterrichten wird mir fehlen. Der einzige unklare Punkt bist du. Ich habe das Gefühl, ich tue dir einen Gefallen, wenn ich dich nicht in meine Pläne einbeziehe. Zumindest deute ich das aus deiner Reaktion. Was soll's, wird dem Kind kaum schaden, ohne Vater aufzuwachsen ...

Céciles Provokation war plump, sie wirkte trotzdem. Jans Hand zuckte hoch. Er bezwang den Drang, den Computer an die Wand zu schmettern. Minutenlang starrte er mit zusammengepressten Lippen auf den Bildschirm. Bis ein Sonnenstrahl darauf fiel. Erstaunt blickte er zum Fenster. Zum ersten Mal, seit er hier war, sah er ein Stück Himmel. Zugleich fasste er einen Entschluss. Mit dem Steuerstift tockte er auf den Schirm, ein leeres Dokument öffnete sich, er legte die ganze Hand auf die Tastatur, beobachtete die wirre Zeilenfolge von Konsonanten und Vokalen, sie füllten den Bildschirm stets neu. Er hörte nicht auf, als die Akkuanzeige blinkte. Den Warnton quittierte er mit einem grimmigen Lächeln. Er schrieb unsinnige Blindsätze, bis der Bildschirm erlosch und das Gerät unbrauchbar war.

Lucrezias Füller steckte er in die Hemdtasche, das Handy warf er in eine Ecke. Dann schnürte er die schweren Bergschuhe, die er seit Jahren nicht mehr getragen hatte. Er wusste, die Schattwand würde ihn frei von Nebel erwarten.

6.

Die Wand

Am siebten Tag seiner Anwesenheit konnte er sie endlich in aller Ruhe betrachten. Frei von Nebel türmte sie sich vor ihm auf. Vergleichbares hatte Jan Somm nie gesehen. Nicht als Erwachsener in den Canyons der Rockies, nicht als Kind auf Schweizer Wanderwegen, im Schatten der berühmtesten Alpengipfel. Die waren ohnehin nur Kulisse für die kindlichen Spiele gewesen. Mal wurde ein Firnfeld zur Rutschbahn, mal wollte ein Bergbach gestaut werden. Manchem zwang er einen neuen Lauf auf und lernte, dass selbst ein dünnes Rinnsal kaum zu bändigen war. Jedem Damm musste er nach kürzester Zeit einen zweiten, einen dritten zur Seite stellen, trotzdem wurden seine raffinierten Konstruktionen aus Ästen, Lehm und Gras mitgerissen.

Ein einziges Mal war es ihm gelungen, dem Wasser seinen Willen aufzuzwingen. Auf der Bollenwees im Alpstein. In einer Mulde kam jener Bach zur Ruhe, bevor er sich in drei Armen seinen Weg durch die Wiese bahnte. Jan war methodisch vorgegangen. Er hatte drei grosse Schieferplatten gesucht und sie ungeachtet der glühenden Sommersonne zum Teich hinaufgewuchtet, hatte die eine Platte ins Kiesbett gerammt, die seitlichen Lücken mit lehmiger Erde, mit Steinen, Grasbüscheln und Föhrenzweigen geschlossen, worauf der erste Arm tatsächlich trockengelegt war. Vom Erfolg ermutigt hatte er sich an den zweiten und endlich an den dritten Abfluss gemacht, keinen Blick für das aufziehende Gewitter. Die Wolken wälzten sich über den Hohen Kasten, beschatteten bereits den Fälensee, während er die letzten Abdichtungen vornahm. Tropfen plitschten in den Teich, begleitet von Donner zeichneten sie Kreise auf die Wasseroberfläche. Die Talwände vervielfachten das Krachen, der Gewitterregen prasselte los. Ein heftiger Wolkenbruch, doch so schnell liess sich Jan nicht einschüchtern. Er hatte diesmal solide gebaut. Alle Erfahrungen aus seinen Staustunden waren in die drei Dämme geflossen. Die hielten, egal was kam!

Er stellte sich daneben auf. Unbeugsam. Der Regen peitschte sein Gesicht. Wenn schon! Windböen liessen seine Jacke knattern. Warf ihn nicht um, ihn nicht, den Severin Somm, Sohn des grossen Bergsteigers und Entdeckungsreisenden Matthäus Somm! Verächtlich rammte er die Faust in den Wind, den Mittelfinger hochgestreckt, so wie er es den Neuntklässlern abgeschaut hatte. Der Pegel des Teiches stieg stetig an. Nur zu! Ein halber Meter fehlte bis zu den Dammkronen. Mindestens!

Ein neues Geräusch mischte sich in den Donner. Ein Rumpeln erschütterte seinen trotzigen Mut. Es kam von oben, vom Wasserfall über dem kleinen Teich. Jan kletterte schnell aus dem Bachbett. Keine Sekunde zu früh: Der Wasserfall war plötzlich braun, Erde, Äste, Dreck, Steinbrocken stürzten herab. Jan wich weiter zurück. Fassunglos sah er, wie der Berg herunterkam.

Hatte er damals wirklich gedacht! Jan lächelte. Eine kleine Rüfe war es gewesen, nicht der Rede wert, für seine Bauten allerdings verheerend. Sie drückte seine Dämme, die er mindestens für die Ewigkeit gebaut hatte, wie Streichholzschachteln weg. Worauf das Wasser bald klarer geworden war. Munter hatte es im umgestalteten Bachbett neue Wege gesucht.

Klatschnass und um eine ernüchternde Erfahrung reicher, war er zum Berghaus hinuntergestiegen. Auf dem Weg hatte er die einzig logische Folgerung gezogen. Den Mittelfinger würde er in Zukunft nicht mehr strecken! Gut, einigen Schulkollegen vielleicht, den weniger kräftigen …

Jan blickte zur Wand hinauf. Der wichtigste Berg seiner Kindheit sah nicht so aus. In seinen Träumen stieg der aus dem Dschungel empor, er war kein Felsmassiv, mehr eine tönerne Wölbung. Der tropische Dunst verschluckte ihre Kuppel so wie den Vater, als er Jan ein letztes Mal zuwinkte.

Die Schattwand war ... anders. Jan fand keine treffenden Worte. War es ein Berg? Eine Gebirgsgruppe? Eine Felswand? Ein Felsabbruch? Ihr Name schien ihm verniedlichend für dieses unglaubliche Gebilde, entstanden vor Jahrmillionen. Gesteinsschichten, durch die Urgewalten zu einem Berg aufgeworfen. Dann war er – Jan wurde mangels geologischem Wissen für Augenblicke gläubig – vom Feuerschwert des Allmächtigen ganz einfach entzweigeschnitten worden. Die eine Hälfte stand fast unversehrt vor ihm, die andere war in sich zusammengestürzt. Sie hatte das Plateau aufgeschüttet, das die Gsponer besiedelten. Die Schnittfläche verlief senkrecht, war aber nicht mehr glatt, sondern geschrundet und zerklüftet. Im Frühling und Herbst fräste das Wasser Risse, Rinnen und Trichter hinein, nachts sprengte das Eis die Felshaut. Kamine und Klüfte taten sich auf, Bänder und Rampen entstanden, sie unterteilten die Wand in einzelne, fast unversehrte Platten. Sie stürzten so steil ab, dass sich der Schnee nicht festsetzte.

Gottes Schwert musste etwas schartig gewesen sein, es hatte Aussparungen zugelassen. Vorspringende Türme stützten die Wand wie Pfeiler. Der mächtigste endete in Form eines Tierkopfes. Ein Wolfskopf. Vielleicht war er der Grund für all die Namen: Wolfstritt, Wolfsscharte, Wolfslawine. Oberhalb des Kopfes war die Mulde eingebettet, die Schneerutsche allmählich auffüllten, um der sagenhaften Lawine ihre Bahn zu bereiten.

Im obersten Teil stieg die Wand weniger steil an, sie lief in Dutzende von Felsspitzen aus: der Gipfelkranz der Schattwand. Er umsäumte die Hälfte des Tales. Die einzige Lücke war ein schmaler Sattel zwischen zwei Felsfingern. Die Wolfsscharte!

Da war Fortunat Wiler hochgestiegen? Die Schmuggler und die Flüchtlinge heruntergekommen?

Unmöglich!

Oder doch? Lisbeth Comets Zeichnungen vor Augen suchte Jan den Durchstieg. Erst der Wanderweg! Sein Blick schweifte weg von der Wand zu den angrenzenden Hängen. Sie lagen mattglänzend in der fahlen Wintersonne. Bald, mitten im Nachmittag, würde sie hinter den Gipfeln verschwinden. Dort drüben konnte er sich unter den Schneemassen einen Weg vorstellen. In kleinen Kehren schlängelte er sich hoch, bis zu jenem Absturz. Vielleicht war er zu umgehen! Rechts der Felspfad, links der Weg zum Wasserfall. Die Gabelung. Gebannt starrte Jan hinauf. Die weissen Linien in der Wand waren ja nichts anderes als Schneewächten auf Felssimsen. So wie sie die weisse Last duldeten, konnten sie im Sommer Menschen und Pferde tragen.

Danach hatten Fortunat und sein Korporal ein Geröllfeld gequert, heute hing es wie ein hingeworfenes weisses Tuch zwischen den Felsplatten herunter. Auf der anderen Seite sorgte ein breiteres Band wohl für die Fortsetzung des Weges. Es endete in einem breiten Kamin. Im Sommer war er in engsten Windungen wahrscheinlich begehbar. Darüber die nächste Rampe, eine weitere ... Jans Augen folgten ihnen im Zickzack, zeichneten die imaginäre Route in die vereisten Felswände, bis sie zur Wolfsscharte gelangten.

Man musste nur genauer hinsehen!

Er betrachtete die Wand wieder als Ganzes. Erinnerte sich an Fortunat Wilers Versuche, sie zu malen. Vor wenigen Wochen war er vor den Bildern gestanden, es schien ihm, als wären Jahre vergangen. Die Erinnerung daran, oder an Cécile und die Nächte mit ihr, war verweht wie der Schnee auf den steilen Felsplatten. Um wieviel deutlicher er Fortunats Weg durch die Wand sah! Eine gezackte Linie, sie sprang ihm aus dem Spinnennetz der verschneiten Simse entgegen wie ein Vexierbild, dessen Geheimnis – einmal entdeckt – offenlag.

Das schlechte Gewissen war dauerhafter als die Erinnerung. Wird dem Kind kaum schaden, ohne Vater aufzuwachsen. Der Satz verfolgte ihn. Er wusste, dass Cécile genau das beabsichtigt hatte. Zwanzig, dreissig Minuten lang verharrte er in Gedanken versunken vor der Wand. Endlich drehte er den Kopf in die entgegengesetzte Richtung, hinunter zum Dorf. Nach Lucrezias Aussagen lebten hier keine Kinder mehr. Die Bergbäche blieben ungestaut ...

Wie viele der Häuser waren bewohnt? Er hatte bisher nur die beiden Capuns und Lucrezia kennengelernt. Und geisterhafte Wesen getroffen, die sich vor ihm im Nebel aufgelöst hatten. Die Prozession, die Maskierten mit ihren Fackeln – wieder Gesichtslose. Waren es zwanzig gewesen? Dreissig? Hatte ihn das Bild im Halbschlaf genarrt? Er kämpfte sich an die Wand heran. Dort sank er weniger tief ein, die Fussspuren waren noch zu erkennen. Er folgte ihnen um eine Felsnase herum. Dahinter öffnete sich eine kleine Höhle. Sie war von Verwehungen fast aufgefüllt. An einigen Stellen guckten die Enden dunkler Stöcke aus dem Schnee. Er grub einen aus. Das verkohlte Ende einer Fackel! Hier hatte die Prozession geendet. Jan stapfte zur hinteren Höhlenwand. Auf einem Felssims standen Kerzen, darunter ... ein Wolf. Jan machte einen Schritt zurück. Das Tier fixierte ihn mit kalten Augen. Der Kopf war ihm zugewandt, der Körper von der Seite abgebildet. Er erkannte den Stil sofort: Lisbeth Comet hatte den Wolf in die Höhle gemeisselt!

Er ruderte durch den Tiefschnee. Seine Oberschenkel brannten. Die Sonne verschwand hinter der Schattwand. Kurz glühte der Gipfelkranz, gleichzeitig frischte der Wind auf. Er trieb schwefliggelbe Wolkenpakete heran. Als Jan keuchend den Dorfplatz erreichte, begann es zu schneien.

»Lausiges Wetter für eine Bergwanderung!« begrüsste ihn Gion Capun.

Jan schüttelte den Schnee von der Jacke. »Ich war oben an der Wand ... bei der Höhle!« Gespannt erwartete er Capuns Reaktion.

»Wo der böse Wolf wohnt!« Gion lächelte.

»Immerhin das Ziel der Prozession!«

»Was Ihnen halt etwas überspannt vorkommt, nicht?« Capuns Gesicht wurde ernst. »Ich glaube selbst nicht an diese Dinge ...«

»Weshalb machen Sie dann mit?« unterbrach ihn Jan.

»Entschuldigung, Herr Somm! Sie verstehen nichts von uns und den Bergen. Nichts vom Leben hier, nichts von seinen Gefahren. Wenn es so weiterhudelt, werden auch Sie froh sein, irgend jemanden oder irgend etwas um Hilfe bitten zu können. Der Berg lebt, das werden Sie schnell merken. Er lebt, er gibt uns viel und nimmt nicht weniger.« Seine Züge verhärteten sich. »Zuviel holt er sich manchmal! Deshalb versuchen wir mit ihm zu sprechen. Wie man das tut, tönt für einen Unterländer lächerlich. Ich finde es lächerlich, wenn einer mit dem Computer spricht ...«

»Auch die sind ab und zu gefährlich!«

Gion Capun liess sich nicht beirren. »Das ist nicht die Gefahr, von der ich spreche. Ob Ihnen nur der Nerv reisst oder Ihr Lebensfaden, ist ein gewaltiger Unterschied!« Er starrte ihn an, ein eigentümliches Flackern in den Augen. Es wich sofort wieder der gewohnten Gutmütigkeit. »Was soll's. Hat Ihnen die Dorfchronik geholfen?«

»Ja. Ich habe mich eben gefragt, wie viele Einwohner Gspona hat.«

»Zweiundzwanzig, zwei davon unter fünfzig Jahren.« Gion grinste. »Ich und Lucrezia Camminada. Peider wohnt in Gspona-Wiler.«

»Zweiundzwanzig? Keine Kinder?«

»Die letzte Familie ist vor zwei Jahren abgewandert.«

»Ein Dorf ohne Zukunft.«

»Es sei denn, Sie sind Millionär und eröffnen hier einige Hotels!«

»Da Sie davon sprechen – weshalb gibt es hier keinen Tourismus?«

»Das Skigebiet finden Sie drei Täler weiter. Es ist eines der grössten der Schweiz. Wir … nun, wir in Gspona waren einfach zu spät. Wir haben die Entwicklung verpasst, obwohl …« Er sprach nicht weiter. Statt dessen streckte er plötzlich ein Bauernbrot über die Theke.

»Ist die Strasse offen?« fragte Jan erstaunt.

»Nein. Solange wir abgeschnitten sind, übernehme ich das Backen.«

»Auch das noch? Sie haben viele Talente.«

»Erst probieren, dann urteilen, rate ich Ihnen!«

»Metzgen tun Sie wohl nicht?«

»Nein. Fleisch können Sie trotzdem haben. Tiefgefrorenes von der letzten Jagd.«

Er kaufte ein Pfund Gemspfeffer, Gion erklärte ihm die Zubereitung.

Jan trat aus dem Laden. Im gegenüberliegenden Haus brannte Licht. Es stanzte die Silhouette eines männlichen Oberkörpers ins Fenster. Das Gesicht war ihm zugewandt, einzelne Züge konnte er nicht erkennen. Trotzdem wusste Jan, dass der Mann ihn anschaute. Diesmal war er sich sicher. Er blieb stehen. Erwiderte den Blick. Langsam hob er die Hand zum Gruss. Keine Reaktion. Der schwarze Schatten rührte sich nicht. Jan liess die Hand resigniert sinken. Hoffnungslos, diese Gsponer! Taten so, als sei er nicht da. Er war da, verdammt! Selbst sein Atem war in der eiskalten Luft sichtbar! Doch sie, sie hatten nicht mal Gesichter! Das irritierte ihn am meisten.

Er schlitterte zur Strasse hinunter. Ihr Verlauf erinnerte ihn an Lucrezias Erklärungen. Durch diese Senke würde die Wolfslawine donnern, wenn sie denn jemals käme. Er beschleunigte seine Schritte. Zwei vor, einer zurück, zwei vor, einer zurück. Keuchend brachte er die letzte Steigung hinter sich, der Schweiss gefror ihm auf der Stirn, unter seiner Nase bildeten sich zwei kleine Eiszapfen.

Lucrezia war zu Hause. Das Licht im oberen Stock brachte ihn auf eine Idee.

Vom breitesten Spalt im Boden hielt er sich fern, zu sehr sass ihm der Schrecken vom letzten Mal in den Knochen. Er wollte sich nur ein Bild ihrer Wohnung machen. Behutsam schob er sich von Spalt zu Spalt. Der erste, der ihm einen Einblick ermöglichte, befand sich oberhalb der Küche. Auf den leeren Herd starrend, schämte er sich ein wenig, bis er Lucrezias Summen hörte. Die Vorspiegelung von Intimität liess seine Bedenken schwinden. Er fand, was er insgeheim erhofft hatte: Die eine Ritze erlaubte einen Blick in ein modern eingerichtetes Badezimmer. Sogar die Wanne konnte er ...

Das Licht erlosch.

Enttäuscht zwängte er sich durch die Maueröffnung. Es roch nach verbranntem Gemspfeffer.

Nach dem Essen richtete er den Schaukelstuhl auf die Maueröffnung. Das Murmelspiel stellte er neben sich. Die eine Hand blätterte im Zeichenbuch, die andere nahm automatisch einige Kugeln auf. Er vertiefte sich in die Skizzen. Die Anmerkungen von Lisbeth Comet häuften sich. Nicht, weil sie ihrem Talent misstraut hatte, wurde Jan klar, die Zeichnungen machte sie während einer gewissen Zeitspanne nicht mehr für sich selbst, sie wurden mit den schriftlichen Zusätzen zum Abbild des Dorflebens. Verständlich auch für einen Abwesenden.

Jan hatte vergeblich gehofft, unter den Gegenständen drüben Briefe oder Tagebücher von Fortunat Wiler zu finden. Die Rekonstruktion der Geschichte war schwierig, weil er zur falschen Jahreszeit hier war. Im Sommer hätte er sich auf die Spuren von Lisbeth machen können! Wäre hochgestiegen, erst zum Wasserfall, von da zur Wolfsscharte, oder er hätte die Kreuze auf dem Friedhof nach bekannten Personen und ihren Todestagen abgesucht. Jetzt war der Berg nicht begehbar und die gewaltige Schneedecke schützte die Grabkreuze vor seinen neugierigen Blicken. Er musste sich auf seine Kombinationsgabe, auf sein Gespür verlassen, wollte er der eigensinnigen Bergbauerntochter und Malerin gerecht werden. Sie ging, mochten die Gsponer in den Vierzigerjahren gedacht haben, einem nichtsnutzigen Zeitvertreib nach, und verliebte sich prompt in einen der Soldaten. Nichts gegen die Soldaten! Aber gleich mit einem zu gehen? Einem Fremden, der nach Kriegsende so schnell weg sein würde, wie er gekommen war? Ihr zum Abschied womöglich noch ein »Geschenk« hinterliess, flattrig, wie die Lisbeth war!

Jan bemerkte Licht in der Spalte. Er schlich hinüber. Unten drehte Lucrezia eben die Hähne auf, er sah direkt auf ihren schwarzen Haarschopf. Der Schein einer Kerze fiel auf die Wanne. Eine dicke Schaumschicht lag auf dem Wasser. Wie Jan sein Glück kannte, würde gleich der massige Rücken von Peider Capun unter ihm auftauchen …

Er blieb ihm erspart. Mit trockener Kehle sah er, wie der Bademantel zu Boden fiel, sah die Umrisse der schmalen Schultern und der zierlichen Brüste. Lucrezia kauerte im

Wasser, um sich an die Temperatur zu gewöhnen. Er betrachtete ihre Beine. Sie schoben sich vor, ihre Scham verschwand im Schaum.

Wenn er hinunterginge? An ihre Tür klopfte ... Sie hätte keine Zeit, sich anzuziehen, würde ihm im Bademantel öffnen, ihn ...

... fragen, was er wollte!

Er dachte sich weitere Szenarien aus, bis sie in der Wanne aufstand. Ihr Körper verschwand im weichen Frotté des Bademantels, das Licht der Kerze ging aus.

Nervös setzte er sich in den Schaukelstuhl. Sprang auf, entzündete die Kerzen, ging hinunter, kam mit Schleifpapier zurück, nahm sich eine Armlehne vor. Eines hatte Fortunat Wiler mit seiner Erbschaft erreicht: Jan war genauso zum Spanner geworden wie Wiler selbst. Gab es einen Unterschied zwischen dem lüsternen Alten vor seinen Fensterläden und ihm, dem nicht minder Lüsternen. Wie ein Spätpubertierender spähte er durch Ritzen! Statt sich ernsthafte Gedanken zu machen! Zum Beispiel über Cécile. Über ihren ... seinen Sohn.

Seine Finger spielten mit einer der Murmeln, er legte sie oben in den Turm, liess ihr eine zweite, eine dritte folgen, zum Sirren und Kreisen nahm er den Faden von Lisbeths Geschichte auf.

Sie konnte sich nicht helfen, Fortunat Wiler ging ihr nicht mehr aus dem Kopf! Sie zeichnete ihn ein ums andere Mal, sein Gesicht, diese Augen ... Mitten im Trubel des Augustfestes hatte er ihr gestanden, er habe sie lieb. Hinter der Scheune gab auch sie zu, dass er ihr nicht gleichgültig war. Wieviel ihr die gemeinsamen Wanderungen bedeuteten, er sei der einzige, der ihre Zeichnungen ernsthaft betrachte.

Dann war sein Gesicht düster geworden. Dumm sei bloss, er müsse weg!

»Weg?« Lisbeth erschrak.

»Ein Teil der Kompanie wird in die Innerschweiz verlegt, weiss Gott, weshalb!«

»Du musst mit.«

»Halt schon.«

»Wann?«

»In einer Woche.«

So bald! Der Schrecken und die Vorahnung der kommenden Leere machten Lisbeth klar, wie sehr sie Fortunat bereits liebte. Sie legte ihre Arme um seinen Hals. Küsste ihn, so wie sie dachte, man küsse. Nur im ersten Moment, seine Zunge an ihrer spürend, zauderte sie ein wenig, doch sie begann das fremde Gefühl sofort zu mögen, ergab sich einer Leidenschaft, die sie nicht mal vom Malen kannte.

»Ich möchte dich noch mal zeichnen!« flüsterte sie später.

»Jetzt?!«

»Nicht hier. In der Schmiede, da wird keiner sein. So wie ...« Sie verstummte verlegen. »Halt so wie ich es mir vorstelle!«

Er musste das Glimmen in ihren Augen gesehen haben, er war sofort einverstanden. Sie schlich sich an den Wachposten vorbei, während er sich ordnungsgemäss anmeldete. Er müsse schnell einen Splint hämmern. Natürlich jetzt gleich, für das Festzelt!

Sie liessen ihn passieren. In der Esse war noch Glut, das Feuer schnell entfacht.

»Zieh dich aus!« sagte Lisbeth ausser Atem. Sie hatte sich ungeachtet ihrer Tracht auf einen der Ambosse gesetzt. Er schaute verwundert. »Ich meine das Hemd!« erklärte sie.

Jan hielt die Zeichnung von sich weg. Ziemlich heroisch, Lisbeth Comets Inszenierung! Ein wenig erinnerte das Bild an die heldischen Abbildungen der Nazis. Nun – es war auch zu jener Zeit entstanden. Und wer hätte ihr den Überschwang vorhalten wollen, angesichts der Umstände, in denen es entstanden war? An einem solchen Abend, in ihrer ersten Nacht! Fortunat Wiler mit Sicherheit nicht, der hatte sich strikt an ihre Anweisungen gehalten. Er glühte ein Eisenstück und hämmerte es, sie zeichnete, wie sie nie gezeichnet hatte. Arbeitete mit allen Sinnen, fing mit wachsender Erregung Fortunats nackten Oberkörper ein, der bald russverschmiert war, das Spiel der Flammen und das seiner Muskeln unter der schweissnassen Haut, den niedersausenden Hammer, das rote Eisen, das Aufspritzen des Wassers, wenn er es eintauchte, um die veränderte Form festzuhalten, bevor er es von neuem aufglühte. Selbst der typische Schmiedegeruch nach verbranntem Horn von Pferdehufen inspirierte sie.

Als der Morgen dämmerte, die Zeichnung in einer groben Form fertig war und sie alles zugelassen hatte, bis auf das eine, das beide aufsparen wollten, versprach Lisbeth, auf ihn zu warten.

Jan blätterte. Ein nächstes Bild hatte Fortunat Wiler etwas über die einsamen Stunden in der Innerschweizer Verlegung geholfen, sein Begehren während der anschliessenden Zürcher Studienjahre wachgehalten: ein Selbstbildnis von Lisbeth Comet! Kein echter Akt, Lisbeth wagte es nicht, sich im Schlafzimmer der Eltern, wo der einzige grössere Spiegel des Hauses hing, ganz auszuziehen. Was, wenn der Vater sie überraschen würde?

Die Eltern waren auf dem Feld am Bachstotzen, beruhigte sie sich. Sie behielt den Unterrock an. Ihren feinsten, den mit den zarten Stickereien.

Gelegentlich war sie beim Zeichnen versucht zu mogeln, schalt sich dann aber zünftig. Der Fortunat würde sie schön finden, wie sie war! Sie könne jederzeit mit den Zürcher Dämchen konkurrieren, hatte er erst letzthin geschrieben, mit denen wisse er nichts anzufangen. Er plange nur auf den

Moment, da er sein Studium abgeschlossen und eine gute Stelle gefunden habe! Heiraten würden sie, eine Wohnung nehmen, mit Blick auf den See! Da könne sie nach Herzenslust zeichnen. Ihr Talent sei gross, habe ihm der Mann in der Zürcher Galerie versichert. Ernsthaft! Ungeschult sei sie, ein echtes Versprechen jedoch!

Zu gern wollte sie ihm glauben, die Lisbeth, ihre Beine im Spiegel musternd. Wenn nur dieser andere nicht wäre, der Rote Capun. Ihr Vater zog ihn Fortunat vor. Der Capun besass das meiste Land. Seit er während des Kriegs mit den Partisanen gekämpft hatte, nannte ihn auch niemand mehr laut einen Schmuggler.

Jan schickte die nächste Murmel los. Fortunats Nebenbuhler! Ein Widerling mit vorquellenden Augen und stumpfem Kinn, ein tückisches Glitzern im Blick. Darüber der wilde Haarschopf. Die einzige Farbe in der Tuschzeichnung: die knallroten Haare des Remidius Capun, wie der Mann angeschrieben war. Der Rote Capun! Verwandt mit einem der heutigen Capuns? Jan wusste es nicht, er reimte sich lieber den Fortgang der Liebesgeschichte zusammen. Dramatisch hatte sie sich zugespitzt. Offensichtlich wollte der Rote Capun Lisbeth um jeden Preis. Nur ihr heftiger Widerstand hielt Vater Comet davon ab, seine Tochter zu vermählen. *Eher werde ich eine alte Jungfer oder gehe ins Kloster, als dass ich den heirate!* hatte Lisbeth unter Capuns Bild geschrieben.

Kein leeres Versprechen, war Jan überzeugt.

Es kam nicht soweit. Eine Bildfolge zeigte, wie Fortunat Wiler das Drama verhindert hatte. Er brach das Studium ab, begrub wohl einige seiner Zukunftspläne, denn er kehrte nach Gspona zurück.

Die Hochzeit wurde am zweiundzwanzigsten November 1949 gefeiert.

Jan musste sich für einmal auf die Dorfchronik verlassen.

Lisbeth Wiler war zu beschäftigt gewesen in jener Zeit, die entsprechenden Zeichnungen fehlten. Der Heuschober des Vaters wurde für sie beide umgebaut. Auf der einen Seite entstand der Wohnteil, auf der andern Seite die Schmiede für Fortunat. Dank der finanziellen Hilfe von Vater Wiler konnten sie währschaft bauen. Das Malzeug nahm Lisbeth erst Tage nach der Hauseinweihung wieder hervor. Die Staffelei, Fortunats Hochzeitsgeschenk, musste dort gestanden haben, wo jetzt sein R5 parkierte, vermutete Jan. Auf der Zeichnung hatte das Haus bereits getrennte Eingänge: zum Wohnhaus und zur Schmiede.

Die erste Zeit war für das junge Ehepaar nicht leicht gewesen! Hier der Fremde und die Lisbeth mit ihrem Maltick und auf der anderen Seite der enttäuschte, intrigierende Capun. Er wollte die Bauern von Fortunats Schmiede fernhalten, er hetzte sie gegen Wiler, den fremden Fötzel, auf. Das belegten die Zeichnungen. Nach und nach wurden sie zu bösen Karikaturen des Dorflebens. Realitätsgetreu wie vor der Hochzeit zeichnete Lisbeth in diesen zwei, drei Jahren nur, wenn sie Fortunat bei der Arbeit zeigte. Seltsamerweise bald weniger am Amboss, mehr und mehr tüftelnd am Tisch, auf dem kleine Metallstücke lagen. Ihre Bedeutung verstand Jan erst durch die Zeichnung mit dem Titel ›Die Rettung‹! Das Haus war andeutungsweise skizziert, im Mittelpunkt stand eine Art Metallmasten vor dem Haus, ein zweiter entfernt, ein dritter noch weiter unten. Verbunden waren sie mit einem Seil. Zwischen zwei Masten baumelte ein Heuballen. Er war an einer Doppelrolle aufgehängt. Oben hakte ein Mann, wahrscheinlich Fortunat, den nächsten Ballen fest.

Ein Heuseil! Der verhinderte Ingenieur Wiler hatte sein Wissen, seine handwerkliche Geschicklichkeit mit den Bedürfnissen der Bauern zusammengeführt.

Die Vorführung war erfolgreich gewesen, wie eine Zeichnung bestätigte. Lisbeth war mit ihrem Mann zum Wasserfall hochgestiegen. Das taten sie im Sommer einmal pro Woche und nicht nur zum Malen. Von hier hatte sie das Tal mit den darüberliegenden Matten gezeichnet, bereits an fünf Stellen durchschnitten Fortunat Wilers Seilkonstruktionen die Wiesenhänge. Die neue Annehmlichkeit hatte sich gegen die Skepsis der Bauern durchgesetzt.

»Wären schön dumm gewesen!« sagte Lisbeth. »Seit Jahr und Tag haben sie das Heu die Hänge hinuntergebuckelt!«

»Hier schon. In der Innerschweiz benutzen sie die Heuseile seit Jahrzehnten. Das, Materialbahnen und anderes. Die sind Bergler wie wir und doch viel weiter. Wenn dein Vater nicht das erste Seil bestellt hätte – sie hätten weiterhin auf Capun gehört!«

»Ach, vergessen wir den Capun! Der ist wieder mit seiner Schmugglerei beschäftigt!« Ihre Stimme klang fest, ihre Überzeugung war es nicht.

»Hast recht. Wo ich noch so viele Ideen habe!« Er umfasste das Tal mit einer grossartigen Armbewegung. »In zehn Jahren, wirst sehen, wird man Gspona nicht mehr wiedererkennen!«

Lisbeth lächelte. Ihr ruhiger Fortunat, der in seinen Träumen so ungestüm wurde. Zu ihrem geheimen Glück nicht nur da! Sie würde ihm seine Visionen nicht verbieten, o nein! Sie wollte ihn unterstützen in allem, was er anpackte, so wie er sie dazu gebracht hatte, von den verbitterten Karikaturen zu lassen. Richtig zu malen! Als er dastand, erfüllt vom Willen zu neuen Taten, verschwand die Sonne hinter den Bergspitzen, fielen die Schatten der Wand auf Fortunat ...

»Lass uns gehen, sonst muss Hanna warten!« sagte sie, die dunklen Ahnungen verdrängend.

»Heute wirst du sie zeichnen?«

»Was soll dieses Grinsen, Fortunat Wiler?« Sie puffte ihn in die Seite. »Du wirst nicht schpienzeln. Nicht wie damals am

Teich drüben, dafür werde ich sorgen! Du kannst dich in der Schmiede abreagieren, der Vater wartet auf diesen Heuwender, den du erfinden willst!«

»Wird bald geschehen! Keine Angst, ich lass euch alleine. Wer legt sich schon freiwillig mit den beiden Dorfhexen an!«

Lisbeth lachte. »Nennen sie uns noch immer so?«

»Das ist die Kehrseite der Kunst, Lisbeth! Los, ich kann es nicht erwarten, die Hanna nackt zu sehen!«

Er entwischte ihrer Hand. Mit einem entrüsteten Schrei jagte sie ihm hinterher, über die Matte dem Tal zu.

Die letzte Murmel klickte ins Zwanzigerfach. Jan schlug die Seite um.

Lucrezia Camminada sass nackt vor ihm!

Lucrezia! In einer selbstsicheren, fast männlichen Pose. Derselbe zierliche Körper, dieselbe Haarflut, dasselbe Gesicht mit dem leicht abweisenden Ausdruck!

Hanna Camminada – in schlimmen Tagen hat sie zu uns gehalten.

Die Widmung unter dem Bild war unmissverständlich. Hanna Camminada war die Freundin von Lisbeth Wiler. Die zweite Dorfhexe ... die Mutter von Lucrezia?!

Jan sprang auf, sein Bein streifte das Murmelspiel, die Kugeln sprangen aus den Fächern, rollten über die Bodenriemen, einige verschwanden in den dunklen Ecken des Zimmers. Er sammelte sie aufgeregt ein. Lisbeth und die Mutter von Lucrezia Freundinnen? Und Jahre später gab Lisbeths Mann den Camminadas das Wohnrecht hier? Die mögliche Erklärung war zu offensichtlich, zu billig – nein, Lucrezia war niemals das uneheliche Kind von Hanna und Fortunat! Den Gedanken verwarf Jan so schnell wie er gekommen war. Mit absoluter Gewissheit. Ebenso klar blieb, dass Wilers Schicksal mit jenem von Hanna Camminada eng verbunden war.

Auf welche Weise?

Er würde es herausfinden. Zusammen mit Lucrezia.

7.

Der Brief

Sie reagierte nicht, sein Klopfen blieb unbeachtet. Er stemmte sich gegen den Sturmwind, als er zurückging. Seit er sich beschwert hatte, räumte Gion Capun den ganzen Platz frei. Die Schneewälle an den Seiten waren über drei Meter hoch. Wenn es so weiterschneie, hatte Gion beiläufig erwähnt, würden die Versorgungsflüge eingestellt. Bald genüge eine Erschütterung und ganze Hänge kämen herunter.

»Einzelhaft«, murmelte Jan. »Totalisolation!«

Die Freude an den Schneemassen war einer unterschwelligen Furcht gewichen, einem Gefühl steter Bedrohung. Zur Ablenkung suchte er im Haus nach Besen, Kessel und Lappen. Er wischte die Stube. Danach nahm er den Riemenboden feucht auf. Die Banalität des Putzens machte seinen Kopf frei. Er fragte sich, welche Rolle er in Céciles Plänen spielte. Sie wollte das Kind behalten, ihn aber ausschliessen!

Sicher war, dass Cécile Lausanne nicht verlassen und er nicht hinziehen würde.

Manchmal suchten ihn kitschige Vorstellungen heim. Wie das Bild einer winzigen Hand, sie schob sich in seine, klammerte sich fest. Und vergangene Nacht hatte sich sein ständiger Traum ins Gegenteil verkehrt. Nicht seine Augen leuchteten angesichts des neuen Skateboards mit den weichen Rollen. Er selbst hatte es dem Jungen geschenkt, hatte den Atem angehalten, während der Kleine davongebraust war.

Er tauchte die Bürste in das schmutziggraue Wasser. Ein Seitenwechsel stand ihm bevor. Mit dem Jungen würde er die Kindheit ein zweites Mal durchleben. Ihm mit seinen Erfahrungen beistehen.

Nun, immerhin war er ein grosser Dammbauer!

Er würde Noah vor schmerzlichen Fehlern schützen. Da war er Experte. Das Liebesbriefchen, das ihm von der Klassenschönsten zugesteckt wurde, würde er seinem aufgeregten Sohn erklären, hatte erstens nicht die sofortige Eheschliessung zur Folge. Es konnte zweitens ein Scherz sein, in den bis auf den Adressat die ganze Schulklasse eingeweiht war. Die Erinnerung an eigenes Ungemach liess ihn erröten.

Auch machte die Zigarette im Mundwinkel nicht zwangsläufig den Rockstar aus. Erfolgversprechender war – Noah würde das dank seiner Überzeugungskraft einsehen – der Umstieg von der Blockflöte auf Keyboard und Computer. Die Übungsstunden konnte er ihm ja mit dem regelmässigen Kauf der angesagten Markenklamotten vergelten.

Der Spiegel über dem Lavabo bestätigte seine Befürchtung: Ein leicht dümmliches Lächeln lag auf seinem Gesicht. Erinnerungen an die Zukunft halfen nicht weiter. Womit sollte er beispielsweise Noahs Kleiderbedarf finanzieren?

Beissender Rauch riss ihn vollends aus seinen Gedankenspielen. In der Küche stutzte er: Die Schieber des Kamins befanden sich in der richtigen Position! Hustend öffnete er das Fenster, darauf das Ofentor, der Rauch quoll ihm schwarz entgegen. Er schüttete den Inhalt des Wasserkessels in die Glut. Sie revanchierte sich mit giftigem Zischen und dichterem Qualm. Jan rannte aus dem Haus. Im Schneetreiben konnte er weder das Dach noch den Kamin oder dessen Rauchsäule sehen.

»Na?«

Er drehte sich um. Lucrezia musterte ihn neugierig.

»Rauch! Ich ... der Kamin ...«

»Der Rauch schlägt zurück?«

Jan hustete bestätigend.

»Ihr Kamin ist zugeschneit!«

Selbst in der Aufregung fiel Jan die Betonung auf. »Mein Kamin? Haben Sie etwa einen anderen?«

»Natürlich. Jener der alten Esse. Der erhitzt so stark, dass er nicht zugeschneit wird.«

»Was mache ich jetzt?«

Sie lachte. »Ersticken. Erfrieren! Oder Hilfe holen? Fragen Sie mal Gion, der schaufelt vielleicht mit.«

Die Schadenfreude in ihrer Stimme liess ihn aufbrausen. »Das mache ich selber! Ich brauche nur eine Leiter.«

»Hinter dem … Bleiben Sie hier! Das ist viel zu gefährlich!«

»Für einen wie mich, wollten Sie sagen!«

»Genau.«

»Ich mach das!« wiederholte er. Ohne weiteren Kommentar ging er hinein. Das Putzwasser hatte die Glut gelöscht. Er schnürte die Bergstiefel, zog Jacke, Mütze und Handschuhe an. Die Holzleiter fand er nach kurzem Suchen hinter dem Holzschopf. Das erste Problem war, sie im Schnee zur vollen Länge auszuziehen. Seine Lunge pumpte danach wie ein Blasebalg. Er gönnte sich keine Pause, sogleich wuchtete er die Leiter an die Wand.

Sie würde schon sehen!

Das altmodische Satteldach kam seinem Vorhaben entgegen, der Mittelteil direkt über der obersten Sprosse war flach, nur an den Seiten fielen die Ziegel steil ab. Oben wurde ihm klar, worauf er sich eingelassen hatte: Fast zwei Meter Schnee türmten sich vor ihm auf. Er musste von der Leiter aus eine Lücke in die Wächte schaufeln, wollte er überhaupt hinaufkommen! Jan versagte sich jeden Blick nach unten. Er klammerte sich mit einer Hand an der obersten Sprosse fest. Die andere fasste die Schaufel weit unten am Stiel. Die Leiter schwang bei seinen Ausholbewegungen leicht mit. Nach ersten unbeholfenen Wischbewegungen wurde Jan zuversichtlicher. Der Schnee war nur an der Oberfläche vereist, er liess sich verhältnismässig leicht wegkippen. Die Hälfte jeder Ladung stäubte von der Schaufel weg, die Schneekristalle wirbelten durch die Luft. Ein Teil landete exakt im schmalen Spalt zwischen Nacken und Jackenkragen, schmolz, vermischte sich mit seinem Schweiss. Er liess sich nicht beirren. Nach zwanzig Minuten hatte er vom Rand her einen Halbkreis in die Schneemauer auf dem flachen Stück des Daches geschlagen. Jede grössere Expedition benötigt ein Basislager! ermunterte sich Jan. Vorsichtig kroch er hinauf. Aus Sicherheitsgründen buddelte er kniend weiter. So kam er ein Stück vom Abgrund weg. Endlich stemmte er sich hoch. Das Flachstück bot ihm einen sicheren Stand. Der Blick über die Wächte entmutigte ihn: Eine gleichmässige weisse Fläche, vom Kamin keine Spur. Oder doch? Rund drei Meter von ihm entfernt sackte das weisse Tuch etwas durch. Er machte im Flockenwirbel einen Schatten aus. Rauch? Das war die Seite von Lucrezia, seinen Kamin würde er gegenüber finden.

Die Arme brannten, seine Rückenmuskeln verkrampften sich. Jede vollbeladene Schaufel musste er über den Dachrand hinaus schleudern, damit der Rückweg offen blieb. Er spürte eine erste Blase zwischen Daumen und Zeigefinger. Verbissen trieb er einen Stollen in die buttrige Masse, er hielt nicht inne, bis die Wand vor ihm einbrach, die Schaufel gleichzeitig auf Backsteine stiess.

Der Kamin der Esse!

Lange hätte es nicht mehr gedauert, bis auch Lucrezia geräuchert worden wäre! Das würde er ihr nachher unter die hübsche Nase reiben. Weshalb brachte sie ihm keinen Kaffee? Wo er ihr doch den Kamin freischaufelte, so gründlich, dass es zwei weitere Wochen schneien konnte!

Er hatte sich zum Verschnaufen hingesetzt, ihr Rufen brachte ihn auf die Beine.

Na bitte!

Vorsichtig rutschte er den Weg zurück, am Dachrand legte er sich auf den Bauch. Sie blickte hoch.

»Alles in Ordnung?«

»Kein Problem. Ihr Kamin ist frei.«

»Das war nicht nötig.«

»Denken Sie!«

Verdrossen stemmte er sich hoch. Er nahm einen zweiten Stollen zur anderen Seite hin in Angriff. Sie hätte ihn ja bitten können, vorsichtig zu sein! Hätte sich etwas besorgt zeigen dürfen, schliesslich ... liebte er sie! Verdutzt betrachtete er die Schaufel, die vor ihm in der Luft hing. Blödsinn! Die Einsamkeit hier – er hatte zuviel Zeit, an nichts zu denken. An sie. Sie wohnten unter demselben Dach, dieser Umstand gaukelte ihm eine Zweisamkeit vor, die nur in seiner Phantasie existierte. Wie in der Fernbeziehung mit Cécile!

Davon hatte er genug.

Er näherte sich der seitlichen Dachschräge. Vorsichtig sprang er hoch. Unter ihm, seitlich versetzt, sah er die sanfte Einbuchtung im Schnee. Er schaufelte in die Tiefe, bis er auf Ziegel stiess. Dann trieb er den Stollen der Dachkante entlang in die anvisierte Richtung. Einige Russpartikel im Schnee bestätigten ihm, dass er oberhalb des eingeschneiten Kamins stand. Ein Seil! Er hätte sich sichern sollen!

Zurück, die Leiter hinunter? Lucrezia um den nächsten Gefallen bitten, so nahe am Ziel?

Er legte die ersten Zentimeter der abfallenden Dachseite frei, klopfte Schnee von den Sohlen, fasste sorgfältig Tritt. War gar nicht so schwierig! Er setzte die Schaufel neu an, stemmte sein Gewicht dagegen, rutschte weg, fiel und blieb nicht in der Mauer vor ihm stecken, sondern glitt hindurch, rund um ihn herum nur Schnee, rutschender, fliessender Schnee. Jan sah nichts mehr, nahm nur die Bewegung wahr, wirbelte in einer weissen Kugel verpackt durch die Luft und stürzte, er spürte den Aufprall, den dumpfen Schmerz. Er wunderte sich noch darüber, so wie er sich damals in jener Kirche in Louisiana über die schwarzen Gesichter der Altarengel gewundert hatte, wie schwarz der Schnee wurde.

Der alte Mann liebkoste mit den Spitzen seines weissen Bartes das Ohr von Lucrezia. Sie lächelte. Petrus verschwand durch die Tür, sie setzte sich auf den Polstersessel. Jan schloss beruhigt die Augen. Lucrezia war auch hier! An der Seite seines Vaters schwebte er tiefer hinein in den Dschungel.

»Severin!«

Er wollte nach dem Arm des Vaters greifen, seine Hand landete auf Lucrezias Oberschenkel.

»Na? Endlich wach?«

Er schaute verwirrt um sich. Hob den Kopf etwas an. Er lag nackt unter zwei Daunendecken. Die Fugen zwischen den Holzriemen über ihm waren fingerbreit.

»Wie haben Sie mich genannt?« fragte er benommen.

»Severin!« erklärte sie. »Wenn ich die Auswahl habe, wähle ich den schöneren Namen.«

Er schielte zur Tür. »Und Petrus?«

Die Verständnislosigkeit in ihrem Gesicht wich einem Lächeln.

»Der alte Mann? Deconda! Benedetto Deconda, unser Doktor. Er hat schon mich zur Welt gebracht. Tut es weh?«

»Weiss noch nicht. Was soll weh tun?«

»Der Kopf. Eine Hirnerschütterung, meint Deconda. Die Bewusstlosigkeit führt er eher auf den Schock zurück. Dann ... dein Hintern! Eine Prellung, so gross!« Ihre eine Hand umfuhr grosszügig die gespreizten Finger der andern. »Du warst unterkühlt«, erklärte sie weiter. »Du hast dich beim

Sturz zwei Meter tief in den Schnee gebohrt. Ein Teil der Dachlawine hat das Loch über dir zugeschüttet. Es war eine ziemliche Arbeit, dich da rauszuholen! Der Einfachheit halber haben wir dich in mein Bett gesteckt.«

»Wir?«

»Peider und ich. Bei dir drüben musst du erst einfeuern, hier ist es warm. Ich hol dir was zu essen.«

Ehe er protestieren konnte, war sie draussen. Er stützte sich auf die Unterarme. Sein Schädel brummte. Der Schmerz der Prellung zuckte den Rücken hoch. Er schielte zum hölzernen Tischchen, das neben dem Kopfende des Bettes stand. Es hatte die Form eines Z. Wie die ganze Schlafzimmereinrichtung war es weiss lasiert. Neben dem Wecker lag kein Foto von Peider, sondern eine ... Murmel!

Severin errötete. Die Glaskugel musste durch eine der Ritzen gefallen sein!

Lucrezia kam mit einem Suppenteller zurück. »Bouillon. Die wird dich aufwärmen.«

Sie wollte ihm den Löffel zum Mund führen. Er winkte ab und deutete auf das Nachttischchen, während er sich zur Seite drehte, die Schmerzen ignorierend, darauf bedacht, dass die Daunendecken an ihrem Platz blieben.

Sie setzte sich in den Sessel.

»Du hast Glück gehabt, das ist dir klar?!«

»Ist wenigstens der Kamin frei?«

»Nicht nur der, das halbe Dach ist aper!« Ihre Schadenfreude brach durch. »Eine etwas ungewöhnliche Methode, würde ich meinen, aber mit verblüffendem Resultat!«

»Hätte wohl besser auf dich ... auf Sie gehört.«

»Bleib ruhig beim Du. Das halte ich immer so, wenn ein Mann in meinem Bett landet.«

»Gestern hatte ich das Gefühl, du magst mich nicht!« sagte er nach einer Weile leise.

Ihr spöttisches Lächeln verschwand. »Du liegst in meinem Bett, weil du verletzt bist. Das ist hier oben so üblich: Wenn einer wirklich Hilfe braucht, kriegt er sie. Egal was er...«

Er wartete vergeblich, sie sprach nicht weiter.

»Wie lange muss ich liegen?« wechselte er das Thema.

»Musst du überhaupt nicht!« Sie öffnete einen Schrank, ihr Bademantel landete auf dem Bett. »Steh nur auf! Unser Doktor ist Anhänger der Bewegungstherapie, Bettruhe empfiehlt er keinem, der noch Puls hat.«

Sie ging hinaus. Severin wälzte sich an die Bettkante. Zentimeter für Zentimeter stemmte er sich in eine sitzende Position. Wie sie dagesessen hatte ... genau wie ihre Mutter auf Lisbeths Zeichnung! Nicht nackt, aber in derselben Haltung. Er schnürte den Bademantel. Er reichte ihm bis Mitte Oberschenkel. Nach einigen wackligen Schritten wusste er, dass die Kopfschmerzen erträglich waren. Mehr zu schaffen machte ihm die Prellung hinten, die Lendenwirbel schienen blokkiert. Barfuss hinkte er zur Tür, jede Treppenstufe war eine neue Folter.

Lucrezia sass schnitzend am grossen Arbeitstisch. Severin zögerte.

»Darf... ich später noch mal herkommen?«

»Du kannst mir den Mantel morgen bringen«, sagte sie ohne aufzublicken.

»Ich ... ich möchte dir zeigen, was ich gefunden habe. Es wird dich interessieren!«

»Ach ja?«

»Es hat mit deiner Mutter zu tun!«

»Hat es?« Sie blies eine Locke aus der Stirn. »Komm halt, es wird bei dir ohnehin zu kalt sein. Lass dir Zeit, ich muss die Arbeit von heute nachmittag aufholen.«

Severin wankte zur Tür. Er verkniff sich die Frage, weshalb sie so beschäftigt tat. Ihre Ware konnte ohnehin nicht aus dem

Tal gebracht werden! Statt dessen bedankte er sich für ihre Hilfe.

»Ist recht«, sagte sie abweisend.

Das heisse Bad half. Oder eine der drei Tabletten vom Doktor? Der Teufel wusste, was genau er da schluckte! Petrus, wie er den Arzt von Gspona noch immer nannte, war kaum auf dem neuesten Stand der Medizin. Mit der Diagnose mochte er richtig liegen, doch jedes Kind wusste, dass es bei einer Hirnerschütterung nur eines gab: liegen bleiben.

Morgen vielleicht.

Heute abend erwartete ihn Lucrezia.

Widerwillig zwar, aber die Zeichnung ihrer Mutter dürfte sie aufrütteln! Die Herzlichkeit, die er beim Aufwachen in ihren Augen entdeckt hatte, würde zurückkehren, vielleicht sogar die versteckte Anzüglichkeit, mit der sie die Grösse der Prellung beschrieben hatte.

Severin nannte sie ihn!

Ausserhalb seiner Träume tat das keiner. Ihr erlaubte er es.

Severin fasste einen Entschluss: Er würde Cécile schreiben. Nachdem er das Beste, was sein Koffer hergab, angezogen hatte, setzte er sich an den Tisch. Die Ofenklappe stand offen, das Holzfeuer machte die Küche zum einzigen warmen Raum. Vorsichtig nahm er die Füllfeder von Lucrezia, das geschliffene Wurzelholz lag kühl zwischen seinen Fingern.

Verehrte Cécile

Um eines deiner Bonmots zu zitieren: Pathos ist Scheisse. Deshalb Klartext, handgeschrieben: Du liebst mich nicht, ich liebe dich nicht. Machen wir uns nichts vor…

Er stockte. Er hätte sterben können! fiel ihm aus heiterem Himmel ein. Etwas weniger Glück und der Sturz vom Dach hätte ihn umgebracht.

Er zerriss die Seite. Begann eine neue.

Lieber Noah, ich habe mich von deiner Mutter getrennt, als du noch nicht geboren warst . . .

Severin schrieb. Schrieb, wie er seit Jahren nicht mehr geschrieben hatte, ohne Tastatur, ohne Maus, ohne Steuerstift. Keine Hindernisse mehr. Nur die Feder. Sie verwuchs mit seiner Hand, nahm seine Gedanken ungefiltert auf, liess sie auf das Papier fliessen, Zeile für Zeile, Seite um Seite. Er erzählte von seiner eigenen Kindheit. Vom Vater, der für Träume sein Leben gegeben hatte. Von seinen Träumen, weil nur sie den Vater ins Leben zurückbrachten. Von den Dammbauten, mit denen er wie der Vater der Natur getrotzt hatte. Wie er auf dem selbstgebauten Skateboard allem entflohen war: den unerwiderten Gefühlen zu jenem einen Mädchen, den Streitereien mit dem Stiefvater, der erstickenden Fürsorglichkeit seiner Mutter. Nur in der Welt seiner Bücher, Bilder und Phantasien hatte er sich sicher gefühlt, in der wirklichen bewegte er sich verschüchtert. Er schilderte seinem ungeborenen Sohn die Faszination seines Berufes. Ein weiterer hoffnungsloser Versuch, zu bewahren, was vergangen war, fiel Jan auf. Er schrieb auch diese Erkenntnis nieder. Er verheimlichte nichts. Nicht sein Überfordertsein und nicht die Angst vor der Verantwortung, genausowenig sein anfängliches Unverständnis für Noahs Mutter, weil sie nicht abtreiben wollte. So gestand er sich selbst erstmals die Flucht ein, die ihn nach Gspona geführt hatte. Die Flucht vor dem, was mit der Schwangerschaft auf ihn zukam. Er berichtete vom Geheimnis des Hauses, von dessen Anziehungskraft. Wie das alles langsam seine Meinung änderte. Er, Noah, begann sich in seinen Gedanken einzunisten! Die sinnlose Wut auf die Mutter verrauchte. Sie machte einer Ahnung Platz: Cécile verhalf ihm zu dem, was er nie besessen hatte – zu einer Identität. Zu einem neuen Leben. Dank ihm, Noah, öffnete es sich in die Zukunft. Zeitweise würde er es mit ihm teilen. Wenn seine Mutter es erlaubte. Wenn er jemals von hier wegkommen sollte.

Der Brief gewann an Wärme. Severin setzte den Schlusspunkt, seine Hand zitterte. Er hatte jene Zeilen geschrieben, die ihm sein Vater nie hinterlassen hatte.

Im Stubenschrank fand er einen vergilbten Umschlag. Er adressierte ihn an Noah Basson. Mit einer Schere trennte er das Bild von Lucrezias Mutter vorsichtig aus dem Zeichenbuch.

Zum ersten Mal trug Lucrezia keine Jeans. Sie hatte sich für ihn umgezogen! Er schaute grosszügig darüber hinweg, dass die Strümpfe wollen waren, und folgte ihrem kurzen Kleid durchs Atelier. Ein langärmeliges, eng anliegendes T-Shirt brachte ihren Oberkörper zur Geltung. Kombiniert hatte sie es mit einem wattierten Gilet im Achtziger-Jahre-Stil. Ein Schutz gegen seine Blicke?

»Peider kennst du ja!« sagte sie auf der obersten Stufe.

Perplex reichte Severin ihm die Hand.

»Jetzt hausen wir also unter einem Dach«, brummte Peider.

Deshalb ihre Aufmachung! Severin verbarg seine Enttäuschung. Sein Blick suchte Hilfe bei Lucrezia.

»Peider kann nicht mehr nach Gspona-Wiler. Er wird eine Weile hier bleiben«, sagte sie prompt, während sie ihm einen Stuhl anbot. Ihre Erklärung war unerfreulich. Sie tröstete Severin dennoch, sie war ihm ja keine schuldig.

»Kaffee?«

Er nickte. Sie ging hinaus. Peider sass regungslos in seinem Stuhl, das Gesicht ein Holzschnitt.

»Äh ... danke übrigens. Für die Hilfe heute nachmittag, meine ich.«

»Ist nicht zu spassen mit dem Schnee!«

»Ja ... Wie schätzen Sie allgemein die Lage ein?«

»Kritisch. Wir werden bald evakuieren.«

Bevor sich Severin der Bedeutung des Satzes bewusst wurde, wunderte er sich, wie selbstverständlich das Fremdwort über Peiders Lippen kam.

»Ich dachte, die Helikopter könnten nicht mehr ins Tal?«

»Es gibt gefährlichere Orte und weniger gefährliche.«

Lucrezia brachte die Tassen herein. »Er meint uns damit, Severin! Er will uns ins Dorf umquartieren.«

»Wegen ... wegen dieser Wolfslawine, die seit Menschengedenken nicht gekommen ist?«

»Sag ich ja auch. Nur da versteht er keinen Spass.«

Wie zur Bestätigung leerte Peider Capun seine Tasse mit zwei grossen Schlucken. Severin verbrannte sich beim Nippen die Zunge.

»Ich gehe hier nicht raus!« sagte er unvermittelt.

Peider schaute ihn verärgert an. »Man sollte nicht meinen, Sie seien heute vom Dach gesegelt. Wenn Sie meine Aufforderung nicht befolgen, lehne ich die Verantwortung ab.«

»Noch ist es nicht soweit«, beschwichtigte Lucrezia.

»Aber bald.«

Peider redete nicht weiter. Die Stille im Raum wurde unerträglich. Lucrezia fragte Severin schliesslich, was er ihr hatte zeigen wollen. Die gerollte Zeichnung glühte in seiner Hand.

»Gleich. Eine andere Frage zuerst, wenn ich Sie mal treffe, Herr Capun!« Severin lehnte sich in seinem Stuhl nach vorn. Seine Lendenwirbel blockierten. Der Schmerz verstärkte die Aggression in seiner Stimme. »Wer war Remidius Capun? Der Rote Capun!«

»Remidius Capun war mein Vater«, sagte er, seine Kiefermuskeln mahlten. Er schnellte aus dem Stuhl. »Wie Sie ihn sonst genannt haben – das habe ich nicht gehört. Das werde ich nie mehr hören, nicht aus Ihrem Mund! Jetzt muss ich gehen!«

»Peider, du wolltest ...«

»Wir erwarten den nächsten Schrattenrutsch. Besser, ich schau nach dem Rechten.« Er nahm seinen Hut und den Übermantel. Seine schweren Schritte hallten auf der Treppe.

Lucrezia beantwortete Severins betretenen Blick mit einem hilflosen Schulterzucken. Unten fiel die Tür ins Schloss.

»So kenne ich ihn gar nicht!« sagte sie endlich. »Nur weil ... ich habe schon schlimmere Übernamen gehört als ›Roter Capun‹.«

»Ein Schmugglername.«

Lucrezia schaute ihn erstaunt an. »Du hast einiges herausgefunden. Was ist das?« Sie deutete auf den Bogen in seiner Hand.

»Ich will mich nicht blamieren: Hiess deine Mutter Hanna? Hanna Camminada vom Schrattenhof?«

Lucrezia nickte.

Severin holte Luft. »Hoffentlich vergraule ich nicht auch noch dich!«

Er legte die Zeichnung auf den Tisch. Ihre Neugier schlug in Verständnislosigkeit um, dann in Bestürzung, allmählich wich sie einem verlorenen Lächeln. Sie wischte mit der Innenseite ihres angewinkelten Zeigefingers eine Träne aus dem Augenwinkel.

»Ich habe sie nie so gesehen.«

»Das glaube ich gern.«

»Woher hast du das Bild?«

»Aus Lisbeth Comets Zeichenbuch. Lisbeth Comet, später Lisbeth Wiler, die Frau von Fortunat, war Malerin. Was ihr wichtig erschien, verewigte sie in ihrem Zeichenbuch. Deine Mutter war zu dieser Zeit ihre beste Freundin. Die beiden Dorfhexen wurden sie genannt!«

»Dorfhexe? Meine Mutter?!«

»Ja.« Severin betrachtete die Zeichnung. Er konnte es sich

nicht verkneifen: »Das hatte vielleicht mit ihrer Schönheit zu tun, sie gleicht dir aufs Haar!«

»Meinst du?« Sie musste das Kompliment überhört haben.

». . . in schlimmen Tagen hat sie zu uns gehalten«, las sie laut. Sie schaute ihn fragend an. Er begann bei Lisbeth und Fortunats Liebe.

Er erwähnte Remidius Capun nicht namentlich, beschrieb dafür Fortunats Heuseil. Alles hatte sich zum Besseren gewendet, bevor irgendwann eine Tragödie die kurze Idylle zerstörte. Ein Ereignis, das Hanna Camminada ebenfalls betroffen hatte.

»Wie? Was ist geschehen?« fragte Lucrezia. Aufmerksam hatte sie zugehört.

Severin hob die Schultern. »Sicher ist nur: Fortunat Wiler hat keine Verwandtschaft. Deshalb hat er mir das Haus vererbt. Auf alle anderen Fragen suche ich eine Antwort. Was ist mit seiner Frau geschehen? Was mit seinem Kind? Waren es mehrere? Weshalb hat er sich von deiner Mutter ferngehalten, ihr aber das Wohnrecht gegeben?«

»Als hätte er sie entschädigen müssen . . .«

»Genau! Eine Art Wiedergutmachung. Wenn wir herausfinden, wofür, wissen wir, was geschehen ist.«

Lucrezia ging in der Stube auf und ab.

»Ich weiss nicht.« Sie blieb vor ihm stehen. »Vielleicht sollten wir die Vergangenheit ruhen lassen!«

»Hast du das nicht lange genug getan?«

Sie schwieg. Er hatte einen wunden Punkt getroffen. »Dasselbe gilt auch für das Dorf. Ich glaube, Gsponas Zerfall begann an dem Tag, an dem Lisbeth Comet starb.« Severin verstummte. Diese Vermutung war selbst ihm neu!

»Klingt etwas dramatisch, nicht?«

»Zugegeben.« Severin betrachtete sie nachdenklich. »Dein Vater übrigens – in den Büchern ist er mir noch nicht begegnet.«

Ihr Lächeln war zwiespältig. »Also soll ich dir von ihm erzählen!«

»Wenn möglich!«

Sie bedachte ihn mit einem seltsamen Blick. »Versprich mir eines …«

»Schon geschehen.«

»Ich sag dir, was ich über meinen Vater weiss. Es ist wenig genug. Dann gehst du.«

»Aber …«

»Wir zwei sind Gift füreinander, Severin.«

Als er später die Tür hinter sich zuzog, fragte er sich noch immer, was sie gemeint hatte.

8.

Die Entscheidung

Gab es ein Gegengift?

Der Morgen brachte keine Antwort. Nach dem Duschen betrachtete sich Severin in einem Handspiegel. Die Prellung war nun ein Bluterguss von beachtlichem Ausmass, stellte er mit verrenktem Hals fest. Ungeachtet der Schmerzen spannte er die Muskeln an. So sah sein Hintern akzeptabler aus. Was mochte Lucrezia bei der ärztlichen Untersuchung gedacht haben?

Nach dem Frühstück legte er Holz nach. Im Grunde wusste er, worauf Lucrezia angespielt hatte. Sie beide waren verkachelte Existenzen. Beziehungsunfähig. In einem Alter, in dem andere an ihrer eigenen Familie bauten, sich nicht von den Schatten der Vergangenheit lähmen liessen. Das Gegengift? Nun, zumindest konnte er ihr helfen und den Tod ihres Vaters aufklären!

Er liess die Murmeln in der Hand klacken. Die erste Kugel rollte durch den Turm, er schickte weitere hinterher, bis das regelmässige Sirren und Tocken eine Klangbrücke in Lisbeth Wilers Welt schlug. Hannas Bild war ihr gelungen, wollte ihr scheinen, sie nahm Fortunats Stielaugen dieses Mal als Qualitätsbeweis. Den Nasenstüber ersparte sie ihm trotzdem nicht. »Schluss! Man könnte meinen, du seist mit dem hier nicht mehr zufrieden!« Sie griff unter ihre Brüste, liess sie übermütig wippen. Fortunat war gitzlig, er brauchte keine Extraeinladung. Ohne viel Federlesens schob er ihr die Bluse hoch. Sie liess es gerne zu, manchmal war er ihr fast zu behutsam! Nun da er sie packte, vor den Schüttstein stellte, sie nach vorne drückte und ihren Rock lupfte und ihre Wäsche ganz einfach zerschränzte, erfasste sie dieselbe Erregung, dieselbe Schamlosigkeit, die ihn beim Eindringen ins Keuchen brachte! Ihr entlockte sie kleine Schreie, während er sie hobelte, wie er es – übermütig geworden – verkündete. Seine Stösse lösten in ihr diesen herrlichen Juckreiz aus, dann, nein jetzt! jetzt! explodierte er.

Fortunat trug sie in die Kammer und war so lieb, es kribbelte bald wieder. Diesmal behalf er sich mit der Hand. Wachsweich brachte sie ihren Körper ins Schweben, bis sie abtauchte und einfach verglühte.

Severin vermisste nicht einmal das Geräusch der Murmeln. Eine lag noch in seiner hochgestreckten Hand. Er zügelte seine Phantasie. Sein eigenes Begehren durfte sich nicht in die Rekonstruktion von Lisbeths Leben schleichen. Er masste sich mit seinen Interpretationen schon genug an. Aktiv war ihr Liebesleben wohl gewesen, bei Lisbeths Unbefangenheit allem Neuen gegenüber! Die nächsten Zeichnungen waren zumindest ein Indiz. *Neuner-Serie* stand über der ersten. Ein Titelblatt zu neun Aktbildern. Lisbeth hatte sich selbst gezeichnet, weil sie jeden Monat die Veränderungen ihres Körpers festhalten wollte. Mit Stift und Pinsel erfassen musste, was und wer da in ihr wuchs, gegen ihren Bauch drückte, sich da drin bewegte, drehte, bald auch ginggte. Es fühle sich an wie eine grosse Luftblater, versuchte sie Fortunat zu erklären, aber ganz anders, seltsam und ... schön halt!

Mit dem Kind wuchsen ihre Brüste, breitete sich ihr Bekken, rundeten sich ihre Hüften und ihr Gesicht. Selbst die Haare liess sie wachsen! Bei den ersten drei Zeichnungen lag ein ungläubiges Staunen in ihren Zügen. Es wich der Zufriedenheit, einer majestätischen Ruhe. War ihr doch egal, was sie über spitze und runde Bäuche werweissten, unten im Dorf! Sie spürte, dass sie einen Jungen in sich trug, einen kleinen Fortunat.

Das waren keine Kinderschreie, wurde sich Severin bewusst. Unten rief jemand nach ihm. Er stakste steifbeinig die Stufen hinab. Die Versammlung vor der Tür bat er ins Wohnzimmer.

»Peider will evakuieren!« begann Gion Capun vergnügt. Er hatte sich auf die Ofenbank gesetzt.

Peider nickte nur. Er stand wie eine Säule neben der Tür.

Severin fand, er müsse die Fronten abstecken. Also setzte er sich neben Lucrezia aufs Sofa. »Will er«, sagte er abwartend.

»Ist vielleicht gescheiter!« murmelte Lucrezia.

Severin warf ihr einen prüfenden Blick zu. Er wies zum Fenster: »Es schneit nicht mehr!«

Eine Kopfbewegung verriet Peiders Unmut.

»Mit den Lawinen ist es so eine Sache«, mischte sich Gion ein. »Da kann man nur vorsichtig sein! Der Schneefall ist das eine, der Wind und die Schneeverfrachtungen das andere. Die Temperatur spielt auch eine Rolle. Die Einschätzung von allem würde ich Peider überlassen!«

»Heute nachmittag kommt Schnee«, fügte der ruhig hinzu.

»Sagt wer?« fragte Severin.

»Die Prognose vom kantonalen Krisenstab.«

»Reden wir mal Klartext!« Severin sprang auf und griff sich an den Hintern.

»Vorsichtig!« sagte Lucrezia mit einem Lächeln. Es machte ihn nur wütender.

»Wir sprechen von einer Lawine, die noch nie gekommen ist. Von der keiner weiss, ob sie überhaupt kommt, wie und wo sie kommt, falls sie mal kommen sollte. Wo sie in jenem angenommenen Fall auslaufen würde, wieviel Schnee sie mitbrächte und so weiter und so fort. Richtig? Deswegen soll ich mein Haus verlassen?«

Hatte er »mein« Haus gesagt? Ha! Genauso hätte Fortunat

Wiler reagiert! Der hatte sich vom andern Capun nicht auf der Nase herumtanzen lassen.

Peiders Schultern strafften sich. Severin sah besorgt, wie eine Ader an seinem Hals anschwoll.

»Warum wohl steht das Dorf, wo es steht?« Seine Stimme klang eisig. »Weshalb wurde zwischen dem Dorf und diesem Haus hier nichts gebaut? Der Bannwald schützt das Dorf, die Lawinenkanäle laufen daran vorbei – hier vorbei. Aber Sie, Sie kommen hierher, von nichts eine Ahnung! Sie denken, Sie hätten die Weisheit mit Löffeln gefressen! Und unsere Altvorderen? Jahrhunderte haben sie in diesem Tal gelebt. Mit dem Berg! Haben ihr Leben danach gerichtet. Das waren in Ihren Augen natürlich alles Dummköpfe!«

Peiders Stimme war lauter geworden, sie verriet seine Abneigung gegen Severin. Der starrte ihn fasziniert an. Einen Moment lang stand Peiders Gesicht in Flammen. Nun bot er dem Roten Capun die Stirn! »Ihr einziges brauchbares Argument ist der Verweis auf den Krisenstab«, antwortete er wider besseren Wissens. Er liess sich auf einen lächerlichen Hahnenkampf mit Capun ein, statt seinen Empfehlungen Folge zu leisten, wie es sich für einen Flachländer gehört hätte. Doch er konnte nicht einlenken. Er musste Lucrezia auf seine Seite ziehen, sie Peider entfremden! Er würde ihn eifersüchtig machen und zugleich in seine Schranken weisen. Das hatte Fortunat vielleicht verpasst, damals, bei Peiders Vater Remidius.

Er konzentrierte sich wieder auf das Gespräch.

»Wenn dieser Krisenstab in seinen Lawinenplänen die Wolfslauene verzeichnet hat, bin ich bereit, das Haus zu verlassen. Sonst bleib ich hier!« Trotzig lehnte Severin sich zurück.

»Die erfassten Werte für die Lawinenpläne reichen nicht weit genug zurück!« kam Gion Peider zu Hilfe.

»Vielleicht weil die Experten sich nicht auf Legenden abstützen, eher auf wissenschaftliche Erkenntnisse.« Während er es sagte, sah Severin die Felszeichnung vor sich. Weshalb hatte Lisbeth Comet, auf deren gesunden Menschenverstand er soviel gab, den Wolf in die Schattwand geritzt? Hatte selbst sie den Berg beschwören wollen?

Peider machte zwei Schritte in seine Richtung. Er fingerte ein Blatt Papier und einen Stift aus der Tasche.

»Jeder ist seines eigenen Unglücks Schmied«, sagte er. »War in diesem Haus immer so!« Ohne seine Andeutung zu präzisieren, sprach er: »Ich habe noch anderes zu tun. Das Ganze hier wird mir zu dumm, ich will alles schriftlich!« Er warf Papier und Stift vor Severin auf das Tischchen. »Schreiben Sie: Hiermit bestätige ich, dass ich von öffentlicher Stelle, Klammer auf: in Person von Peider Capun, Klammer zu, über die Gefahren genauestens informiert wurde. Ich verweigere die Evakuation aus dem Haus ›Zur alten Schmiede‹ und verbleibe an ebendiesem Ort auf meine eigenste Verantwortung.«

Severin hatte sich ob Peider Capuns amtlicher Formulierung ein Lächeln nicht verkneifen können. Trotzdem war er dem Diktat gefolgt. Er setzte seinen Namen darunter und schob das Papier Lucrezia hin.

Gion räusperte sich. Peider wandte sich Lucrezia zu. Severins Blick blieb an seinem Gesicht haften. Er betete inständig, sie möge unterschreiben, sich auf seine Seite schlagen, das Band zwischen ihr und Peider durchtrennen ...

»Blödsinn!« sagte sie.

»Dann komm!« befahl Peider. Triumphierend war es aus ihm herausgebrochen.

Falsche Tonlage! konstatierte Severin.

»Ich komme nirgendwohin«, sagte sie prompt. »Mit Blödsinn meine ich eure Sturheit. Wir entscheiden frühestens, wenn das Wetter umschlägt.«

Sie wollte an Peider vorbei zur Tür. Seine Hand schoss vor.

»Kommt nicht in Frage, Lucrezia! Du unterschreibst oder du kommst mit mir!«

Severin gesellte sich zu Gion auf die Zuschauerseite. Sekundenlang standen sich die beiden anderen gegenüber. Endlich – Severin jubelte innerlich – wischte sie seine Hand beiseite. Sie beugte sich über den Tisch, unterschrieb, setzte sich neben ihn.

Peider nahm das Papier, ohne ein weiteres Wort hastete er aus der Stube.

Gion sprang vom Ofen herunter. »Weshalb habe ich das Gefühl, dass es hier gar nicht um die Lawine geht?!« fragte er, als er hinausging.

Severin folgte ihm so schnell er humpeln konnte. »Einen letzten Gefallen, bitte!« Er reichte Gion den Brief.

Gion schaute ihn verständnislos an.

»Schicken Sie ihn einfach ab, sobald es möglich ist. Egal, was passiert. Er ist für meinen Sohn. Bitte!«

Gion nickte.

Severin ging zurück. Lucrezia sass noch auf dem Sofa.

»Danke«, murmelte er.

»Danke? Du ... du bist genauso unmöglich! Herrgott!« Sie sprang auf. »Damit es klar ist: Wenn es schneit, bin ich hier weg!«

Versonnen drehte Severin die Murmel zwischen seinen Fingern. Natürlich war Eifersucht im Spiel. Simple Buhlerei. Aber nicht nur das – seit er in den Büchern auf Remidius Capun gestossen war und Peider die enge Verwandtschaft bestätigt hatte, betrachtete er ihn mit anderen Augen. Vergessen das Klischee vom wortkargen Bergler, der pflichtbewusst seiner Verantwortung als Lawinenwart nachkam. Der ihm bei ihrer ersten Begegnung ohne Zögern aus der Patsche geholfen hatte. Sein Gesicht – am Anfang hatte er es gemocht: die

Ruhe in den wettergegerbten Zügen, die hellen Augen. Jetzt verglich er es ständig mit jenem von Remidius im Zeichenbuch. Zwei Holzmasken, aus demselben Wurzelstock geschnitzt.

Offensichtlich befürchtete Peider, ihm würde dasselbe Schicksal widerfahren wie seinem Vater. Dem war Lisbeth Comet weggeschnappt worden, von einem Unterländer wie Jan. Jahrzehnte später hatte es ihn ins Tal verschlagen. Mitten hinein in Peiders Nest hatte er sich gesetzt.

Severin blinzelte. Grelles Licht blendete ihn. Er eilte ans Fenster. Die Wolkenfetzen zerrissen, der Himmel wölbte sich blau über der Schattwand. Schneekristalle, Überbleibsel des Nebels, schwebten zu Tausenden in der Luft, reflektierten die Sonnenstrahlen, blitzten um die Wette, tanzten oben bei der Wolfshöhle besonders verwegen durcheinander, so zahlreich, dass sie das Sonnenlicht zurückstrahlten. Eine weisse Säule bildete sich, sie stand dicht vor der Schattwand in der Luft. Wenn Severin gläubig gewesen wäre, hätte er sie vielleicht als Warnung gedeutet. Er atmete erleichtert auf. Das Wetter gönnte ihnen eine Verschnaufpause. Er sah hinunter auf Gspona. Die verwitterten Häuser duckten sich unter der Last ihrer Schneekappen. Die rissigen Holzwände waren die einzigen dunklen Flecken im weissen Gemälde. Erst bei längerem Hinschauen offenbarte es feine Farbschattierungen.

Severin riss sich vom Anblick los. Er schickte eine Kugel los und litt mit Lisbeth. Von Schmerzen entzweigerissen verfluchte sie sich und ihr Frausein und Fortunat. Sie atmete nach Anweisung der Hebamme. Achtete nicht auf deren besorgten Blick. Presste. Atmete. Presste. Stunden, Tage, Ewigkeiten später schrie sie den vermeintlich letzten Schmerz und das Mädchen hinaus. Vertrischagget lag es nun auf ihrer Brust, neben dem Kopf von Fortunat, während das nächste Weh sie bereits erfasste und sie fassungslos den Herrgott anrief, ob denn das nie ein Ende nehme und warum um Himmels willen nicht, wo das Kind doch da war!

»Zwillinge!« erklärte die Hebamme.

Fortunats Kopf rutschte von Lisbeths Brust. Hatte sie gewundert, dass dem nicht schon früher anders geworden war, bei allem, was da aus ihr herauspflotschte! Zeit für einen weiteren Gedanken blieb nicht, die nächste Schmerzwelle raubte ihr die Luft und den Verstand. Die folgende Wehenpause nutzte die Hebamme. Sie wickelte das Mädchen in ein Tuch, zerrte Fortunat hoch, drückte ihm die Tochter in die Arme, worauf sie sich zwischen Lisbeths Beine stellte und das ihre dazu beitrug, den Stammhalter ans Licht zu bringen.

Da war er. Schaute so wie das Mädchen, so verträumt, wie sie es geahnt hatte, was scherte es sie, dass sie wie eine gestochene Sau auf dem Schragen lag, eine einzige klaffende, blutende Wunde! Sie war Mutter! Zwei Kinder, das exakte Abbild ihrer Liebe! Wie sie da lagen, ganz auf sie angewiesen! Alles würde anders werden, ihr Leben, ihr Lieben, die beiden würden sie vereinnahmen in den nächsten Jahren, ihr keinen Schnauf mehr lassen, keinen stillen Moment vor dem Zeichenblock …

So arg war es nicht gekommen, stellte Severin mit einem Blick auf den verbliebenen Stapel Bücher fest. Die Gemeindechronik verriet ihm den Geburtstag und die Namen der Zwillinge: 11.5.55, Alma Wiler, Tochter des Fortunat Wiler und der Lisbeth Wiler-Comet, Fortunat Wiler, Sohn des Fortunat Wiler und der Lisbeth Wiler-Comet.

Als Lisbeth wieder zu zeichnen begann, tollten Fortunat und Alma bereits über die Frühlingsmatten. Dreijährige Wildfänge, glücklicherweise waren sie zu zweit. Sie beschäftigten sich auch mal selbst. Mussten nicht jedesmal der Mutter demonstrieren, wie lustig umgekippte Maikäfer strampelten, und sie deshalb vom Zeichenblock wegzerren.

Gereift durch das Muttersein und weil Fortunat sie in der Widmung des neuen Zeichenbuches dazu angestachelt hatte, nahm Lisbeth sich ein Motiv vor, an das sie sich zuvor nicht getraut hatte: die Schattwand!

Sie begann vorsichtig. Mit einzelnen Felsen, an denen sie die Struktur, die Zerklüftungen und Schrunden, die Risse und Adern übte, bis sie jede Spielart des Gesteinsaufbaus plastisch wiedergeben konnte. Bevor sie die ganze Wand in Angriff nahm, schlich sich ein Fremder ins Zeichenbuch. Erst nur ein Wanderfreund Fortunats, von Lisbeth aus der Distanz festgehalten, mehr zur Verdeutlichung der Proportionen eines Landschaftsausschnittes. Eher ein Statist. Severin begriff dennoch, dass Lucrezias Vater in das Leben der Gsponer getreten war!

Ein Phantast musste der gewesen sein, wie Fortunat. Mit einem bisschen mehr Sinn fürs Realistische! Unter das Brustbild des italienischen Grenzwächters Dieni Valcesca hatte Lisbeth geschrieben: *Il partigiano di Val Termine. Vielleicht kann er Fortunats Träume umsetzen.*

Die markanten Gesichtszüge hatten nichts mit denen von Lucrezia gemein. Wie sollten sie, war sie doch das Ebenbild ihrer Mutter! Trotzdem zweifelte Severin keine Sekunde an der Richtigkeit seiner Vermutung. Er blätterte weiter, interpretierte die Zeichnungen, fügte die Erkenntnisse mit dem wenigen zusammen, was Lucrezia von ihrem Vater erzählt hatte. Aus den Puzzleteilen entstand das Bild jenes Mannes, der ein guter gewesen war, wie Hanna Camminada ihrer Tochter einst in einem Moment der Nachsicht verraten hatte. In seinem Leben hatte er nur ein Unheil provoziert: den eigenen Tod! Richtig herausgefordert habe er den! Sich mit der Wand anzulegen – jeder in Gspona hatte gewusst, es würde schlecht enden.

Lucrezia! Sie musste das Bild sehen! Severin sprang auf. Mit verzerrtem Gesicht und gebogenem Rücken erstarrte er. Der Schmerz raste einem glühenden Draht entlang den Rücken hoch, ihm wurde übel. Der Raum drehte sich um ihn. Er griff nach der Tischkante. Zentimeter für Zentimeter näherte er sich einer aufrechten Haltung, die Zähne zusammengebissen, die Kiefermuskeln verspannt.

Na ja. Ging schon. Mit langsamen Bewegungen trennte er zum zweiten Mal einen Bogen aus dem Buch. Er kroch fast die schmalen Stufen hinunter und humpelte zur Tür.

Lucrezia arbeitete. Dieselbe Füllfeder wie jene in Severins Tasche lag vor ihr, zerlegt in ihre Einzelteile. »Ich mach das hier fertig, dann kriegst du einen heissen Wickel!«

Sie ignorierte seinen Protest. In Windeseile schraubte sie die Feder zusammen. Aus der Schublade nahm sie eine Patrone, der erste Schreibversuch stellte sie zufrieden.

»Ich habe wieder was!« sagte Severin und winkte mit dem Zeichenbogen.

»Später. Komm mal mit.«

Sie half ihm hinauf in die kleine Küche. Aus einem Kästchen nahm sie ein Küchentuch, aus einem zweiten einen Topf. Sie stellte ihn in eine mit Wasser gefüllte Pfanne. Danach zog sie ihn ins Schlafzimmer. »Ausziehen, auf dem Bauch liegen!« befahl sie. Bevor er Einwände formuliert hatte, war sie wieder draussen. Beklommen nestelte er seinen Gurt auf, schlüpfte aus der Hose und nach einem Zögern aus der Unterhose, worauf er sich beeilte, unter die Bettdecke zu kommen. Nicht dass sie entdeckte, welche Teile seines Körpers noch funktionierten!

Ein scharfer Geruch lag plötzlich in der Luft, er entwikkelte sich zum beissenden Gestank, als sie eine ganze Weile später hereinkam, die Pfanne in der einen, das Tuch und eine Kochkelle in der andern.

»Heilerde nach Art des Hauses«, sagte sie. »Stinkt erbärmlich, hilft aber!«

Ohne Vorwarnung zog sie ihm die Decke weg.

»Sehr schön. Schillert in allen Farben. Lass mal locker hier!« Die Kelle klatschte auf seinen Hintern, er fühlte sich ertappt. Ihr Werkzeug stach in die braune Masse, beladen verschwand es aus seinem Blickfeld.

»Achtung heiss!« Gleichzeitig klatschte die erste Portion Dreck auf seinen Rücken, eine zweite folgte, eine dritte, sie schlammte ihn zwischen Steissbein und Schulterblättern mit glühender Erde ein. Er fühlte ihre Berührung, ihre Hand, die ... die alles besser verteilte und den ganzen Schlamassel mit dem Küchentuch abdeckte.

»Eine Stunde lang liegen bleiben, dann duschen. Ich bin unten.«

Erst als sie die hart gewordene Heilerde von seinem Rükken schälte, wachte er wieder auf.

Sie trat zwei Schritte zurück. Erwartungsvoll schaute sie ihn an.

»Beweg dich!«

War ihr seine Nacktheit wirklich egal?

»Könntest du dich umdrehen?«

Sie kehrte ihm bereitwillig den Rücken. Er stemmte sich hoch, auf eine Schmerzattacke gefasst. Zu seinem Erstaunen blieb sie aus. Misstrauisch schob er sich zur Bettkante. Das Küchentuch legte er über seinen Schoss.

»Wirkt Wunder!« sagte er.

Sie drehte sich um. »Siehst du! Das Bad ist da drüben.«

Frischgeduscht trat er in die Stube. Die Zeichnung hatte er in der Küche liegenlassen, jetzt hing sie bereits neben jener von Hanna Camminada. Sie schreckte auf, weil er die Hand auf ihre Schulter legte.

»Wir hatten kein Foto von ihm. Nicht ein einziges verdammtes Bild!« presste sie heraus. »Ich musste sechsunddreissig Jahre alt werden, um erstmals sein Gesicht zu sehen.«

»Und – gefällt er dir?« fragte er vorsichtig.

»Ich weiss nicht. Ich ... ich muss hier raus. An die Luft!«

Sie riss ihre Jacke vom Ständer, rannte hinunter. Er folgte ihr langsam. Sie stand mit hochgezogenen Schultern auf dem Vorplatz des Hauses.

»Fast Vollmond!« sagte sie. Seine Schritte gierten im kalten Schnee. Es war nicht wirklich Nacht, stellte er fest, der Mond warf ein gläsernes Licht ins Tal.

»Dieni Valcesca stammte aus Val Termine, dem italienischen Dorf unterhalb des Passo del Lupo«, sagte er nach einer Weile leise. »Im Krieg kämpfte er mit den Partisanen. Danach wurde er Grenzwächter. Ende der fünfziger Jahre traf er Fortunat Wiler. Meist oben bei der Wolfsscharte. Was Fortunat dort gesucht hat, ist mir schleierhaft. Jedenfalls wurden sie Freunde. Die schriftlichen Anmerkungen von Lisbeth Wiler deuten daraufhin, dass die beiden verwandte Seelen waren. Sie haben zusammen irgendein ... technisches Grossprojekt ausgeheckt. Was weiss ich, einen Staudamm vielleicht! Im Sommer 1958 haben sich Dieni und Hanna erstmals getroffen! Es gibt eine Zeichnung der beiden, zusammen mit Fortunat. Lisbeth schrieb darunter: *Eine Hexe und zwei fremde Fötzel*. Das, was Fortunat und Dieni planten, muss das halbe Dorf gegen sie aufgebracht haben.«

»Bleiben fünf Jahre!« sagte Lucrezia.

»Fünf Jahre?«

»1958 bis 1963. Mein Vater ist abgestürzt, als meine Mutter schwanger war.«

Dieni Valcesca war nicht Opfer eines Bergunglücks gewesen, davon war Severin überzeugt. Aber er wollte sie nicht noch mehr aufwühlen. Es waren alles nur Mutmassungen. Er umfasste sie von hinten, zog sie an sich. Sie liess es geschehen, sie schmiegte sich sogar in seine Arme. Ein Geräusch liess ihn zusammenfahren. Ein Geräusch, wie er es nie zuvor gehört hatte! Ein heulendes Pfeifen, es schwoll an und zerfiel, beständig die Tonart wechselnd. Eine Melodie des Grauens.

»Was um alles in der Welt . . .«

Sie drehte ihm das Gesicht zu. »Die Götter sind gegen uns, Severin Somm!« sagte sie mit gespielter Leichtigkeit. »Das ist das Wolfsheulet! Würde ich an die Wolfssage glauben wie alle hier, müsste ich sofort losrennen, hinüber zu Peider in die sichere Gegend!«

»Die Wolfssage?«

9.

Die Sage

»Sag bloss, du kennst die halbe Geschichte von Gspona, aber die Wolfssage nicht? Die Sage vom Jungen, der mit den Tieren sprach?« Lucrezia hatte Severin ins Atelier gezogen und zwei Stühle an die Esse gerückt. »Meine Mutter hat mir die Geschichte erzählt. Keine Ahnung, ob ich mich an alles erinnere, ich versuch es einfach … also: Vor Jahrhunderten machte sich einer der Gsponer Bauern auf die Suche nach verirrten Schafen. In der Nähe des Wasserfallteiches hörte er ein Wimmern – wie von einem verletzten Tier. Er ging dem Geräusch nach, doch er fand nicht, was er vermutet hatte.«

»Sondern?«

»Ein neugeborenes Kind! Ein Findelkind, in ein Weidenkörbchen gebettet. Es war kräftig bei Stimme, stellte sich heraus, während der Bauer es ins Dorf hinuntertrug. Er brachte das Kind zur Kräuter-Urschla. Die taucht übrigens in jeder Gsponer Geschichte auf. Eine wie sie gab es immer hier. Sie war die gute Hexe, wohlgemerkt! In der Geschichte vom Wolfsjungen ist sie eine Heilerin. Eine alte Jungfer, die sich mit Pflanzen auskannte, für jedes Gebresten hatte sie eine passende Kräutermixtur. Sie wurde auch bei allen Geburten beigezogen, egal ob Kälber, Lämmer oder Kinder zur Welt kommen sollten. Das Findelkind nahm sie bei sich auf. Die Kräuter-Urschla war auch für den ungewöhnlichen Namen verantwortlich: Sie nannte den Jungen Merlin. So weit, so gut. Keiner wunderte sich über den Namen, keiner wurde argwöhnisch. Merlin war ein normales Kind. Er lernte schnell, er war gesellig, seine Fröhlichkeit wirkte ansteckend. Das unterschied ihn ein bisschen von den Gsponern. Das …

und sein Aussehen! Ich hätte es fast vergessen – Merlin hatte eine dunkle Haut, krause, schwarze Haare, Augen wie Kohlen …«

»Hoppla! Ein Italiener.« Severin schmunzelte. »Ein Kukkucksei?«

»Etwas Ähnliches vermuteten die Gsponer. Es ging das Gerücht, einer ihrer Säumer oder Hirten habe eine Magd aus Val Termine geschwängert. Die habe das Kind ihrem Erzeuger gebracht.«

»Dann hätte sie es ihm auf die Schwelle gelegt – nächtens!« raunte Severin. Die Geschichte amüsierte ihn.

»Das hat sie sich scheinbar nicht getraut. Merlin wuchs. Er wurde kräftiger und unbändig, die Kräuter-Urschla hingegen älter und gebrechlicher. Als Merlins Stimme brach, fasste sie einen Entschluss, der ihr schier das Herz brach: Sie würde das Kind weggeben. Wenige Tage später nahm sie den Weg hinunter ins Tobel, zum Hof des verwitweten Bachbauern. Dem traute zwar keiner über den Weg, selbst die Urschla nicht, aber er hatte eine Tochter im selben Alter wie der Junge. Zudem bewirtschaftete er das meiste Land. Sie fragte ihn, ob er einen Verdingbub nehme. Sie möge Merlin einfach nicht mehr beikommen! Der Bachbauer war schnell überredet. Ein Gratisknecht auf dem Hof konnte nicht schaden und den Schabernack würde er dem Jungen schon austreiben!«

»Die Geschichte kommt mir bekannt vor«, wagte Severin einen Einwand.

»Das glaube ich dir – Bergsagen ähneln sich, im nächsten Tal erzählen sie dir dieselbe Geschichte mit anderen Figuren. Geduld, es wird dramatisch genug! Merlin war für einige Wochen der glücklichste Junge in Gspona, die Kräuter-Urschla beruhigt, nicht einer sah die furchtbare Entwicklung voraus. Was der Bauer ihm auftrug, erledigte Merlin ohne Murren. Denn bei allem, was er tat, war er um seine geliebten Tiere.

Es wurde immer offensichtlicher: Der Junge besass eine übernatürliche Gabe. Er konnte sich mit Schafen, Kühen, Geissen, Hühnern und mit den Hirtenhunden unterhalten. Lach nicht, Severin, du wolltest die Geschichte hören! Der Bachbauer besass einen Stier, ein bösartiges Vieh und schwarz wie die Nacht. Wenn sich ein Huhn in sein Gatter verirrte, war es Sekunden später zerstampft. Was tat Merlin? Der setzte sich auf den Zaun, machte undefinierbare Geräusche, der Stier hörte ihm andächtig zu und liess sich die Stirn kraulen!«

»Merlin der Zauberer!«

»Solche Geschichten sorgten im Dorf für Gerede, wie du dir denken kannst. Merlin ist mit dem Teufel im Bund, lästerten die einen plötzlich. Genau, bestätigten die nächsten, so wie der aussieht, noch schwarz vom Fegefeuer! Der gehört nicht zu uns. Lasst euch nicht von seiner Fröhlichkeit täuschen! Eigenartig – erst hatten alle den Buben gemocht, sein Geplapper, sein ständiges Lachen, dann, unvermutet, kehrte sich alles ins Gegenteil.«

»Gehört sich eben nicht für einen Fremden, mit Tieren zu sprechen!« sagte Severin spöttisch. »Was meinst du, was man über deinen Vater gesagt hat! Über den Italiener, der mit seinen Glutaugen die Hanna vom Schrattenhof verhext hat.«

»Hast du mehr herausgefunden?«

»Nicht genug. Scheint mir nur, es war kein Zufall, dass deine Mutter dir diese Sage erzählt hat.«

»Meinst du?«

»Ja. Erzähl weiter.«

»Gut. Das Unglück nahm seinen Lauf. Am Karfreitag des folgenden Jahres ging der Bachbauer frühmorgens in den Stall, um die Jungtiere zu markieren.«

»Am Karfreitag?«

»Eben! Das war nicht nur bei ihm Brauch, alle Bauern im Tal zelebrierten das Vergiessen der paar Blutstropfen – in Erinnerung an das Leiden Christi! Natürlich taten sie es heimlich, gegen den Willen des Dorfpfarrers. Sie glaubten, so würden sie die Tiere vor Krankheiten und Unglück schützen.«

»Du erinnerst dich an jedes Detail!«

Lucrezia lächelte. »Und dir wird langweilig dabei! Mit dem Erzählen kommen die Bilder zurück. Mutter hat mir die Geschichte wohl öfter erzählt. Item, sagte sie bei solchen Unterbrechungen jeweils – item: Der Bachbauer packte im Stall eines der Lämmer. Seinen Kopf klemmte er zwischen die Knie, dann legte er eine Holzschindel unter das Ohr, nahm das Sackmesser – zickzack, hatte er ihm sein Zeichen ins Ohr geschnitten! Der Schrei des geplagten Tieres weckte Merlin. Er rannte zum Stall. Der Bauer beugte sich eben über das nächste Lamm, Merlin sah das Messer in seiner Faust, er hörte das Blöken, ein Wimmern mehr, es traf ihn mitten in die Seele. Sein Verstand setzte aus. Er sprang den Bauer an, der fiel ins Heu, das Lamm floh, Merlin warf das Messer in hohem Bogen weg . . .«

»Auch das tut man nicht. Ein Fremder begehrt gefälligst nicht auf!«

»Der Bachbauer hatte sich schnell vom Schrecken erholt. Er rappelte sich auf. Nun offenbarte er seine wahre Natur, seinen Jähzorn und seine Masslosigkeit. Wie ein Tobsüchtiger brüllte er los, er hörte nicht auf, bis alle Knechte zusammengelaufen waren. Er befahl ihnen, diesen Verrückten festzuhalten, diesen Satansbraten! Den würde er lehren!«

Severin beobachtete entzückt, wie sich Lucrezia ins Feuer redete.

»Die Knechte hielten Merlin fest, obwohl er sich nicht wehrte. Der Bauer packte ihn am Schopf, den Kopf klemmte er zwischen die Knie, so wie er es mit den Lämmern getan hatte.«

Zur Veranschaulichung war Lucrezia aufgesprungen, ihre

Stimme wurde lauter: »Nie, du Bastard, nie wieder wirst du die Hand gegen mich erheben. Nie wieder stellst du dich gegen meinen Willen! Das hier wird dich dran erinnern! Er packte ihn so ...« – sie zwang den unsichtbaren Merlin in die Knie – »und drückte nun Merlins Ohr auf die Schindel. Zum Morgengeläut der Karmesse schnitt er die drei Wellenlinien hinein. Das Zeichen des Bachhofes!«

»Autsch!« kommentierte Severin.

»Das ist nicht alles. Merlin gab keinen Schmerzenslaut von sich. Der Bauer suchte das Stück Ohr im blutgetränkten Heu. ›Schau her, Bastard, abartiger!‹ sagte er. ›Du gehörst mir! Du bist mein Knecht! Das nächste Mal reisse ich dir das Herz aus dem Ranzen und fresse es zu deinem Todeszucken. Heute soll das mein Morgenmahl sein!‹ Er legte sich das Ohrteil wie eine Oblate auf die Zunge, darauf ging er zur Messe.«

Severin schüttelte angewidert den Kopf. »Wie alt war er da, der Merlin?«

»Zu jung, um sich zu rächen, alt genug, die Demütigung nie zu vergessen.« Lucrezia setzte sich. »Wie auch?! Er war gezeichnet fürs Leben. Markiert wie die Tiere, mit denen er sich am besten verstand. Nur mit ihnen unterhielt er sich, sie vertrauten ihm, so wie er ihnen vertraute. Ihnen ... und der einzigen Person, die ihm auf dem Hof zugetan war: Lena. Die Tochter des Bachbauern, dessen einziges Kind. Sie hatte Merlins Ohr mit Wundsalbe bestrichen, obgleich er wollte, dass sie nur Fett darauf strich, wie es die Knechte bei den Lämmern taten. In den Monaten nach Ostern kamen sich die beiden näher. Keiner merkte etwas. Sie verliebten sich ineinander, wie sich nur zwei verlieben, die nichts anderes haben. Denn die Lena litt ebenso unter den Launen des Bachbauern wie Merlin. Schlimmer: Im Dorf erzählte man sich, sie habe nach dem Tod der Mutter in die Kammer ihres Vaters zügeln müssen.«

»Inzest.«

»Das sagte keiner laut. Als jene verhängnisvolle letzte Vollmondnacht kam, genau zwölf Monate nach dem Zwischenfall im Stall, merkte der Bachbauer jedenfalls schnell, dass seine Tochter nicht im Bett lag. Zu schnell! Er ging sie suchen, in allen Räumen, in ihrer alten Kammer, in der Scheune. Vergeblich. Er schlug Alarm. Die Knechte liefen zusammen. Merlin fehlte.«

»Die beiden waren durchgebrannt.«

»Merlin hatte seine paar Batzen für ein Stück Brachland gespart. Oben auf der Wolfsscharte, über der Grenze. Vielleicht, weil es ihn in seine ursprüngliche Heimat zog. Oder ... nein, eher weil so sein Kauf geheim blieb. An seinen wenigen freien Tagen hatte er eine Hütte gezimmert. Sie würde ihm und Lena fürs erste Schutz bieten. Später wollten sie ein richtiges Haus bauen, danach ein zweites nur für die Tiere! Soweit kam es nie, wie du dir denken kannst! Der Bachbauer war nicht dumm. Er liess den Hirtenhund von der Leine. Der nahm die Fährte seines Freundes Merlin auf. Er jagte Richtung Schattwand los. Dicht hinter ihm die zusammengetrommelten Gsponer Bauern, bewaffnet mit Mistgabeln, mit Hacken und Beilen.«

»Zu spät, hoffentlich!«

»Eben nicht. Auf ihrem Weg über den Saumpfad hatte Lena einen Fehltritt getan. Ihr Knöchel war verstaucht. Merlin nahm sie auf die Arme. Er hetzte erst weiter, oben im Geröll musste er langsamer gehen. So wurden sie beim Wolfstritt eingeholt. ›Geh! Lauf, versteck dich! Er wird dich töten!‹ beschwor Lena Merlin.«

Severin seufzte. »Lass mich raten: Er ging nicht!«

»Natürlich nicht«, sagte Lucrezia spöttisch. »Männer sind Helden. Die beiden wurden von den Bauern auf die äusserste Felsplatte des Wolftritts getrieben. Der Hund schlug sich auf die Seite der Bedrohten. Er lauerte zu Merlins Füssen, beobachtete den Bachbauer, der wortlos seine Jagdflinte lud. Im Moment, in dem er abdrückte, sprang der Hund hoch. Er sühnte seinen ungewollten Verrat an Merlin, er war bereits tot, als er auf dem Felsen landete. Spätestens das Verhalten des Tieres hätte den Bachbauer warnen sollen. Statt dessen brüllte der Irrsinnige los: ›Zum letzten Mal, Lena! Komm her oder euch blüht dasselbe wie dem Viech da!‹«

Lucrezia beugte sich vor. »Er lädt nach. Lena löst sich von Merlin. Sie tut einen Schritt vorwärts, einen zur Seite. Jetzt steht sie am Abgrund.

›Hab ein Herz, Bachbauer. Sie stürzt sich runter!‹ sagt ein Bauer leise. Das beifällige Murmeln der andern verstummt, denn das Scheusal dreht sich zu ihnen. Im Mondlicht sehen sie seine Mordlust.

›Lena!‹ Der Bachbauer wendet sich seiner Tochter zu. Langsam nimmt er die Flinte hoch. Ihr Gesicht ist kalkweiss. Sie stellt sich vor Merlin, sie drückt ihm einen Abschiedskuss auf die Lippen. ›Wenn er mich nicht haben kann, wird mich keiner haben.‹ Deutlich hören die Bauern Lenas verzweifelte Worte. Sie bestätigen ihren Verdacht. ›Du zuletzt, du ... du Satan! Tochtermörder!‹ Ihre Stimme bricht, sie macht den letzten Schritt, sie springt ...«

»Und?« fragte Severin nach einer Weile.

»Die Opfer sind immer die Frauen«, sagte Lucrezia. »Hat mir Mutter das mit der Geschichte erklären wollen?«

»Möglich. Was geschah mit Merlin?«

»Der Bachbauer schrie noch einmal. Nicht vor Schreck, nicht aus Trauer – der Schrei war Ausdruck seines Wahnsinns. Sein Finger krümmt sich, die Flinte geht los, die Kugel dringt in Merlins Körper. Er bleibt stehen! Im selben Moment fällt der Wind in die Wand, ein Heulen hebt an, wie es die Bauern noch nie gehört haben. Ängstlich rücken sie zusammen. Merlin macht dieselben Schritte wie seine Geliebte. Er springt hinaus in den Abgrund, kaum haben sich seine Füsse vom Felsen gelöst, verwandelt er sich. Er wird zum Wolf! Vor den Augen der Bauern, oben, in der Schattwand! Das beschworen sie und ihre Nachkommen und deren Nachkommen in all den Jahren an all den Herdfeuern. In der Luft, in der Zeitspanne eines Wimpernschlages wurde Merlin zum Wolf und löste sich sogleich in nichts auf. Zurück blieb nur das Heulen in der Wand.«

Severin schlug sich auf die Stirn. »Das ist es! Drüben im Windfang hängt ein Bild: Die beiden und der Hund am Abgrund!« Gleich nach seiner Ankunft hatte er es entdeckt.

»Gut möglich. Bilder von der Dorfsage hängen hier in jedem zweiten Haus.«

»Ist die Geschichte zu Ende?«

»Nein. Zwei Tage später wurden die sterblichen Reste von Lena zu Grabe getragen. Der Ostersonntag wars, ein Jahr und zwei Tage, nachdem der Bachbauer seinen Knecht Merlin gezeichnet hatte. Als die Prozession am Friedhof ankam, erklang das Heulen wieder, die Bauern versteinerten, die Frauen schrien, denn oben, unter der Wand, sass ... der Wolf! Merlin war gekommen, um Abschied zu nehmen! Sein Wehklagen, so sagen die Gsponer, ist heute in jeder klaren Mondnacht zu hören. Wann immer im Tal ein Unrecht geschieht, entspringt er strafend dem Fels.«

»Doch der Bachbauer kam ungeschoren davon!«

»Bei jedem Erzähler endet die Sage anders. Meine liebste Version geht so: Ein weiteres Jahr später, abermals an Ostern, hatte der Bauer die halbe Nacht durchgezecht. Auf dem Weg nach Hause torkelt er zum Friedhof. Er will sich dem Grab nähern. Sieht den Wolf. Neben ihm eine weisse, körperlose Gestalt. Merlin und Lena! Der Bachbauer weicht zurück, sein Herz setzt aus. Der Wolf springt, sie fallen zu Boden. Er schnappt zu. Dreimal. Nur dreimal. Dann lässt Merlin von ihm ab, die Lena setzt sich auf seinen Rücken, er trägt sie hoch zur Wand. Der Bauer lebt noch, er schleppt sich ins Dorf zurück, schreiend, blutüberströmt, das Gesicht in Fetzen. Auf der Schwelle von Urschlas Haus bricht er zusammen. Sie rettet ihm mit ihren Wundsalben das Leben. Was bleibt für alle Zeit, sind die Narben. Das Gesicht eines Aussätzigen, keiner konnte ihn fortan ohne Erschauern ansehen. Drei blutigrote Furchen durchzogen sein Gesicht. Das Zeichen des Bachhofes. Sein eigenes Zeichen!«

Lucrezia verstummte.

Beide horchten nach draussen.

»Dabei ist es nur der Wind«, sagte sie. »Wenn er in einer bestimmten Stärke aus Westen in die Wand fällt, wirken einige der Risse und Spalten wie Orgelpfeifen. Nach der Sage wird es heute nacht nicht ruhig bleiben. Eine Mondnacht, das Heulet … Aber ernsthaft: Die Prophezeiung stört mich nicht, beunruhigend finde ich eher, dass der Wind anscheinend die Richtung gewechselt hat. Westwind bringt Schnee.«

Sie stand abrupt auf. »Zeit zu schlafen. Morgen müssen wir wahrscheinlich gehen!«

Sie berührte seine Schulter und ging zur Treppe.

Es war keine Aufforderung, ihr zu folgen. Enttäuscht verliess Severin das Atelier. Die eisige Nachtluft ätzte sein Gesicht. Das Wolfsheulet hob von neuem an. Er schaute zur Wand hoch.

»Unmöglich!«

Ein flackernder Lichtpunkt bewegte sich zur Wolfshöhle hoch.

Severin schaute auf die Uhr. Die Zeiger hatten Mitternacht weit überschritten. Sein Verstand riet ihm, nicht hinaufzugehen, seine Neugier war stärker. Was oben geschehen mochte, konnte nicht schlimmer sein als seine Träume, wenn er sich jetzt schlafen legte! Er holte seine Jacke.

Nebelschlieren hingen in der Talsenke, darüber blitzten Sterne, mutwillig in den Himmel geworfen, überstrahlt nur von der milchweissen Scheibe des Mondes. Severin war der gepfadeten Strasse bis zum Ende gefolgt. Er stutzte. Die Spur durch die jungfräuliche Schneedecke stammte von einem einzelnen Mann! Er trat in dessen Stapfen, dennoch sank er ein ums andere Mal knietief ein. Nach einer Ewigkeit sank er erschöpft in den Schnee. Erst knapp die Hälfte des Weges war geschafft. Er brach einige Eisperlen aus den Bartstoppeln. Wenigstens entschädigte der Ausblick für die Anstrengung. Würdevoll und furchterregend wirkte die Landschaft, klar an Konturen, wie von einem gottbegnadeten und zugleich wahnsinnigen Regisseur ausgeleuchtet. Die Farbgesetze hatte er ausser Kraft gesetzt. Die Schneefelder funkelten von innen heraus. Jede Mulde, jede Wächte oder Rinne warf einen harten Schatten. Der Himmel leuchtete in einem gläsernen Grün, die Felsen der Schattwand ruhten in einem Grauton, nur der Bannwald über Gspona schluckte das Mondlicht vollständig, er entzog sich seiner Wahrnehmung. Die sternförmigen Kristalle, deren Tanz ihn bereits bei Sonnenlicht genarrt hatten, lagen nun auf der Schneeoberfläche, sie glitzerten, als wäre keine Nacht.

Ein fernes Brummen holte Severin aus seiner Versunkenheit. Die Positionslichter des Flugzeuges verschwanden hinter der Wolfsscharte. Er rappelte sich auf und näherte sich Schritt für Schritt der Wand, bis er endlich ihrem Fuss entlang zur Höhle stolperte. Der Widerschein der Fackel verriet, dass jemand hier war. Severin blieb stehen. Das Wolfsheulet war verklungen. Er hörte ein monotones, gebetartiges Leiern. Einzelne Worte waren nicht zu verstehen. Es wirkte wie eine beschwörende Formel.

Severin wagte den Blick am Felsvorsprung vorbei. Ein zotteliges Wesen kniete vor Lisbeth Comets Felsskizze. Das Gesicht, jene dämonische Fratze, er hatte sie schon einmal gesehen. In Lucrezias Schlafzimmer.

Er hatte es gewusst.

Der Teufel ritt ihn. Severin löste sich aus dem Schatten, er unterdrückte das Zittern in seiner Stimme: »Nettes Kostüm, Peider!«

Der andere fuhr herum. Licht fiel auf die Maske, seine Augen waren hinter den tiefen Löchern nicht zu sehen.

»Das also sind deine Lawinenstudien! Mit diesem Fummel und Beschwörungen willst du uns schützen! Oder ... schaden?«

Mit einem Schrei stürzte Peider vorwärts. Severin fiel nach hinten, das Gewicht seines Angreifers erstickte ihn.

»Lass das! Denk an Lucrezia!« schrie er keuchend.

Peiders Faust donnerte in sein Gesicht. Nur der Handschuh dämpfte den Schlag. Severin bekam die Maske zu fassen, er zerrte daran, bis sie sich löste. Ihre Kante ritzte Peiders Haut. Blut quoll hervor. Es glänzte schwarz. Schwarz! Severin gab auf.

»Gut, gut ... lass ab. Du hast gewonnen! Der Wind dreht, es wird schneien, Lucrezia wird ins Dorf kommen, ich verlasse Gspona mit dem ersten Helikopter, hörst du?!« Severin stiess es in einem Atemzug hervor, mehr Luft blieb ihm nicht. Sein Mund war mit Blut und Schnee gefüllt.

Das Gewicht auf seiner Brust liess nach. Peider sprang auf. Severin versuchte aufzustehen, strampelte, spuckte, bis ihn Peider am Kragen packte. Mit einer einzigen Armbewegung hob er ihn hoch. Dann entfernte er sich ohne ein Wort.

»Capun!« Severins Stimme klang leicht hysterisch.

Peider ging weiter.

»Wer hat Lisbeth Wiler auf dem Gewissen!«

Peider erstarrte.

»Wurde Lisbeth Wiler umgebracht? Von wem? Und die Zwillinge und Dieni Valcesca! Wer hat Lucrezias Vater getötet, Peider Capun?«

Peider rührte sich nicht.

»Du weisst es, alle wissen es, alle in Gspona, nicht wahr?! Nur Lucrezia darf es nicht erfahren. Weshalb nicht?«

Peider stürmte los. Nicht wie befürchtet auf ihn zu, sondern den Hang hinab, seine Brust wurde zum Pflugkeil, seine Arme ruderten im Mondlicht.

Severin erwachte spät.

»Vollmond-Träume!« murmelte er benommen. Sein Fuss landete auf einem Fetzen Stoff, er sah die Blutflecken darauf, spürte das Ziehen in seiner Lippe.

»Verdammt!« Alles fiel ihm ein: der Angriff, das schwarze Blut, sein Versprechen, Peiders panische Flucht vor seinen Fragen ...

»Ruhig, bleib ruhig! Schwarzes Blut – lächerlich!« Er redete auf sein Spiegelbild ein, während er die Wunde betastete. Etwas später stiess er vorsichtig die Läden auf. Ein nächster Fluch entfuhr ihm. Der Wind hatte ein Geschenk mitgebracht: Schnee! Ganz still fielen Flocken. Beharrlich und dicht. Er starrte in einen geflochtenen Vorhang.

Lucrezia würde ihn verlassen.

Wenn sie nicht schon weg war!

Unmöglich, sie hätte sich verabschiedet. Ihn zum Mitkommen überredet!

Er schichtete Holz in den Ofen. Falls Lucrezia ging, wozu sollte er hierbleiben? Er konnte sich ja bei Gion Capun einnisten, die verbleibenden Skizzenbücher punktuell auf Hinweise durchblättern, die logischen Schlüsse ziehen, ohne sich vollends in Lisbeths Geschichte zu verlieren. Er würde Lucrezia eine grobe Version der bereinigten Gsponer Geschichte vortragen und ... das Tal verlassen? Zurückkehren? Cécile erklären, dass er Halluzinationen erlegen und nun wieder ganz der ihre sei?

Niemals. Er musste bei Lucrezia bleiben! Die Heftigkeit seines Begehrens erschreckte ihn. Ja, er wollte Fortunat Wilers Schicksal aufklären! Er würde Steinchen für Steinchen zusammenfügen, nicht um irgendwen zur Rechenschaft zu ziehen, der oder die Schuldigen lebten ohnehin nicht mehr. Doch er musste wissen, was den Ort, die Menschen hier, zu dem gemacht hatte, was sie heute waren. Herausfinden konnte er es nur hier, im Haus, in dem Lisbeth gelebt hatte. Er wollte ihre Geschichte auf Grund ihrer Zeichnungen und Kommentare rekonstruieren, sich in sie hineinfühlen, sie mit seiner Vorstellungskraft nachbilden. Er würde vorgehen – wie ein Präparator!

Der Gedanke elektrisierte ihn. Vielleicht war das seine Berufung! Seine neue Aufgabe. Die logische Konsequenz seiner bisherigen Beschäftigung.

Trotz des Wetterumschlags fühlte er sich mit einemmal erleichtert. Er räumte das Geschirr weg. Die Rückenschmerzen waren nur noch ein Klacks, die Lippe würde vernarben. Die Verletzung schien ein Indiz: Remidius Capun war zumindest ein Drahtzieher gewesen! Sonst hätte sein Sohn in der Nacht anders reagiert. Mord aus Eifersucht? Weil er seinem Nebenbuhler Fortunat das Glück nicht gönnen wollte? Gekränkte Eitelkeit das Motiv? Das klang ihm zu sehr nach Groschenroman. Es ging um mehr. Jahrzehntelang hatten die Gsponer geschwiegen, als hätten sie sich mitschuldig gemacht. Die meisten waren aus dem Schatten der Wand geflüchtet, geblieben nur zweiundzwanzig. Zwei davon kannte er, die übrigen waren nur Silhouetten in diesem Dorf der Gesichtslosen. Ausser Deconda und der war Petrus.

Seine Erleichterung schwand beim Anblick von Lucrezias Koffer. »Du gehst«, sagte er matt. In Gedanken fügte er hinzu: zu ihm!

»Natürlich. Du auch. Was ist mit deiner Lippe geschehen?«

»Nein.«

»Nein was?«

»Ich bleibe.«

»Du ... bist du zu retten? Hast du gesehen, was draussen los ist? Was da herunterkommt?«

»Trotzdem.«

»Erklär mir bitte mal ... nein, komm mit nach oben, ich muss den Rest packen!«

Sie hatte auf dem Absatz kehrtgemacht, er folgte ihr. Auf dem Bett stand eine Reisetasche. Sie nahm einige Kleidungsstücke aus dem Schrank und stopfte sie hinein, ging ins Bad, kehrte mit einem Necessaire zurück.

»Ich würde einen Bergbauer verstehen, der sein Haus, das Haus seiner Eltern nicht verlassen will. Der das Vieh versorgen muss. Seine Existenz gefährdet sieht. Das könnte ich alles nachvollziehen. Aber du? Du willst hierbleiben, wo heute jeder sieht, wie recht Peider hatte.«

»Um den geht es nicht.«

»Ach nein?« Sie baute sich vor ihm auf. »Es geht nicht um Eifersucht? Nicht um männliche Rechthaberei?«

»Gestern vielleicht«, gab Severin zu.

»Und heute?«

»Heute weiss ich, was mich hier hält.« Er nahm das Necessaire aus ihrer Hand, wollte ihr sagen, wie sehr er ihr Gesicht liebte, ihren Körper, ihre Haare, die Füllfedern, ihre Widerborstigkeit, ihre Unberechenbarkeit, ihre Launen, ihre Distanziertheit, die Art, wie sie die Arme verschränkte, ausserdem ihr spöttisches Gucken, ihre Anzüglichkeit, die sie sich zu selten gestattete, das Funkeln in ihren Augen ...

Genau das hielt ihn davon ab. Er legte das Necessaire in die Tasche.

»Was?« hakte sie nach.

»Wie soll ich es dir erklären?« Severin sank auf die Bettkante. »Das Haus, seine Geschichte – ich weiss nicht.«

»Das findest du in einigen Tagen alles wieder. Mit etwas Glück.«

»Oder stell dir einen Arbeitslosen vor, der sich seit Ewigkeiten nichts sehnlicher gewünscht hat als eine echte Aufgabe. Ich habe sie gefunden.«

»Versteh ich nicht.« Sie schloss den Reissverschluss der Tasche. »Du bringst dich aus unsinnigen Gründen in Gefahr, dabei warten sie irgendwo auf dich! Eine Frau. Und ... Kinder?«

Er griff nach ihrem Arm. »Niemand wartet. Unten nicht, nur ...«

Sie hatte für Sekunden zerbrechlich gewirkt. Nun wand sie sich aus seinem Griff.

»Gion muss bald hier sein«, murmelte sie.

»Gion holt dich? Und Peider?«

»Der ist auf seinen Schneeschuhen unterwegs. Da oben.« Ihre Hand deutete zur Schattwand. »Ein Kontrollgang. Er sorgt sich um mich.«

Ihr Gesichtsausdruck veränderte sich, gleichzeitig flog ihr Kopf herum. Severin verstand nicht. Er wunderte sich nur über das Geräusch. Ein sanftes Grollen akzentuierte die Stille zwischen ihnen.

Zugleich vibrierte der Boden.

Ihre Pupillen weiteten sich. Das Staunen in ihrem Gesicht wich der Angst, ein Schatten glitt über ihr Gesicht, er verdunkelte den ganzen Raum.

»Die Lawine!«

10.

Die Lawine

Es geschah innert Sekunden: Das Grollen wurde zum Tosen, Glas splitterte, Holz ächzte und barst krachend, das Haus wankte, sie sprang in seine Richtung, ihre Hand packte seinen Arm und zerrte ihn zum Treppenabsatz. Sie strauchelte. Beide krachten die Treppe hinunter, er landete auf ihr. Sie schrie. Eisige Brocken trafen seinen Rücken. Er blickte hoch. Rasend langsam kam die Schneewalze herunter. Wie eine Puppe schleifte er Lucrezia hinter sich her, zur Wand des Ateliers, die am weitesten von der Treppe entfernt war. Er drängte sich an die Mauer, Lucrezia an sich gepresst. In der Mitte des Raumes brach die Decke durch. Von Riesenhand wurde der Schnee herabgestossen, eroberte schiebend, fliessend den Raum, türmte sich auf, breitete sich aus. Severin konnte nichts tun, er konnte sich nicht bewegen.

In diesem Moment wurde es still. Das weisse Tier blieb eine Armlänge vor ihnen stehen. Es bot ihnen eine letzte Chance zu flüchten, nur gab es keinen Fluchtweg! Der Augenblick der Ruhe vor dem Ende, schoss es Severin durch den Kopf. Gleich krachte das Haus unter der Macht der Lawine zusammen, gleich würden die Holzböden vollends zersplittern, mehr Schnee hinabstürzen, sie begraben …

Nichts. Severins Knie gaben nach. Er rutschte zu Boden. Lucrezias Kopf landete in seinem Schoss. Im Halbdunkel sah er ihre geschlossenen Augen, das Blut an der Schläfe. Seine Schuld! Peider hätte sie rechtzeitig evakuiert. »Vorbei! Es ist vorbei!« Auf sich einredend rang er mit der Panik. »Die Lawine ist unten. Die Lawine hat das Tobel gefüllt, das Haus von den Seiten umspült, aber es steht noch. Es steht!« Er holte tief Luft. Sie reichte, die Luft! Reichte sie? Wie lange? Lucrezia? Mit dem Ärmel wischte er Blut weg. Die Wunde war nur ein Riss, nicht mal tief. Er wiegte sie in den Armen, betupfte ihre Stirn mit Schnee, immer wieder, bis sie die Augen öffnete.

»Kalt!« Sie zitterte. Severin gab ihr seinen Pullover. Lucrezia blieb sitzen, er suchte einen Ausweg. Bergseitig waren die Chancen am grössten. An der Rückwand hatte er eine Lücke ausgemacht, die der Schnee nicht gefüllt hatte. Er verbreiterte sie mit blossen Händen. Sein Ziel war die Trennwand zu seinem Wohnzimmer. Vielleicht war sie unversehrt. Irgendwie würde er die Wand durchbrechen, so wie er es oben getan hatte vor ... Tagen ... Wochen? Gspona war kein Dorf, die Gsponer keine Menschen, das Tal ein Loch in der Zeit.

»Wo eine Lawine kommt, kommt eine zweite!«

Severin hielt inne.

»Wer sagt das?«

»Alle. Die Schattwand hält mehr bereit.«

Oder Peider! Beim Graben hatte Severin sich an seine Unterschrift erinnert. Der Freipass für Peider Capun! Was der auch tat, die Verantwortung lag nicht bei ihm. Das hatte er schriftlich. Also war er hochgestiegen, hatte die Lawine ausgelöst ...

Severin führte den Gedanken nicht zu Ende. Vielleicht litt er ja an Verfolgungswahn. Gion, der einzige Zeuge ihrer Diskussionen, hätte Lucrezia abholen sollen, genau zu diesem Zeitpunkt war die Lawine gekommen. Zufall?

Er befürchtete, dass Gion nicht mehr lebte.

Seine Hände stiessen in eine weitere Luftkammer. Er sah die Wand vor sich. Nicht nur sie, an der Mauer hingen Lucrezias Werkzeuge! Wie durch ein Wunder unberührt, als hätte es keine Lawine gegeben. Er nahm die grössten beiden, einen Stechbeutel und einen Hammer. Sie würden keine Mauer zum Einstürzen bringen, aber er konnte den Mörtel zwischen einzelnen Backsteinen herausschlagen.

Bald verfluchte er den Maurer für seine saubere Arbeit.

Als Stunden später der erste Stein aus der Wand polterte, waren die Blasen auf seinen Handflächen mit Blut gefüllt. Wenigstens hatte der erste Blick seine Hoffnungen erfüllt: Sein Wohnzimmer war verschont geblieben.

Er half Lucrezia auf. Kaum stand sie, gab das linke Bein nach.

»Gebrochen«, sagte sie mit unnatürlicher Ruhe. Sie stand unter Schock.

»Eher gestaucht, sonst hättest du mehr Schmerzen!«

»Was weisst du von meinen Schmerzen!«

Er bugsierte sie durch die Öffnung. Drüben stützte er sie nur noch. Mehr hätte sein lädierter Rücken nicht ausgehalten. Er verdrängte die Schmerzen. Er musste herausfinden, ob das Haus einsturzgefährdet war. Das Eckfenster liess sich beim dritten Anlauf öffnen. Schnee hatte sich davor gestaut, das Fenster war bis auf einen Streifen am oberen Rand zugemauert. Auf einem Stuhl stehend grub er einen Durchschlupf.

Der Anblick nahm ihm allen Mut: Die Lawine hatte das Tobel zwischen Haus und Dorf nicht nur aufgefüllt, sie war zu einem gut zehn Meter hohen Damm aufgelaufen! Seitliche Ausläufer hatten Lucrezias Hausseite erwischt, waren durch die Fenster eingedrungen. Weitere hatten die Hausecke umarmt und beide Türen dicht gemacht. Die Strasse war ganz einfach verschwunden. Erst im Talboden war die Lawine zur Ruhe gekommen. Severin betrachtete fassungslos den gigantischen Wall. Mannshohe Felsbrocken machte er aus, Baumstämme, von der Lawine geknickt wie Strohhalme, Geröll, Dreck. Zwei, drei Meter weiter rechts und die Lawine hätte das Haus mitgerissen oder zertrümmert. Es stand vor ihm, fast unberührt wirkte es aus diesem Blickwinkel, als habe bloss der Wind Schneeverwehungen an der Hausmauer hochgetrieben.

Das Arbeitszimmer lag über Lucrezias verwüsteten Räumen! Die Sorge um die Zeichenbücher trieb Severin ins Haus. Er humpelte die Treppe hoch. Im ersten Stockwerk war alles in Ordnung. Vorsichtig streckte er den Kopf durch die Falltür. Die seitlichen Fenster waren geborsten. Der eingedrungene Schnee hatte den Schreibtisch durch den Raum geschoben. Er atmete auf. Die Bücher waren nur überstäubt. Bevor er sie hinuntertrug, wischte er sie sauber. Beim zweiten Gang nahm er die Chronik und das Murmelspiel mit. Das kaputte Fenster verhängte er mit Lisbeths Kleidern. Dann schloss er die Falltür endgültig.

Lucrezia fror.

Er hastete in die Küche. Die Glut war aus. Er legte Holz hinein. Zu seiner Verblüffung zog der Kamin. Dafür funktionierten die Lampen nicht. Kurzschluss! Nach kurzem Überlegen feuerte er den Kochherd ein. Die Wasserleitungen waren heil geblieben. Er setzte eine grosse Pfanne auf. Im Koffer fand er Schmerzmittel. Lucrezia liess sich überreden, zwei Pillen zu schlucken. Apathisch sass sie auf dem Sofa. Ihr Anblick trieb Severin zur Eile. Er verteilte Kerzen. Sobald eine Pfanne heiss war, leerte er das Wasser in die Badewanne und füllte sie neu. Mit seinem Duschmittel fabrizierte er einen Ansatz von Badeschaum.

Als er ihr die Hose öffnen wollte, kehrte Lucrezia ins Leben zurück.

»Könnte dir so passen!« murmelte sie. Er wartete vor der Tür, bis er ein Plätschern hörte. Diesmal beschwerte sie sich nicht. Er setzte sich auf den Hocker neben der Wanne. Sie legte den Fuss auf den Rand. Er fragte nach den Schmerzen.

»Weiss nicht.«

Severin lehnte sich gegen die Wand, seine Hand tauchte ins Wasser, ihre Finger verhakten sich in seinen.

»Ich glaube, ich liebe dich«, murmelte er mehr aus Erschöpfung.

»Das ist das kleinste Problem im Moment«, erwiderte sie.

Sie warteten auf Hilfe. Die Minuten wurden zu Stunden. Wenigstens liessen ihre Schmerzen nach.

Auf Severins Drängen hin belastete sie das Bein. Er verfolgte ihre Bemühungen gespannt. Sie schaffte einige Schritte. Er lächelte. Seine letzte saubere Jeans schlotterte um ihre Beine.

»Keine Rettung in Sicht«, sagte er nach einem Kontrollgang. »Kein Peider, kein Gion. Sie werden nicht kommen ... wenn meine Theorie stimmt!«

»Verschone mich bitte damit.«

»Ich glaube, die Lawine wurde mutwillig ausgelöst!«

»Und ich dachte, ich brauche Hilfe.«

»Lass mich erklären.« Er setzte sich zu ihr auf das Sofa. »Was ich herausgefunden habe, deutet auf ein tragisches Ereignis in Gspona hin. In den sechziger Jahren.« Nach einer Pause präzisierte er: »1963.«

»1963?«

»1963 starb dein Vater!«

»Und?«

»Er starb nicht, weil er auf einer Klettertour abstürzte. Er starb zusammen mit Lisbeth Wiler und ihren zwei Kindern.«

»Bist du bei Verstand?« Lucrezias Gesicht verriet, was sie von all dem hielt.

»Es sind nur Gedankenspiele, aber stell dir vor, es sei so gewesen! Stell dir weiter vor: Ein bestimmter Mann war am

Unglück schuld! Ein Mann, der ein Motiv hatte. Die entsprechende Skrupellosigkeit.« Severin zögerte. »Wenn es diesen Mann gegeben hat, war es Remidius Capun!«

Lucrezia schüttelte resigniert den Kopf.

»Die Umstände des Unglücks oder des Mordes kenne ich nicht«, kam er ihr zuvor. »Nur einige Fakten: Remidius war in Lisbeth verliebt. Er wollte sie heiraten. Fortunat Wiler kam ihm zuvor. Jahre später plant dieser Fortunat, der Zugewanderte, zusammen mit Dieni Valcesca, dem Ausländer, ein Grossprojekt. Es gefährdete auf irgendeine Weise Capuns Schmugglergeschäft. Also tat er das Nötige.«

»Motive nennst du das?« Nun versuchte sie es mit Spott. Severin liess sich nicht beirren.

»Ich werde es beweisen. Weiter: Über dreissig Jahre später kehrst du nach Gspona zurück. Peider, der Sohn von Remidius, verliebt sich in dich. In die Frau, deren Vater von seinem Vater umgebracht worden war! Was die meisten im Dorf wissen oder zumindest ahnen. Nur du nicht, die Zurückgekehrte, die Betroffene! Du weisst es nicht.«

»Muss ich mir diesen Unsinn anhören?«

»Weshalb regst du dich auf? Wie gesagt, nur ein Gedankenspiel! Im Wissen um die Taten seines Vaters erlebt Peider, wie sich die Geschichte wiederholt. Ein zweiter Mann taucht auf, ein Unterländer wie damals Fortunat Wiler, mehr noch: der Erbe von Fortunat Wiler. Peider betrachtet ihn sofort als Konkurrenten.«

»Du sprichst von dir?«

»Ja. Dieser zweite Mann, ich also, stochert prompt in der Vergangenheit herum. Ich könnte herausfinden, was ... nun: was Peider dir ein Leben lang verschwiegen hätte!«

»Deshalb soll er die Lawine ausgelöst haben?«

»Wenn ihm soviel an dir liegt – weshalb steht er nicht vor der Tür, um dich zu retten? Warum hat er Gion geschickt, dich zu holen? Genau im Moment, in dem er oben seinen Kontrollgang machte?«

»Wenn ihm soviel an mir liegt, warum sollte er mich unter einer Lawine begraben? Kannst du mir das mal erklären?«

Severin überlegte. »Ein Fehler im Timing!« schlug er vor. »Gion ist zu spät aufgebrochen. Du hättest bereits weg sein sollen. Oder die Lawine, die mir gegolten hat, ist zu früh abgegangen, was weiss ich!«

Sie setzte seinen Spekulationen mit einer energischen Handbewegung ein Ende. »Das ist Blödsinn. Kein Bergler würde absichtlich eine Lawine auslösen. Niemals.«

»Und was ist das?« Severin deutete auf seine geschwollene Lippe. »Das habe ich ihm zu verdanken! Letzte Nacht war ich oben in der Wolfshöhle. Ich habe Peider Capun bei der Geisterbeschwörung gestört!«

Lucrezia blieb stumm.

»Siehst du! Was ich dir erzähle, klingt phantastisch, aber nicht überdrehter als vieles, was ich seit meiner Ankunft erlebe! Peider ist auf mich losgegangen, er hätte mich beinahe erwürgt!«

»Männer!«

»Dann habe ich ihn auf seinen Vater angesprochen. Er ist davongestürmt.«

»Begreif es endlich: Sein Vater war ein Tyrann, das weiss hier jeder. Kein Wunder, will Peider nicht darauf angesprochen werden! Severin, tu mir bloss einen Gefallen: Vergiss die Hirngespinste! Geh ins Dorf! Geh nachschauen, was geschehen ist. Weshalb keiner zu Hilfe kommt.«

Severin schaute sie verblüfft an. »Ich soll durch den Lawinenkanal spazieren? Du hast gesagt: Wo eine erste kommt, folgt eine zweite!«

Sie liess den Kopf sinken. »Hast du eine bessere Idee?«

»Nein. Doch! Mein Handy. Wie konnte ich das vergessen!«

Severin fand es in der Küche unter einigen Holzscheiten. Die Ladeanzeige stand knapp über Null.

Lucrezia setzte sich auf.

»Die Batterie ist fast leer. Ohne Strom kann ich sie nicht laden. Du hast einen, vielleicht zwei Versuche! Überleg dir gut, wen du anrufen willst.«

Sie tippte eine Nummer ein. Er schaute sie fragend an.

»Gion!«

Selbst auf Distanz hörte er das Rufzeichen. Nach rund zehn Wiederholungen gab sie es auf.

»Die Polizei«, schlug Severin vor.

Sie wählte die Notrufnummer.

Zweimal erklang der Rufton, dann erlosch das Display. Lucrezia schaute das Telefon entsetzt an. Bevor es Severin verhindern konnte, schmetterte sie es an die Wand.

»Das war, glaub ich, nicht sehr klug!« sagte Severin nach einer Weile behutsam.

»Tut mir leid.«

»Wenn du willst ... kann ich wirklich versuchen, ins Dorf zu kommen!«

»Sei vorsichtig!« sagte sie, ihr Blick ausdruckslos.

Auf dem Kamm des Lawinendamms war er bereits erschöpft. Der Wind peitschte ihm mit ungebremster Wucht ins Gesicht. Er verwandelte die Flocken in Eiskügelchen, wie Nadelspitzen stachen sie in seine Haut. Das Brausen des Sturms narrte ihn. Mal für Mal meinte er die zweite Lawine zu hören, während er am äussersten Rand des Damms abwärts taumelte. Im schlimmsten Fall würde er zur Seite springen, den Lawinenkegel hinunterrollen. Vielleicht konnte er so aus der Gefahrenzone kommen.

Er zählte seine Schritte, ihre Länge schätzte er auf knapp dreissig Zentimeter. Die zurückgelegte Distanz verglich er im

Geist mit der Landschaft, wie sie zuvor ausgesehen hatte. Endlich blieb er stehen. Er befand sich auf der Höhe der Strasse. Musste den Damm queren. Er preschte los, über Äste und Geröll hinweg, vorbei an hüfthohen Eisquadern – vom Luftdruck der Lawine zusammengepresster Schnee. Nach einer Ewigkeit spürte er, wie es abwärts ging. Bevor er hinunterstolperte, blickte er zurück. Baumstämme, wie von einem Zyklop hingeschleudert, ragten aus dem schmutziggrauen Schnee, dazwischen riesige Felsbrocken.

Er wartete, bis das Zittern in seinen Beinen nachliess. Dann quälte er sich weiter.

Schwach war das erste Haus zu sehen, bald schälten sich weitere aus dem Nebel. Gspona hatte sich verändert! Etwas Sonnenlicht drang für Sekunden durch eine Lücke in den Wolken. Gelb glühten die dichteren Schwaden, die durchlässigen brachen die flach einfallenden Strahlen, fächerten sie in die Farben des Regenbogens auf. Die Häuser duckten sich unter ihrer Last. Der Schnee hing über die Dachrinnen herab, türmte sich vom Boden her weit über die Fensterhöhe der ersten Stockwerke auf, verschlang die lästigen Holzklötzchen mitsamt den Puppenfiguren darin.

Plötzlich wusste Severin, was ihn irritierte. Das Fehlen von Lichtern! Nirgends ein Licht! Oder eine Rauchfahne, die der Wind in der Luft zwirbelte. Ein Geräusch, eine Glocke, der Hall einer Stimme, ein einziger Beweis menschlichen Lebens.

Nichts. Gspona war erfroren.

Er kämpfte sich Meter um Meter durch die Gassen. Rief laut um Hilfe, klopfte an verschlossene Türen, er wartete nicht, ob jemand öffnete, es war ohnehin keiner da. Ein Geisterdorf! Er näherte sich dem einzigen vertrauten Ort: Gions Laden. Auch hier reagierte niemand auf sein Poltern. Die Tür war nicht verschlossen. Alles sah aus wie bei seinem letzten Besuch, mit Ausnahme der vollbeladenen Holzpalette mitten im Raum. Er riss die Plastikhülle weg. Milchpulver, Bouillonwürfel, Trockenbrot. Und Teigwaren. Wahrscheinlich eingeflogen vom letzten Helikopter. Im hinteren Raum riss er den Telefonhörer ans Ohr. Nichts. Die Leitung war tot. Entkräftet sank er in den Bürostuhl. Sie waren endgültig von der Aussenwelt abgeschnitten!

Severin bemühte sich, logisch zu denken. Die Strasse verschüttet, das Telefon unbrauchbar – welche Möglichkeiten blieben? Ein Funkgerät? Er erlaubte sich keine neue Hoffnung und begann dennoch zu suchen. Erfolglos. Kein Funkgerät, kein Handy. Bevor er seinen Verstand verlor und nach Rettungsringen und Leuchtraketen suchte, nahm er den Rucksack, der in der Ecke stand. Im Laden packte er Nahrungsmittel ein, Kerzen, Streichholzschachteln, Verbandszeug, alles was irgendwie nützlich schien.

Der Rucksack brachte Severin ständig aus dem Gleichgewicht. Er stemmte sich hoch, drückte ein Bein mit aller Macht nach vorn, um ein nächstes Mal einzusinken, raffte sich auf, zog das zweite Bein nach, fiel erneut, wühlte sich vorwärts. Sein Gesicht war vereist, sein Atem gefror in den Nasenhöhlen, die Zehen und Finger spürte er nicht mehr. Kriechend erreichte er den Kamm des Lawinenkegels. Im gepressten Schnee sank er weniger ein. Nach einigen Metern sah er das rote Metall des Pfluges im Schnee, den Bogen des Fahrerhäuschens, Gions Arm und das kalkweisse Gesicht.

11.
Die Finte

Gion lebte. Severin scharrte seine Beine frei. Er packte ihn unter den Schultern und zerrte seinen Körper aus den Überresten des Fahrerhauses. Gion stöhnte. Er öffnete die Augen und schloss sie gleich wieder. Severin schlug ihm ins Gesicht. In seiner Verzweiflung fiel ihm nichts anderes ein. »Bleib hier, Gion. Bleib bei mir, verdammt, sag was!«

Gions Lippen waren blau.

Zwanzig Minuten war die durchschnittliche Überlebenszeit eines Verschütteten, erinnerte sich Severin. Wieviel Zeit mochte seit dem Lawinenniedergang vergangen sein? Zwei Stunden? Drei? Gion war zum Glück nicht vollständig verschüttet gewesen, machte er sich Mut. Die Fahrerkabine hatte den Schnee abgehalten.

Severin hörte etwas. Er wartete. Nichts. Seine Phantasie spielte ihm Streiche, Angst drückte ihm den Atem ab. Er fasste Gion um die Hüfte und wuchtete ihn über die Schulter. Die Schmerzen im Rücken trieben ihm Tränen in die Augen. Er taumelte, machte Schritte vorwärts, rutschte zurück, zwei Schritte vorwärts und einen zurück, weiter, weiter …

Endlich sah er das Haus. Severin legte Gion vor der bestürzten Lucrezia zu Boden. Völlig erschöpft sank er selber in die Knie.

Gions Atem ging flach. Severin hatte ihm die Kleider ausgezogen und den Körper mit Schnee abgerieben. Das erzeuge einen Wärmeeffekt, hatte er in einem der Bergsteigerbücher seines Vaters mal gelesen. Ob es stimmte, wusste er nicht.

Jetzt lag Gion auf dem Sofa, dicht vor dem Kachelofen, in Decken gepackt, seinen Kopf auf Lucrezias Beinen.

»Wird er sterben?« fragte sie.

»Was weiss ich! Vielleicht hat der Schock die Bewusstlosigkeit ausgelöst, vielleicht innere Verletzungen.«

»Wir müssen etwas tun!«

»Herrgott, was denn? Im Dorf ist keiner. Alle evakuiert. Was das heisst, weisst du! Nicht mal dem Bannwald trauen sie! Draussen tobt der nächste Schneesturm, man sieht die Hand vor den Augen nicht. Ich kann nicht mehr, Lucrezia! Und du, mit deiner Verletzung ... Nein, wir werden uns nicht von der Stelle rühren, wir warten auf Peider! Der muss irgendwo da draussen sein!«

Als Severin für Lucrezia eine Matratze aus dem ersten Stock holte, fiel ihm der Schaukelstuhl ein. Er kletterte ganz nach oben. Da stand er, schneebedeckt, wie er ihn damals unter seinem Vordach gesehen hatte.

Er nahm ihn mit in die Küche. Es war vielleicht die letzte Gelegenheit, dem Stuhl seine Ursprünglichkeit zurückzugeben. Entschlossen setzte er das Schleifpapier an. Eine Stunde später hatte er das Holz der Rücken- und Armlehnen freigelegt. Arvenholz wahrscheinlich, er kannte sich zuwenig aus. Warm vom Schleifen schmiegte es sich in seine Hand. Er setzte sich hinein und schaukelte. Weshalb hatte er ihn geerbt? Das Haus? Was hatte ihn in Wilers Augen befähigt, das erlittene Unrecht zu sühnen?

»Severin!«

Er war eingenickt. Verschlafen trottete er hinüber. Lucrezia empfing ihn mit entsetzter Miene. »Er ist ... er atmet nicht mehr!«

Mit einem Satz war er neben ihr. Er legte das Ohr auf Gions Brust. Nichts. Er suchte die Halsschlagader. Vergeblich. Im Badezimmer holte er den Taschenspiegel. Er beschlug nicht, als er ihn an Gions Lippen hielt.

»Er ist tot.«

Severin musste Lucrezia mit Gewalt von Gion wegzerren. Er hielt sie im Arm, bis ihr Schluchzen in ein Wimmern überging. Apathisch nahm er ihre Vorwürfe hin. Er versagte sich eine Antwort. Sie stand unter Schock, mehr als er selbst, sie war für keine Erklärung empfänglich. Was sollte er sagen? Wenn es einen Schuldigen gab, dann wohl jener Mann, dem sie es nicht zutraute.

Severin schwieg, bis sie ruhiger wurde. »Bring ihn weg«, sagte sie endlich, während sie sich in eine Decke hüllte. Er schaute sich um. Sein Blick fiel auf den Mauerdurchbruch zum Atelier. Ein würdigerer Ort fiel ihm nicht ein.

Lucrezia war eingeschlafen. Er ging zum Stuhl zurück. Diesmal setzte er bei der Sitzfläche an.

Sie machte ihn verantwortlich für Gions Tod.

Dabei hatten sie doch beide Peiders Ratschläge ignoriert!

Er schmirgelte verbissen, die Zweifel wurde er nicht los. Wenn er schuld war an allem, was passiert war, war auch Fortunat Wiler schuld. Er war sein Werkzeug.

Schwachsinn.

Er würde hier oben noch den Verstand verlieren. Oder sterben! Der Brief an Noah fiel ihm ein. Wann hatte er ihn Gion gegeben? Gestern, vorgestern? Hatte Gion ihn bei der Evakuation jemandem mitgegeben?

Er konnte ihn nicht mehr fragen.

Das Schleifmehl auf seinen Händen änderte die Farbe. Das war nicht mehr dasselbe Holz wie bei der Rückenlehne! Er betrachtete die Sitzfläche genauer. Eine nachträglich aufgeleimte Sperrholzplatte. Sie passte nicht zum kunstvoll gefertigten Stuhl. Span für Span schlug er sie weg.

Dem Fortunat zum Hochzeitstag und zur kommenden Einweihung. Gspona, 22. November 63.

Die Buchstaben waren sorgfältig in die ursprüngliche Sitzfläche gestichelt. Fortunat Wiler hatte sie abgedeckt, so wie er Lisbeths Sachen eingemauert hatte. Zum Hochzeitstag? Er rechnete nach: der Vierzehnte. Und zur Einweihung. Wovon? 1963 war auf jeden Fall das Schlüsseljahr. Das Todesjahr von Lucrezias Vater. War der Stuhl Lisbeths letztes Geschenk an Fortunat? Was war an diesem Tag geschehen?

Severin öffnete das Fenster. Die Augen konnte er kaum mehr offenhalten. Behutsam bewegte er das Becken. Die verkrampften Rückenmuskeln drückten auf irgendwelche Nerven, die Schmerzen strahlten in die Beine aus.

Er hatte lange in die Stille gehorcht. Plötzlich drang Mondlicht durch die Wolken. Er fuhr zusammen. Da! Der Wolf! Verzerrt fiel sein Schatten auf das Schneefeld unter der Wand. Der Wind frischte auf und trieb die Wolken zusammen, die Dunkelheit verschluckte das Bild. Wie von Furien gehetzt rannte Severin in die Stube. Lucrezia schreckte auf.

»Draussen!«

»Was?«

»Ein Wolf … Ein Schatten!«

»Hätte ich dir diese Sage nur nicht erzählt! Schlaf, Severin. Einige Minuten wenigstens.«

»Ja. Nein. Wir … Weg, wir müssen weg. Sobald es Tag wird.«

»Das sag ich ja die ganze Zeit.«

»Nicht ins Dorf! Den Talkessel hoch. Weg von der Wand. Gibt es da Häuser?«

»Nein. Nur die Überreste der alten Militärunterkunft!«

»Das Kantonnement? Besser als nichts.«

»Ja, Severin. Schlaf, Severin!«

»Nein. Nur eine Frage: Wann hast du Geburtstag?«

»Herrgott, Severin! Wir sitzen hier fest, drüben liegt Gion. Er ist tot, Severin, tot! Aber du willst wissen ...«

»Bitte! Ich erkläre es dir morgen.«

»Der siebzehnte Mai.«

Er ging in die Küche zurück. Der siebzehnte Mai 64. Sechs Monate nach dieser Einweihung. Und Hanna Camminada war im dritten Monat schwanger gewesen, als Lucrezias Vater starb. Die Daten deckten sich, die Teile des Mosaiks fügten sich zusammen, auch wenn er dessen Bild noch nicht erkennen konnte. Er netzte sein Gesicht mit kaltem Wasser und goss einen Krug Kaffee auf. Schlafen würde er keinesfalls, er musste Wache halten! Den Wolf mochte Lucrezia zu Recht seinen strapazierten Nerven zuschreiben, ein anderes Gefühl trügte ihn nicht: Peider würde kommen!

Je länger er darüber nachdachte, um so besser gefiel ihm die Idee: das Kantonnement! Weshalb war er nicht selbst daraufgekommen? Der Ort markierte den Beginn der Liebe von Lisbeth und Fortunat. Der Schaukelstuhl, auf dem er sass, das tragische Ende. Wenn er die Geschichte dazwischen neu schreiben wollte, musste er sie verstehen lernen. Eine Kaskade von Glaskugeln sirrte durch den Murmelturm. Severin stiess auf eine Zeichnung des Gsponatals. Nicht wie üblich ausgearbeitet, nur grob skizziert. Auffällig waren die eingefügten, roten Flächen. Einige schattiert, andere deckend ausgemalt. Ein Kommentar zum Bild fehlte. Es ging offensichtlich um Grundstücke. Um jene der Wilers und der Comets, stellte er fest. Die schattierten wollte Fortunat wohl kaufen!

Severin konzentrierte sich. Auf der einen Parzelle stand die alte Schmiede, eine weitere im Dorf musste das Grundstück von Lisbeths Vater sein. Das Land reichte bis an den Fuss der

Schattwand. Sogar mitten in der Wand war ein Absatz markiert. Ausserdem die Hälfte der Wolfsscharte. Lisbeth hatte sie zur Veranschaulichung perspektivisch falsch gezeichnet, gleichsam aus der Vogelschau. Ein Strich durchtrennte das Grundstück, in der einen Fläche prangten die Buchstaben D. V. für Dieni Valcesca. Die Linie war die Grenze. Dienis Fläche lag auf der italienischen Seite des Passo del Lupo.

Hatten die beiden tatsächlich einen Stausee geplant? Dann waren die schattierten Stellen die Bauflächen für Druckleitungen und Pumpstationen, jene im Talboden für die Transformatoren. Severin zog die Gemeindechronik zu Rate. Nach langem Suchen wurde er fündig: Das Protokoll einer ausserordentlichen Gemeindeversammlung im Jahr 1959! Das Haupttraktandum hatte seine Aufmerksamkeit erregt: Pachtgesuche von Wiler Fortunat!

Severin vertiefte sich in die folgenden Seiten. In einer altmodischen Amtssprache war protokolliert, was am dritten September 59 im Gsponer Bürgersaal diskutiert worden war. Zu Beginn hatte Gemeindepräsident Conradin Tuor erklärt, wie viele Parzellen des Gemeindebodens der Zuzüger Fortunat Wiler zu pachten wünschte. Er habe sie erst kaufen wollen, was natürlich nicht in Frage käme, man gebe den heimatlichen Boden nicht her! Eine Pacht könne man hingegen prüfen, das müssten die Einwohner von Gspona halt entscheiden, ob sie das wollten! Was die Frau im Saal betreffe, die Lisbeth, das würde gleich erklärt. Eine Ausnahme sei es natürlich, so was werde nicht Gewohnheit, nicht solange er Präsident sei!

Beifälliges Gelächter. Die Blicke der Männer wanderten zu Lisbeth. Sie sass zuvorderst, eingerahmt von Fortunat und ihrem Vater. Etwas verwundert schauten die meisten Männer, einige wenige wohlmeinend, stellte Lisbeth fest. Capun natürlich nicht. Seine roten Haare flammten in der ersten

Reihe, auf der anderen Seite des Ganges, inmitten seiner Gesellen, dieser Vaganten! Von ihm würde der Widerstand kommen, wussten sie und Fortunat nur zu gut. Sie war gwundrig, wer die Mehrheit auf seine Seite ziehen würde. Die wenigen freundlichen Blicke hatten sie sich mühsam erkämpft. Sie und Fortunat und natürlich die Zwillinge, die mit ihrer munteren Art alles etwas leichter machten. Manches Herz im Tal hatten sie aufgeweicht, die Alma und der kleine Fortunat! Jetzt schliefen sie hoffentlich, zu Hause in ihren Betten, behütet von der Grossmutter.

Präsident Tuor hängte umständlich die Karte von Gspona an die Tafel. Er tippte mit einem Bambusstock die fraglichen Gebiete an. Mit jedem weiteren wurde das Raunen im Saal lauter. Abfällige Lacher mischten sich darunter. Sie konnten Lisbeths Stolz nichts anhaben. Was wussten die! Sollten sie Fortunat nur für verrückt halten! Etwas Besseres konnte ihnen gar nicht passieren.

Tuor klemmte seine Daumen unter die Hosenträger. »Ich alphabetisiere das mal durch! Grundstück A: Drüben am Gemshorn. Wo die Matten von Fons Comet im Geröll verganden. Wiler will dieselbe Breite wie das Comet-Land, hinauf bis zur Bergspitze. Grundstück B: der Wasserfall in der Oberen Geissmatte ... Halt! Ruhe bitte! Ohne Wassernutzung. Da wird nichts angezapft, nichts verändert. Die Einschränkungen habe ich dem Wiler klargemacht! Grundstück C: die Parzelle, die an die Alte Schmiede grenzt. Unter uns gesagt – da sehe ich kein Problem, jeder plant mal ein Stöckli fürs Alter, nicht? Grundstück D: der Wolfstritt auf einer Fläche von zehn auf zehn Metern, mitten in der Wand. Ja gut, da wär wahrscheinlich das Stöckli, wenn die Nachkommenschaft missraten sollte!«

Selbst Lisbeth konnte sich ein Lächeln nicht verkneifen.

Der Präsident genoss die Reaktionen auf seinen Spruch,

bevor er weiterfuhr: Jetzt geht es höher. Grundstück E, dieser Bitz der Wolfsscharte, bis hin zur Grenze ... He ... Ruhe! Geduld, Geduld. Ich habe mich genauso gewundert wie ihr, als der Wiler Fortunat zu mir gekommen ist! Was er mit dem Felsglump anstellen will, sagt er euch selbst. Mit einer guten Entschuldigung für die Anwesenheit seiner Frau, hoffe ich, gäll, Lis!«

Sie nahm es ihm nicht krumm. Es war halt, wie's war. Zum Glück unterschied sich Fortunat von den andern Männern! Er rupfte auch nicht erst die Hose zum Hals hoch wie der Tuor, als er zu sprechen begann.

»Gemeindepräsident, dein Wunsch ist mir Befehl. Ihr alle wisst, meine Lisbeth ist eine begnadete Malerin. Darüber müssen wir uns nicht streiten. Von ihr kommt die Idee, deshalb ist sie hier. So kompliziert das aussieht da vorne«, er deutete auf die Karte, »so einfach ist unser Plan. Nur eines vorweg: Erinnert ihr euch an die anfänglichen Diskussionen um die Heuseile? Fons Comet hat am lautesten darüber gelacht. Trotzdem war er der erste, der sich das Seil montieren liess. Dafür bin ich dir dankbar, Schwiegervater. Einige andere hier drin wahrscheinlich ebenso! Jetzt zur neuen Idee, über die Fons zuerst genauso gelacht hat. Also: Die Lisbeth möchte Malkurse geben. Ich weiss, ich weiss: Das erklärt nicht alles! Die zweite Idee braucht es auch, die kommt von mir. Ich finde, dass wir in einem der schönsten Täler der Schweizer Alpen leben. Oder nicht? Eben. Seit ich erstmals hierhergekommen bin, frage ich mich, weshalb die Unterländer nach Arosa fahren, nach Engelberg, nach Zermatt und St. Moritz und Davos und weiss der Gugger wohin. Weshalb sie dort Ferien machen, dort ihr Geld liegenlassen? Warum keiner, aber nun gar keiner, hier herauf in unser schönes Tal kommt?! Wir haben in diesem Saal schon darüber gesprochen, schlussendlich bin ich eurer Meinung: Wir wollen keine Hotelklötze, keine geteerten Strassen, keine Faulenzer, die nichts Gescheiteres tun, als dem Herrgott den Tag abstehlen – und uns die Zeit!

Was allen hingegen nützen würde, ist das, was sie den ›sanften‹ Tourismus nennen. Ich sag dem: die Wanderer! Weil es bei uns in der Familie halt so zusammenkommt, wollen wir einen Versuch wagen: ein Angebot von Mal- und Wanderferien in Gspona.«

Fortunat machte eine Pause. Er liess den Männern Zeit, sich an den Gedanken zu gewöhnen. Lisbeth schaute hinüber. Capun und seine Gesellen steckten die Köpfe zusammen.

Fortunat verschaffte sich Gehör. »Wozu die Grundstücke? fragt ihr euch. Ich sag es euch: Damit wir eben keine Hotelkästen bekommen, genau deswegen. Schaut euch die Karte an! Lisbeth hat die Orte ausgewählt, sozusagen mit dem Auge der Malerin. Deshalb diese gschpässigen Plätze wie der Wolfstritt mitten in der Schattwand, oder die Scharte selbst, oder das Gemshorn! Brachland, mit dem ihr beim besten Willen nichts anfangen könnt. Dafür jubiliert dort das Malerherz, bei der Aussicht und all den Motiven! Ich hab auch hingeschaut, eher mit dem Auge des Handwerkers! Denn an diesen Stellen möchten wir Hütten aufstellen. Ähnlich wie die vom Alpenclub. Eine kleine Küche, ein Aufenthaltsraum, ein Massenlager, Maximum! Weil, die Leute, die solche Ferien machen – und es gibt einige davon, das haben wir abgeklärt –, das sind keine Mehrbesseren. Es sind einfache Leute wie wir. Die brauchen keinen Luxus. Die wollen nur unsere Natur geniessen, sie abzeichnen! Wir werden sie in Gruppen einladen. Die wandern während einer Woche oder zwei von Hütte zu Hütte, von Malsujet zu Malsujet sozusagen, dann reisen sie heim. Natürlich erst, nachdem sie bei dir, Benedikt, eingekehrt sind!

Das wär's eigentlich. Zum Schluss etwas, das sowieso selbstverständlich ist: Diese Hütten werden aus Gsponer Holz gefertigt, mit Gsponer Werkzeugen und Gsponer Muskelkraft. Nur die Bezahlung, der Kredit, der kommt von auswärts.«

Mit diesem Zückerchen beendete Fortunat seine Rede. Er setzte sich. Lisbeth flüsterte ihm ins Ohr: »Lügner du!«

Sie küsste ihn nicht, sie fühlte sich schon genügend ausgestellt hier.

Severin kühlte seine Augenlider mit Wasser. Was um alles in der Welt hatte Fortunat da vorgetäuscht? Mal- und Wanderferien. Der hatte doch ganz andere Pläne, der verhinderte Ingenieur! Weshalb die Finte? Andererseits – wenn er tatsächlich ein Grossprojekt wie den Staudamm geplant hatte, konnte er nicht mit der Tür ins Haus fallen.

Er vergewisserte sich, dass Lucrezia schlief. Dann vertiefte er sich von neuem in die Chronik.

Zu Lisbeths Freude fand der erste Sprecher, Benedikt vom Hirschen, die Idee gut. Natürlich, der witterte ein Geschäft! Ebenso Thadäus von der Sagi. Er sah sich wohl bereits die Bretter für die Hütten zuschneiden ... und das Entgelt dafür bei Benedikt verprassen. Sie schielte zu Remidius Capun hinüber. Es würde gleich anders kommen! Sie schob ihren Arm unter Fortunats Ellbogen.

Prompt meldete sich Tomaschett zu Wort. Der Hirt, der einen Grossteil der Gsponer Schafe auf den Alpweiden sömmerte und dort Remidius half, seine Schmugglerware zwischenzulagern. »Reden tu ich nicht gerne, wie ihr wisst!« begann er. »Jetzt muss ich halt. Das, was der da will, das geht ja nicht! Wollt ihr etwa, dass die Fremden einfallen, mir mit ihren roten Socken den Hund schtigelisinnig machen, eure Schafe versprengen, wo ich sie nachher zusammensuchen kann, wenn sie in ihrer Aufregung nicht in Spalten fallen und verrecken, elend!«

Vom Kampf mit der Sprache hatte er einen roten Kopf. Er setzte sich unter den beifälligen Kommentaren einer Minderheit hin. Das Feld war bereitet, Remidius Capun stand auf. Schlagartig wurde es still im Saal.

»Da kommt einer her«, begann er und stach mit dem Finger in Fortunats Richtung, »kommt vom Unterland her, er nistet sich bei uns ein, schon kurz darauf verschandeln Drahtseile unser Tal und nichts ist mehr, wie es gewesen ist.«

Er hob einen Fuss auf den Stuhl, beugte sich vornüber, stützte den Ellbogen auf das Knie, das Kinn in die eine Hand, die andere legte er gemütlich auf die Lehne. Lisbeth liess sich von seiner Haltung nicht täuschen.

»Früher, da haben wir das Heu buckeln müssen! Gut, dafür haben wir uns getroffen, erst auf der Matte von Joder, haben ihm geholfen, darauf gingen wir zum nächsten und haben dem geholfen und dann zum übernächsten und haben auch dem geholfen. So wie man sich in einer grossen Familie eben hilft. Als wir fertig waren, alles Heu eingeholt hatten, machten wir ein währschaftes Fest. Und heute? Ich sag es, wie's ist: Heute lässt der Comet sein Heu am Seil herunter, sozusagen, alleine und für sich, der Joder genauso, alleine und für sich, und wenn er's eingebracht hat, geht jeder nach Hause. Alleine und für sich.«

Er machte eine Pause. Während er seine Worte wirken liess, wechselte er das Bein und den Arm als Kinnstütze.

»Das macht mir noch keine Sorgen! An und für sich. Aber es geht ums Prinzip. Wehret den Anfängen, sag ich euch, wehret ihnen rechtzeitig! Der Wiler spricht von ein paar harmlosen Wanderern. Dass ich nicht lache! Ich sag euch, wie's wirklich kommt: Diese Wanderer sind in Wahrheit Lehrer! Ärzte! Büroleute aus der Stadt! Bänkler! Ingenieure! Spekulanten! Ein jeder mit seinen eigenen Interessen! Denen will der Wiler unser Tal öffnen. Bald mal sitzt der Herr Doktor oben am Wasserfall, putzt sich die Farbe von den Fingern und sagt zur Frau: Wäre noch schön, hier ein Ferienhaus zu haben, nicht? Er überlegt noch ein bisschen mehr, bis er sagt: Ich baue Ferienwohnungen, damit auch andere diese Aussicht geniessen können und ich etwas daran verdiene! Der Ingenieur wiederum sagt: Wunderbar ist es hier, wenn die Anfahrt nur nicht so lange wäre! Ich glaube, ich baue denen eine neue Strasse! Erst kommen wenige, dann kommen mehr, und unser moderner Wiler da drüben wird seufzen: Ja, alles kann ich nicht selbst machen! Ich brauche das eine oder andere Dienstmädchen. Zahlen kann ich nichts, die hol ich doch ennet der Grenze! Also fragt er seinen Tschinggenfreund, den Valcesca. Der besorgt ihm ein paar Weiber, die billig zu haben sind ... ihr wisst, was ich meine! Dann nisten sich die Salamifresser mit Sack und Pack und Brut hier ein. Vermehren sich sofort, ihr wisst, wie schnell das bei denen geht! Die sind anders als wir, keine Geiss schleckt das weg! Bald müssen unsere Kinder am Brunnen unten italienisch reden. Wollt ihr das? Ich sage euch: Wenn ihr das Land dem Wiler verpachtet, gebt ihr nicht nur Land weg, sondern unsere Heimat. Scheibchenweise, wie den Salami eben! Den Wiler stört das natürlich nicht. Er ist selber ein fremder Fötzel, vergesst das nie! Er würde auch als einziger daran verdienen. Unsere Heimat aber, die verkauft man nicht, sie ist das einzige, das wir haben. Das einzig Wertvolle! Mir ist die Heimat heilig. Drum sag ich es dir deutsch und deutlich, Wiler: Unser Land kriegst du nicht. Also nimm deine Frau, sie hat in diesem Raum sowieso nichts zu suchen. Auch da gilt: Wehret den Anfängen. Nimm sie und geh dorthin zurück, wo du hergekommen bist. Dort kannst du Kurse und Ferien und was der Teufel organisieren, bis dir die Ohren wackeln. Nur nicht hier. Hier nicht! Ich habe geschlossen.«

Seine Freunde johlten und klatschten, unterstützt vom

einen oder andern, den Capuns Redekraft überzeugt hatte. Lisbeth wollte aufspringen, wollte ihn anfahren, den Sauludi von Schmuggler, ihm die Augen auskratzen für seine Beleidigungen. Täglich verriet er seine Heimat, jetzt spielte er den Heiligen! Fortunat hielt sie fest. »Wenn du hier drin etwas sagst, ist die Sache erledigt!« flüsterte er.

Fons Comet erhob sich. Er wartete ruhig, bis das Getuschel und die hämischen Bemerkungen ein Ende hatten.

»Ihr alle hier«, hob er an, »ihr wisst, dass ich mir vor einiger Zeit überlegt habe, den Mann, der eben gesprochen hat, zu meinem Schwiegersohn zu machen. Nach dem, was ich in den letzten Jahren beobachtet habe, spätestens nach seinen Worten heute, bin ich grad froh: Meine Tochter hat einen gescheiteren Entscheid gefällt!«

Das sass! Hinter Fons Comet erklang beifälliges Murmeln, drüben wurde es stiller. Lisbeth lächelte. Capun wusste, dass ihres Vaters Wort in der Gemeinde Gewicht hatte.

»Zur Sache!« sagte der. »Ich will meine Heimat auch nicht verkaufen, Capun. Noch weniger will ich, dass sie eines Tages ausstirbt, weil in zehn, zwanzig Jahren immer mehr Jüngere wegziehen, verführt vom Firlefanz der Städte. Deshalb unterstütze ich jeden, der etwas Vernünftiges für unsere Zukunft aufbauen will. Schwiegersohn hin oder her! Was Fortunat und meine Lisbeth planen, scheint mir umsichtig. Eben: Vernünftig! Dir nicht, Remidius, aber wir sind halt so verschieden wie nur möglich. Das ist mir heute richtig klargeworden. Für mich ist ein Fremder in erster Linie ein Gast, nicht ein Feind. Wozu das sonst führt, haben wir gesehen in all den schweren Jahren. Viele in Deutschland haben so geteufelt wie du gerade. Und das Resultat? Oder habt ihr die Anbauvorschriften schon vergessen? Die Nachrichten im Radio? Die Flüchtlinge? Die Toten?«

Er beugte sich vor. Lisbeth sah, wie die Stirnadern des Vaters anschwollen. Seine Stimme würde gleich ein gutes Stück lauter!

»Ich gehe eben nicht denselben Geschäften nach wie du, Capun! Mich stört es nicht, wenn mal jemand auf der Wolfsscharte übernachtet, nahe der Grenze! Weil ich im Gegensatz zu gewissen Leuten in der Nacht schlafe und am Tag einer anständigen Arbeit nachgehe, Capun! Nicht umgekehrt! Bei mir kann keiner etwas sehen, das er nicht sehen darf. Bei mir nicht!«

Mit der Anspielung auf Capuns Schmugglertreiben, auf dessen wahren Grund, Fortunats Vorhaben zu bekämpfen, setzte sich der Vater. Er hatte mit einem Schlag die Mehrheit der Männer hinter sich gebracht, jubilierte Lisbeth innerlich. Denn wer nicht von Capuns Treiben profitierte, dem waren dessen Geschäfte ein Dorn im Auge.

Sie hatte sich nicht getäuscht. Mit fündunddreissig zu fünfzehn Stimmen beschloss die Versammlung, an Fortunat zu verpachten. Der Preis war dem tiefen Wert des Landes angemessen. Einschränkungen bezüglich Bauten und Nutzung wurden nur beim Wasserfall festgeschrieben.

Lisbeth hielt sich nicht länger zurück. Sie küsste Fortunat. Vor all den Männern!

Was hatten die beiden wirklich vorgehabt? Severin betrachtete ein letztes Mal die Grundstückverteilung. Erschöpft rieb er sich die Stirn. Von draussen drang das Licht des anbrechenden Tages in die Stube. Er packte die Murmeln ein.

Zeit zu gehen!

Im fahlen Morgenlicht wuchs der Lawinendamm vor ihnen in die Höhe. Severin packte die Schaufel und die Decken, schulterte den Rucksack mit den Zeichenbüchern. Die schwere Dorfchronik liess er im Haus zurück. Lisbeths Zeichnungen mussten fortan genügen.

Er vergewisserte sich, dass die Verantwortlichkeitserklärung in seiner Brusttasche steckte. Zu seinem Erstaunen hatte er sie in Gions Jacke gefunden, als er nach dem Brief für Noah gesucht hatte. Er warf einen Blick auf die Schattwand. Schwach zeichneten sich die Felsen im Nebel ab. Wo zum Teufel war Peider Capun? Hockte er da oben, in einer Felsnische, in einem der Schmugglerverstecke, wie einst sein Vater? Oder beobachtete er sie aus der Nähe, auf den Moment wartend, in dem er zuschlagen konnte? Der wäre ... jetzt! Er beschleunigte seine Schritte. Bald holte er Lucrezia ein.

»Geht's?«

»Muss!« presste sie durch die Zähne.

Sie schob den Arm beiseite, den er ihr zur Stütze anbot. Er ging voran. Mehr ein Kriechen als ein Gehen, ein Einsinken und Rutschen und Fallen. Er machte sich im Tiefschnee so breit wie möglich, damit Lucrezia es etwas leichter hatte.

Nach einigen Minuten wartete er auf sie.

»Nicht so leicht – das Haus zu verlassen, nicht?« sagte sie, kaum hatte sie ihn eingeholt. Sie blickte nach Atem ringend zurück.

»Ich habe mich tatsächlich an das Haus gewöhnt.«

»Gewöhnt? Liebgewonnen hast du es! Sag es einfach! Weshalb müsst ihr Männer stets so abgebrüht tun?«

»Stimmt. Liebgewonnen ist das bessere Wort. Ich ... möchte irgendwann zurückkehren können!«

»Wer weiss. Gehen wir, vergiss nicht, du hast den Wolf gesehen!« Sie rutschte an ihm vorbei.

Das Kantonnement bestand aus einem einzigen, langgestreckten Gebäude, durchbrochen von Stallungen und Heuschobern. Der erste Blick entmutigte Severin. Die seitlichen Bretterwände waren durchlöchert, teilweise gar eingefallen. Die Schneewehen hatten das Denkmal schweizerischen

Wehrwillens erobert. Am besten erhalten war glücklicherweise das von der Lawine entferntere Ende. Die Ausläufer waren rund sechzig Meter vom Gebäude entfernt. Es gab keine Garantie, dass eine zweite Lawine sie hier verschonen würde, doch die Chance schien ihm grösser als oben im Haus.

»Wenn wir uns hier einrichten können, sind wir fürs erste sicher!«

Lucrezia liess ihren Rucksack fallen. Sie sank neben ihm in die Knie. »Einrichten? Da drin?«

»Wir müssen es versuchen.«

Er drückte zwei morsche Bretter beiseite und glitt durch die entstandene Öffnung. Das erste, was er im Halbdunkel sah, war die mächtige Esse. Dann den Amboss. Ein Schauer lief ihm über den Rücken. Als hätte Fortunat eben noch ein Hufeisen gehämmert! Er gestattete sich keine Sentimentalität, es gab viel zu tun. In allen Wänden klafften Löcher, die Schneeverwehungen reichten bis zur Esse hinein. Das Dach war mehr oder weniger intakt.

»Es ist perfekt hier!« schrie er hinaus. »Wirf mir die Schaufel rein.«

Sie landete polternd neben ihm. Lucrezia rutschte hinterher.

»Perfekt, mmh?!«

»Du wirst sehen. Das wichtigste ist die Esse. Wenn der Kamin zieht ...«

»Der ist zugeschneit.«

»Vielleicht nicht. Das ist kein Dachkamin.« Er deutete auf das Abzugsrohr. Dicht unter dem Giebel durchstiess es die Seitenwand.

Die Bretterteile, die Lucrezia zusammengesucht hatte, brannten gut. Die Flammen loderten auf einem Quadratmeter bis zur unteren Kante des Rauchabzuges hoch. Als erstes hatte

Severin die Verantwortlichkeitserklärung verbrannt. So konnte Lucrezia rechtlich nicht belangt werden, egal, was noch geschehen würde.

Zufrieden schaute er sich in der Schmiede um. Er hatte mit dem Schnee der Verwehungen die Löcher in den Wänden gefüllt. Wandteile der anliegenden Stallungen schützten nun die Mauern vor dem Schmelzen und halb vermoderte Pferdedecken deckten die breitesten Ritzen in den Holzwänden ab.

Am Feuer war es angenehm warm. Severin legte Holz nach. Sie hatten genug davon. Und wenn sie das halbe Kantonnement zerlegen mussten, bevor sie gerettet wurden!

Lucrezia sass in eine Decke gehüllt auf dem Amboss.

»Woran denkst du?« Severin richtete sich neben dem Brennholzstapel ein, den Rucksack mit den Skizzenbüchern in Reichweite.

»An Gion.«

»Schuldgefühle bringen nichts, solange wir nicht wissen, was genau passiert ist!«

»Er kam wegen uns! Er ist gestorben, weil er uns helfen wollte, das ist passiert!«

Oder Peider hatte ihn in den Tod geschickt! Severin schwieg. Tat er Peider womöglich unrecht? Ihm und seinem Vater Remidius? Seine Version der Geschichte, für die er in den Büchern ständig neue Indizien fand – war sie die Wahrheit? Oder sah er nur, was er finden wollte?

Die Pfanne hatten sie zum Glück mitgeschleppt. Seite an Seite beobachteten sie, wie der Schnee schmolz. Als das Wasser brodelte, warf sie einige Pfefferminzbeutel hinein. Sie füllte die einzige Tasse. Nacheinander tranken sie.

Die Arbeit an ihrem Unterschlupf hatte sie einander nähergebracht.

Lucrezia legte sich dicht am Feuer auf die Decke. Severin

bot ihr das Bein als Kopfstütze an. Zu seiner Überraschung machte sie Gebrauch davon. Etwas irritiert suchte er Lisbeths Bild von Fortunat vor derselben Feuerstelle heraus.

»Ein Mann, der arbeitet!« sagte sie.

»Das ist Fortunat Wiler. Hier in diesem Raum. Vor über fünfzig Jahren!«

Sie schaute sich die Seite genauer an. »Mag sein. Doch nur auf Grund von solchen Bildern die Geschichte eines Dorfes zu rekonstruieren, scheint mir gewagt.«

Severin warf ein Brett in die Flammen. »Ein einzelnes Bild sagt wenig aus, das stimmt. In der Abfolge werden sie aber zu einem Film. Schau hier, die Zeichnung davor: Dorffest in Gspona, Fortunat mitten in den übrigen Soldaten. Die Szene in der Schmiede. Das ist die anschliessende: das erste Selbstbildnis von Lisbeth. Sie ist praktisch nackt. Ein Pin-up, für Fortunat, der abgereist ist. Braucht es da soviel Phantasie?«

»Ja. Ich habe Zeit, erklär es mir.«

12.

Das Feuer

Severin begann beim Wasserfallbild. Bei der ersten Annäherung zwischen den beiden. Er schilderte Fortunats heissen Kopf und sein Begehren, das Lisbeth über die Distanz zu spüren glaubte. Wie sie, nackt auf dem Stein liegend, sogleich die Revanche plante. Nicht mit Worten oder Taten, die Spitze ihres Zeichenstifts würde genügen, sie ... und ein, zwei verstohlene Blicke zum Teich.

Die Geschichte gefiel Lucrezia offensichtlich. Weshalb sonst hätte sie sich an ihn gelehnt? Zum ersten Mal suchte sie seine Nähe. Die überstandenen Schrecken mochten ein Grund für ihre Zugänglichkeit sein, ihre Verlorenheit, seine Erzählung vielleicht ein anderer? Er wusste es nicht. Während sie im Buch blätterte, redete er weiter. Sie schob nicht mal seine Hand beiseite. Nach einer furiosen Geste war sie auf ihrem Bein gelandet.

»Stets tat Lisbeth den ersten Schritt. Auch beim Augustfest.« Er liess Lucrezia die Luft des Sommerabends einatmen. Er beschrieb den Duft des eingeholten Heus, das letzte Aufglühen des Gipfelkranzes der Schattwand, die Umarmung hinter dem Festzelt. Lisbeths Zögern, bevor sie mit ihrer Zunge seine suchte. Den Wunsch, ganz in ihn hineinzukriechen, den Schmerz über die bevorstehende Trennung, die Farbenexplosion in ihrem Kopf, den Zwang, ihn malen zu müssen. So wie sie ihn sich schamhaft erträumt hatte in den vergangenen Nächten: in der Schmiede, vor dem Feuer, russverschmiert, so ...

»Heroisch?« half Lucrezia aus. Ihr Kopf lag mittlerweile wie selbstverständlich an seiner Brust.

»So wirkt das Bild aus heutiger Sicht. Echt ist vielleicht das bessere Wort. Echt und kraftstrotzend wollte sie ihn sehen, malen, erkunden. Den ersten Mann in ihrem Leben. Er würde ihr einziger bleiben, da war sie sich sicher.«

»Sie war nicht wie ich.«

Severins Hand war etwas höher gerutscht. »Das hat nichts mit dir zu tun, das waren andere Zeiten. Was die beiden damals hier taten, kannten sie nicht, wie wir heute schon vor dem ersten Mal aus Hunderten von Filmen, aus Zeitschriften oder vom Internet. Bestenfalls vom Hörensagen.«

»Das machte es einfacher.«

»Ich weiss nicht. Sie hatten wohl ziemlich Schiss.«

»So wie wir?«

Er sah sie erstaunt an.

»Erzähl weiter!« Sie legte sich neben das Feuer auf die Decke.

Bevor er an ihre Seite glitt, zog er Pullover und T-Shirt aus.

»Zur Hälfte war Fortunat also nackt!« Sie lächelte verschmitzt.

Severin näherte sich ihrem Gesicht. Lucrezias Zunge umfuhr leicht seine Lippen, drängte sich dazwischen, seine erwartete sie, während die Hand das Ende ihrer wollenen Jacke anhob, sich Zentimeter für Zentimeter ihren Brüsten näherte. Sie setzte sich auf. Zwischen Schamhaftigkeit und Herausforderung schwankend, zog sie sich aus.

»So hat es wohl Lisbeth gemacht«, bestätigte Severin.

»Und er?«

Severin drehte sich ab. Er streifte den Rest seiner Kleider ab. Seine Hand verdeckte wie zufällig seine Erektion. Lucrezia nahm sie weg, legte sie auf ihre Brust. Sie sassen sich mit gekreuzten Beinen gegenüber. Ihre Hände wanderten zu den Innenseiten seiner Oberschenkel, seine Finger auf ihren Brüsten zuckten.

»So fühlt sich das an!« Fortunats Stimme klang heiser. Lisbeth schaute zu, wie seine Finger ihre Brustwarzen umschlossen. Er rieb sie ein wenig. Das Flirren in ihren Brüsten zuckte hinauf in die Schultern und durch den ganzen Körper. Es zwang sie, den Kopf in den Nacken zu legen. Ameisig krabbelte es über ihre Haut, den Bauch hinab und tiefer. Schon lange, schon beim Küssen und Zeichnen, hatte sie dort die Feuchtigkeit gespürt, die sie daheim selbst provozierte.

»Darf ich?« fragte Severin leise.

Er musste doch nicht fragen! Sie nickte. Fortunat näherte seinen Mund ihrer prallstichigen Warze. Er küsste sie, schleckte ein bisschen. Mutiger geworden umschloss er sie mit den Lippen. Er liess seine Zunge wandern. Rund herum! Sie fand keinen Platz mehr in ihrer Haut, ihr Körper bebte und ruckte, als wolle er ausbrechen. Sein Kopf war zurückgewichen, bestätigend drückte sie ihn zurück an die Brust. Keine Pause jetzt! Sie war fieberhitzig und musste sich anstrengen, nicht ohnmächtig zu werden. Ein wenig aufpassen sollten sie schon!

Dann wollte sie diese Stelle berühren. Der Stab sah so anders und grösser aus als am Teich. Kaum hatten ihre Finger seine Spitze berührt, wich die Angst. Weich wie die war! Zart. Und glitschig von einer Feuchtigkeit wie ihrer. Sie fuhr den Schaft hinab in die wolligen Haare. Die beiden Kugeln berührte sie sehr vorsichtig. Die seien besonders empfindlich! hatte sie gehört. Fortunat erzitterte prompt, er schnaufte, der Chnebel in ihrer Hand wurde noch härter. Er zuckte! Fortunat hielt die Luft an. Darauf stöhnte er, in ihrer Hand wurde der Stab lebendig, er zog sich zusammen, er spritzte plötzlich, die Flüssigkeit war jetzt weiss, in kugeligen Flecken landete sie auf ihrer Hand und sogar auf dem Arm.

»Das wollte ich nicht!« sagte er verschämt. Sie hob ihren Finger an die Lippen. »Wollen, Fortunat, wollen sollst du gar nichts heute nacht. Nur dürfen. Mir hat's gefallen. Jetzt kann, glaub ich, nichts mehr passieren, jetzt kannst du dich ruhig um mich kümmern!«

Sie liess sich auf die Decke zurückfallen. Streckte Severin fordernd ihr Becken entgegen.

Er liess sich nicht zweimal bitten. Er kuschelte sich an sie, den Kopf auf ihrem Bauch, seine Hand auf ihrem Knie. Lisbeth spürte, wie sie hochwanderte und sie zätzelte, indem sie mehrmals zurückwich und sich dennoch näherte. Die Finger kletterten zur Innenseite ihres Oberschenkels, nur wollten sie sich ihrem Geheimsten nicht nähern. Sie merkte, dass sie selber schuld war. Sie hatte die Beine zusammengeklemmt. Nicht aus Angst, vor lauter Lust! Sie spreizte sie. Fortunat war gelehrig, seine Hand glitt höher. Erschrak er ob der Feuchte, bei all dem Fleisch? Oder wusste er ein bisschen etwas? Es störte ihn jedenfalls nicht, er erkundete sie mit sanftkribbligen Fingerspitzen, sie leitete ihn mit Seufzern an den richtigen Ort. Er wollte sich entfernen, sie führte seinen Finger zurück, bewegte ihn so, wie sie es am liebsten mochte.

»Gut?« fragte Severin. Lucrezias Reaktionen erübrigten eine Antwort.

Ein nächstes Flirren durchlief sie. Lisbeth hörte auf zu denken, der Fortunat würde ja merken, was es geschlagen hatte! Ein lauter Seufzer entwischte ihr. Mochten es die Wachposten hören! Fortunat antwortete mit etwas mehr Druck, genauso wie sie es jeweils tat, genau in der richtigen Geschwindigkeit. Wie sie ihn liebte, diesen Finger, den Fortunat! Zu gern hätte sie ihn in sich gespürt, sie spreizte die Beine weiter, gab sich, gab alles her. Heisse Wellen ertränkten sie, nahmen ihr den Atem. Sie schwebte in sich und hinein in einen dunklen Raum. Hinter ihren zugepressten Augenlidern zerfiel er in weisse Blitze, wie der Goldregen der Augustraketen verglühte sie selbst und zerfiel im Schwarzen.

Stunden später lagen sie noch übereinander. Sie wusste nicht mehr, wo ihr der Kopf stand. Fortunats Chnebel in ihrer Hand wuchs wieder. Beim zweiten Mal hatte sie gefragt, wo sie denn am besten reiben solle. Danach hatte sie ihn sogar mit der Zunge berührt. Das sei die grösste Mutprobe, hatte Hanna letzthin am Brunnen geflüstert. Der eigentümliche Geschmack klebte ihr im Gaumen. Lieber hätte sie den Stab in sich hineinwachsen lassen, aber das durfte nicht sein. Noch nicht.

»Oder hast du zufällig einen Gummi?« Severin grinste schon während der Frage, zu abwegig war der Gedanke in ihrer Situation.

»Ich riskier es.« Lucrezias Gesicht war ernst geworden. »Wer weiss, morgen ist vielleicht ... für immer.«

Sie setzte sich auf ihn. Mit der Hand führte sie seinen Schwanz an die richtige Stelle. Severin drückte die Hüften hoch, er fühlte wie sie sich um ihn öffnete. Er konnte es nicht glauben: Die unnahbare Lucrezia über ihm, mit rotierendem Becken ... Sie fiel nach vorne auf die Arme. Suchte die Position, in der er am tiefsten eindrang. Dann wurde sie ruhig. Er verstand, er bewegte sich nicht, sie sich unmerklich. Tief in ihr traf seine Spitze auf Widerstand, rieb sich auf einem millimetergrossen Flecken. Zart nur, sie wurde nicht schneller. Er konnte nur hinhalten. Zurückhalten. Langsam verstärkte sie den Reiz. Zog irgendwelche Muskeln rhythmisch zusammen. Er sah die Wände zittern, fühlte den Boden beben, er hörte nichts mehr, nur das Rauschen seines Blutes, ein dumpfes Grollen und Sausen, während Lucrezia endlich begriff.

»Die Lawine!«

Lisbeth schüttelte den Kopf. Nein, schlafen durften sie nicht. Wenn die Wachposten oder der Schmied sie entdeckten: Alles wäre vorbei. Ihr Ruf und ihr Leben ruiniert. »Wir müssen wach bleiben!«

»Ach was! Die Lawine ist unten, hier steht alles noch.«

»Fast alles.« Severin lächelte zaghaft. »Ich schaue nach. Sicher ist sicher. Ich bin gleich zurück.« Er legte eine zweite Decke über sie. Küsste ihre Stirn. Am Feuer war es warm, ein Meter entfernt lauerte die Kälte. Er schlüpfte in die Hose. Im selben Moment krachten die Bretter vor der Einstiegsöffnung zu Boden. Schnee brach herein, etwas Dunkles folgte. Lucrezia schrie auf.

Vor ihnen stand Peider Capun. Die Barthaare vereist, die Augen zwei rotglühende Löcher. Er sank in die Knie, er wollte etwas sagen, sich auf die Arme stützen. Sie knickten ein. Peider krachte vornüber. Blieb regungslos liegen.

Dieses Zeichenbuch war unberührt. Das zweitletzte, alle andern hatte er betrachtet, zerlegt, bis ins letzte Detail interpretiert. Mit jedem war seine Bewunderung für die Frau, die alles gezeichnet hatte, gestiegen. Aufgewachsen war sie etwa zur selben Zeit wie seine Mutter. Keiner brauchte damals Wörter wie Emanzipation und Frauenbewegung. Schon gar nicht im Gsponertal! Hätte sie dreissig Jahre später gelebt, wäre Lisbeth vielleicht ausgebrochen, sie hätte die Berge hinter sich gelassen, wäre in eine Stadt gezogen … und zum Kuriosum der dortigen Kunstszene geworden. Die Berglerin mit ihren Heimatbildern! Nein, Severin bezweifelte, dass Lisbeth Wiler ein anderes Leben gewollt hätte. Er konnte sie sich nur hier in Gspona vorstellen. Sie und Fortunat wollten ein Stück Welt ins Tal holen. Einer wie … wie der dort drüben – Severins Blick erdolchte Peider – hatte es aus Gewinnsucht verhindert. Remidius Capun war über Leichen gegangen.

Wofür?

Irgendwann war auch er gestorben. Seinem Sohn hatte er dieses Tal abseits der Welt hinterlassen. Ein zerfallendes Heimatmuseum.

Severin legte die Murmeln vor sich auf den Boden. Er schnippte eine an, sie drehte klirrend im Kreis. Aus reiner Sentimentalität hatte Lisbeth dafür gesorgt, dass zuerst die Hütte beim Wasserfall gebaut wurde. Fortunat war schnell überredet. Die Baustelle am Wasserfall lenkte von den andern ab. Bald würden die in der Schattwand, auf der Wolfsscharte und unten im Tal in Angriff genommen. Lange konnten sie nicht mehr verheimlichen, was dort entstand.

»Was, verdammt?«

Severins Fluch schreckte Lucrezia auf. Er ging zu ihr.

»Und?«

»Bewusstlos!«

»Ach was, den haut nichts um! Er schläft nur.« Er strich ihr über die Haare. »Täte dir auch gut!«

Bevor er zu den Büchern zurückkehrte, legte er Bretter ins Feuer. Die nächsten Zeichnungen würden ihm Fortunats und Lisbeths Geheimnis offenbaren! Er musste die Zeit nutzen, in der Peider ausgeschaltet war. Capun steckte die Erschöpfung, die paar Erfrierungen schnell weg. Das hatte er zumindest angedeutet, als er kurz zu sich gekommen war. Severin interessierte weniger Peiders Befindlichkeit. Er suchte das Funkgerät oder was immer ein Lawinenwart bei sich tragen sollte. Peider hatte nur den Kopf geschüttelt. Für Severin eine weitere Bestätigung: Peider wollte keine Rettungstruppen. Nicht solange er, Severin, lebte.

Er verdrängte jeden Gedanken an die kommenden Stunden. Seine Hand tastete nach einer Murmel, sein Blick glitt über die nächsten Zeichnungen. Sie zeigten drei weitere Baustellen. Viele Arbeiter waren skizziert, Severin kannte keines der Gesichter. Wer waren sie? Er blätterte weiter, analysierte einige Zeichnungen länger, schlug zurück, denn das eine Bild hätte er gerne Lucrezia gezeigt: Ihr Vater Dieni Valcesca, Arm in Arm mit Fortunat Wiler, beim Aufrichtefest der ersten Hütte. Deutlich war das Bäumchen auf dem Haus »Am Wasserfall« zu erkennen.

Doch Lucrezias Aufmerksamkeit galt wieder Peider.

Nur gerecht, hatte die zweite Lawine ihn erwischt! Nicht frontal, deshalb lebte er noch. Der Druck habe ihn einfach fortgeschleudert, meterweit hinaus in den weichen Tiefschnee. Mehr hatte er nicht erzählt, bevor er erschöpft zurückgesunken war. Peider war also zwei Tage und Nächte draussen gewesen. Meistens oben in der Wand, auf der Höhe des Wolftrittes ... dort, wo einst die zweite Baustelle gewesen war. Severin zwang sich zu neuer Konzentration. Er hatte Mühe, die Geschehnisse der Vergangenheit in die richtige Abfolge zu bringen. Lisbeth zeichnete plötzlich nicht mehr Baustellen. Sie erklärte den Zwillingen, der Grossvater würde ihnen nie mehr Pfeilspitzen aus Holunderzapfen schnitzen. – Der Grossvater sei sehr krank.

Eine Abfolge von Porträts zeigte seinen Verfall.

In jedem weiteren Stadium wollte Lisbeth aufhören mit Malen, aber etwas in ihr zwang sie, das Sterben des Vaters so festzuhalten, wie sie sein Leben begleitet hatte. Weil das eine zum andern gehört! sagte die Mutter. Soviel Demut war Lisbeth ungeheuer. Zugleich bewunderte sie ihre unerschöpfliche Geduld bei der Pflege des Vaters.

Das letzte Porträt datierte vom 6. August 1962.

Fons Comet war im Jahr vor dem grossen Unglück gestorben. Wer, fragte sich Severin, hatte danach Remidius Capun in Schach gehalten? Wer hatte an die Weitsichtigkeit der Gsponer appelliert, als ausgekommen war, was Fortunat Wiler neben seinen Wanderhütten alles bauen wollte? Spät erfuhr es Severin, ähnlich wie die Gsponer damals. Dank eines Wortes, das Lisbeth winzig unter die Zeichnung der einen Baustelle gekritzelt hatte: *Talstation.*

Eine Seilbahn!

Eine Luftseilbahn hinauf zur Wolfsscharte! Weshalb war er nicht darauf gekommen? Alles war so offensichtlich. Die Anordnung der Grundstücke für die Stationen und die Masten zeichneten ihren Weg vor. Die Bahn war eine logische Weiterentwicklung der Heuseile. Sie würde nicht nur ein Wandergebiet erschliessen, sie öffnete von Gspona aus ein grenzübergreifendes Skigebiet. Selbst die Landkäufe auf der anderen Talseite machten Sinn: Dort waren Ski- oder Sessellifte geplant.

»Und wenn das alles nicht nur Gutes bringt?« hatte Lisbeth ihre Bedenken angemeldet, während Fortunat am Wasserfall einmal mehr referierte. Ihr mit grossen Gesten die Zukunft ausmalte. Hinter ihm ragte die Schattwand auf, der er seinen Willen aufzwingen wollte.

»Wie soll dieses Tal sonst überleben, Lis? Mit den paar Bergbauern? Wenn einer der Jungen etwas werden will, muss er in die Stadt fahren. Die meisten werden gehen. Was wird dann aus Gspona? Ein Altersheim für Landschaftspfleger. Die Welt dreht sich, hier oben bleibt sie stehen. In der Stadt verkaufen sie die Milch in Kartonschachteln und beim Comestibles gibt es Avocados oder wie die heissen. Fische aus dem Meer. Tintenfische! Wenn die Reichen in Kloten in ein Flugzeug steigen, liegen sie drei Stunden später am Meer. In Italien zum Beispiel. Italien ... Weisst du, wo das ist, Lisbeth? Italien ist da oben! Gleich drüben, bei Dieni und den Seinen. Die Grenze an der Wolfsscharte ist keine Barriere. Schon gar kein Stoppschild, das müssen sie hier endlich einsehen! Die ist da, um überschritten zu werden. Sogar ein Grenzer wie Dieni hat das erkannt.«

Severin liess die Enthüllung des Geheimnisses ein wenig ratlos. Wie Fortunat die Baubewilligung für die beiden Stationen und die Masten bekommen hatte, war ihm ein Rätsel. Die Dorfchronik hätte es ihm vielleicht verraten. Für dieses Projekt reichte der Begriff Malferien kaum! Hatten sie die Bauern mit Geld aus den Krediten überzeugt? Jene am Unternehmen beteiligt, die Remidius Capun nicht nahestanden? Severin hoffte es für Fortunat. Er traute ihm einige Schwindeleien zu. Die eine oder andere Notlüge gar. Dass er die Gsponer übers Ohr gehauen hatte, konnte er sich jedoch nicht vorstellen. Lisbeth hätte es nicht zugelassen. Im Gegenteil das schlechte Gewissen plagte sie. »Dafür werden sie uns steinigen im Dorf!« hatte sie Fortunat beim Quartierbezug der Arbeiter am Wasserfall zugeflüstert, den Blick sorgenvoll auf der fröhlich schwatzenden Runde um Dieni Valcesca.

»Wer sonst soll uns helfen? Mitten im Sommer, wo jeder in der Arbeit ersäuft? Wir halten uns an die Abmachungen: Das Holz, die Steine, das ganze Material kommt aus Gspona. Nur: Wer hat Zeit, daraus etwas zu machen? Wir haben in der Gesellschaft abgestimmt. Eine andere Lösung als die Italiener gibt es nicht.«

»Auch keine bessere Zielscheibe für Capun!«

»Der!«

»Unterschätze ihn nicht. Remidius ist gefährlich.«

»Wir müssen durchhalten. Sobald die Bahn läuft und die Steuern der Gesellschaft den Schulhausanbau bezahlen, kräht kein Hahn mehr nach Capuns Meinung, glaub mir!«

Lisbeth ging ins Haus. Sie wollte die Matratzen beziehen. Die sorgfältig gezimmerte Essecke, die Arvenwände, die Doppelstockbetten – alles verströmte den Duft von frisch verarbeitetem Holz. Über dem Esstisch schlug sie den Nagel für das mitgebrachte Kreuz ein. Sie faltete die Hände. Fortunats Optimismus konnte sie nicht teilen. Etwas lief lätz, die Hanna hatte Andeutungen gemacht. Die Ankunft der Italiener war Öl ins Feuer. Alles liessen sie sich nicht gefallen, ihre Gsponer. Sie kannte sie besser als Fortunat! Mittlerweile wollten zwar die meisten die Bahn, sie sahen die Möglichkeiten, die sich auftaten. Nur – zu welchem Preis?

Capun, der ohnmächtige Kärli, der ihr die Abfuhr damals nie vergessen hatte, würde die Verunsicherung der Gsponer ausnützen. Sobald er den Mund auftat, log er. Nur wenn sie ihn persönlich im Dorf traf – was sie meistens verhindern konnte –, tat er ihr schön. Redete ihr nach dem Mund! Dabei würde er vor nichts zurückschrecken. Jetzt hausierten Fortunat und Dieni noch mit dieser Idee von der zollfreien Zone – Capun wusste endgültig, wie sehr ihm die Bahn ans Läbige ging!

Mal für Mal fragte sich Lisbeth, was er gegen sie im Schilde führte. Das Schtudieren machte sie schtigelisinnig. Die Gerüchte, die er über sie und Fortunat und Hanna und Dieni verbreitete – dass irgendwelche abartigen Sachen zwischen ihnen geschehen würden –, nahm sie sich nicht mal zu Herzen. Aber was, wenn er mehr tat, als nur sein Schandmaul verreissen? Einiges deutete darauf hin. Niemand im Dorf konnte sich erinnern, dass in Gspona jemals etwas gestohlen worden war. Seit es die Baustelle neben der Schmiede gab, passierten seltsame Dinge. Begonnen hatte es harmlos: Hier wurde eine Schaufel vermisst, da ein Hammer. Fortunat hatte die Arbeiter zu mehr Sorgfalt angehalten. Doch eines Morgens war ein teurer Habegger-Zug oder wie das Ding hiess nicht mehr zu finden. Sie hatte Fortunat zurückhalten müssen. So schlimm sei das nicht, der werde wieder auftauchen.

»Nicht schlimm? Weisst du, was der gekostet hat? Siebzig Franken. Siebzig!« Fortunat hatte sie verärgert angeschaut. »Damit könntest du eine ganze Weile haushalten! Nein, Dieni muss sich in Gottes Namen bei ihnen umschauen. Fleissig sind sie, aber der eine oder andere Galöri ist drunter.«

Natürlich fand Dieni nichts.

Lisbeth hütete sich, ihre Befürchtung auszusprechen: Der Werkzeugschopf des Roten Capun dürfte seit einiger Zeit viel besser ausgerüstet sein! Die Klauerei hatte auch den Anstoss für den Streit bei Benedikt in der Wirtsstube gegeben. Hanna war zufällig dabeigewesen. Kaum hätten sich ihre Italiener an den Tisch gesetzt, habe der Tomaschett mit Sticheln begonnen: Das sei ein schöner Sauladen, diese Baustelle, wo jeder einfach mitnehmen könne, was er wolle. Das wundere ihn nicht, bei denen! Den Frauen schöntun, ihnen am Brunnen komische Dinge nachrufen, die keiner verstehe. Worum es gehe, sei trotzdem allen klar. Und dann auf der Büez noch alles mitlaufen lassen, was nicht angeschraubt sei!

Weder sie noch Fortunat oder Dieni hatten jemandem von den Diebstählen erzählt. Sie wollten sich ja nicht ins eigene Fleisch schneiden. Der Tomaschett aber, Capuns Handlanger, hatte davon gewusst. Doch nur, weil er seine Finger mit drin hatte! Das war der eine Teil von Capuns Plan, der andere das Aufhetzen seiner Stammtischgesellen gegen die Italiener. Jetzt sei es soweit, hatte er durch den Hirschen gejohlt, jetzt müsse man in Gspona die Häuser abschliessen. Wer nichts riskieren wolle, müsse seine Frau mit hineinsperren, bei dem Glump, das sich neustens hier herumtreibe! Saverio, der Vorarbeiter, hatte versucht, seine Leute aus dem Hirschen zu bringen. Nur waren Tomaschetts Handzeichen überdeutlich gewesen. Selbst die Vernagelten unter ihnen hatten die Beleidigungen verstanden. Stolz waren sie, die Akkordmaurer aus der Ebene unterhalb von Val Termine, und keiner ein Lamm! Sie hatten sich schon an ganz anderen Orten verdingt, die packten nicht nur auf dem Bau kräftig an! Das mussten die Gsponer Streitlustigen bei der anschliessenden Schlägerei erfahren. Wenn nicht Dieni rechtzeitig dazwischengefahren wäre …

Die Hauerei war nicht so schlimm. Das kam in Gspona vor. Wenn sich zwei Hiesige in die Haare gerieten, verrauchte ihr Zorn schnell. Spätestens am Tag danach sassen sie einträchtig im Hirschen, auf ihre Heldentaten anstossend. Aber jetzt hatte sich im Dorf ein Graben aufgetan. Hanna war die einzige Unbeteiligte im Wirtshaus gewesen. Die einzige, die den Händel nicht den Italienern in die Schuhe schob! Sie und Lisbeth versuchten ständig zu kitten, was Capun und seine Bande auseinanderrissen. Allmählich hatte Lisbeth das Gefühl, ihr Vermitteln sei vergebene Liebesmüh. Doch sie konnte den Gsponern nicht richtig böse sein, tief im Innersten fand selbst sie, die seien anders, die Südländer. Anders gar als die stillen Bergler des italienischen Nachbardorfs! Die unterschieden sich keinen Deut von den Gsponern. Die Maurer hingegen schwatzten mit lauter Stimme und noch lauterem Lachen und sogar mit den Händen. Oder sie sangen! Einfach so, auf der Strasse, wunderschöne Lieder, die sie zu kennen glaubte, obwohl sie kein Wort verstand.

Sie wusste, weshalb sie nicht so reagierte wie die andern. Sie hatte keine Angst vor dem, was ihr fremd war. Das weckte nur ihre Neugier. So war es auch bei Fortunat gewesen. Die Gsponer hingegen liessen sich dummes Zeugs einreden. Sie merkten nicht, was sie verpassten. Wie gut deren Salami schmeckte, die nicht rot war wie ihre, sondern orange vom vielen Paprika. Die auf der Zunge brannte, als seien Zündhölzer darin versteckt! Oder die Käsekugeln, gelb, runzlig wie grosse Quitten. Und warum gesellten die Gsponer sich nicht zu den Arbeitern am Brunnen, wenn sie ihre Kugeln warfen? Boccia nannten sie es. Ein spannendes Spiel, hatte Lisbeth herausgefunden. Viel lustiger als das Kegeln im rauchigen Keller des Hirschen. Einmal hatte sie mitgemacht, hatte sich wacker geschlagen. Warum spielten die andern nicht mit, versuchten nicht, mehr zu erfahren von den Arbeitern? Wie es war, bei ihnen zu Hause, unten im Süden. Woran sie dachten, wenn sie sangen, worüber sie sich freuten, wenn sie lachten. Wer sie waren halt!

Es hätte sich gelohnt. Nichts war, wie es auf den ersten Blick wirkte. Der Matteo zum Beispiel, den sie eben erst gezeichnet hatte: kleingewachsen, schlitzohrig, ein Wirbelwind, ein Frechdachs ohnegleichen. Sie verstand nur die Hälfte seiner Komplimente ... und Fortunat zum Glück keines. Dieni hatte ihr erklärt, das sei so üblich in Italien und nur liebevoll gemeint. Er wusste auch, warum Matteo abends gegen acht Uhr immer still Richtung Hütte verschwand: Jede Nacht buchstabiere er an seinen Briefen nach Hause. Die Zunge zwischen den Zähnen eingeklemmt, weil der Griffel zwischen den hornhautigen Fingern so dünn war, berichtete er seiner schwangeren Frau vom Leben in Gspona, wie sehr er sie und die drei Kinder vermisse, wie er sich auf das vierte freue, wie gerne er bei ihr wäre.

»Scheints braucht ihn die Frau bei sich, was tut er also hier?« hatte sie erstaunt gefragt.

»Matteo geht dorthin, wo es Arbeit hat. Seit Jahren. Wovon soll seine Familie sonst leben?«

Dienis Worte hatten Lisbeth gerührt. Am folgenden Tag steckte sie Matteo sein Porträt zu. Das sei für seine Frau, gab sie ihm zu verstehen. Er solle das Couvert gleich beim Benedikt, dem Hirschenwirt, aufgeben. Der sei der Posthalter.

Seither wollte einer nach dem andern gezeichnet werden.

So erlebte sie die Fremden, die schnell keine Fremden mehr waren. Doch ausser ihr traute sich im Dorf keiner, Freundschaften zu schliessen. Lieber liess man sich vom Capun die Vorurteile bestätigen: Sie klauten und stanken und – das schlimmste von allem – sie umarmten sich. Unter Männern!

Die Verleumdungen waren nur der Anfang gewesen. Severin stiess auf die Zeichnung einer Feuersbrunst. Die Hälfte der Wasserfall-Hütte war verbrannt, als Lisbeth oben ankam.

Einige Minuten nach Fortunat, der, kaum hatte er den Widerschein des Feuers am Hang entdeckt, losgerannt war.

»Schneller!« schrie er zum Teich hinüber. Lisbeth sah sofort, dass die Italiener bereits ihr möglichstes taten. Sie standen in einer Reihe, Kessel um Kessel wuchteten sie das Wasser den Abhang hoch. Oben schüttete Dieni jeden neuen mit einem einzigen Schwung ins Feuer. Lisbeth schüttelte verzweifelt den Kopf. Genausogut hätte er mit einer Spritzkanne hantieren können.

Sie setzte sich neben den jungen Alfio. Etwas entfernt von der Gluthitze sass er im Gras, mit einem nassen Tuch kühlte er die Verbrennung an seinem Handgelenk. Beide schwiegen. Lisbeth konnte einige Brocken italienisch, aber es gab nichts zu sagen. Sie betrachtete die Flammen. Gefrässig leckten sie an den frisch gebeizten Holzbrettern, schlängelten sich hoch, loderten in den Nachthimmel. Wenigstens hatten sie die Hütte nicht zwischen die Lärchen gestellt, wie zuerst geplant. Das ganze Wäldchen wäre abgebrannt!

»Attenzione!« schrie Dieni. Er machte einen Satz zurück, vor ihm sackte die zweite Hälfte des Hauses zusammen. Die fallenden Bretter schleuderten Funken in alle Richtungen. Fortunat begann, das Wasser rund um das Haus auszuleeren. Er wollte Schaden am umliegenden Land verhindern. Lisbeth beobachtete ihn. Sein Unterleibchen war zerrissen, seine vom Schmieden gestählten Muskeln traten bei jeder Bewegung hervor, sein Gesicht war russgeschwärzt. So wie damals in der Schmiede!

Wieviel Zeit seither vergangen war! Heute waren sie nicht mehr heimliche Geliebte, jetzt waren sie Eltern. Unternehmer! Chrampften an der Zukunft von Gspona. Wofür, Herrgott? Wer der Brandstifter war, das brauchte sie nicht zu überlegen. Das war so klar wie morgen das falsche Gerücht im Dorf. Hat so kommen müssen! würde Capun, der wahre

Feuerteufel, verbreiten. Die Tschinggen mit ihrem Saustall, würde er sagen, kein Wunder, brennt es bei denen, so wie die haushalten, ein Dreck überall. Haben gesoffen und gelafert, statt dem Feuer geschaut. Fackeln die uns einfach den Berg ab!

Tröstend legte Lisbeth Fortunat den Arm um die Schulter. Er hatte Dieni ein Zeichen gemacht. Schluss. Alles zu spät! Den Kopf in die Hand gestützt, sass er neben ihr.

»Wenigstens ist niemandem Schlimmeres zugestossen!« sagte sie.

»Aber was machen wir mit den Arbeitern?«

»Die? Lass mich überlegen.« Lisbeth musste sich zwingen, im Brand kein böses Zeichen zu sehen. Diese Verwüstung! Hier an ihrem Teich! Selbst die Mutter, die ihnen half, wo sie nur konnte, hatte eines Abends gesagt, es sei Gott versucht, sich mit der Wand anzulegen! Lisbeth hatte sie beschwichtigt. Angesichts des glühenden Balkenskeletts war sie sich nicht mehr sicher. Nun würde sie nicht länger schtudieren: Morgen früh wollte sie zur Höhle am Fuss der Wand aufsteigen. Endlich das Bild in den Felsen meisseln! Schon lange geisterte es ihr im Kopf herum. Sie würde diesem gefürchteten Wesen ein Gesicht geben. Ihm alles Unheimliche einfach weghämmern. Brauchte ja keiner davon zu wissen, das war eine Sache zwischen ihr und dem Wolf und der Wand!

Der Beschluss gab ihr neue Kraft.

»Die Maurer von der Talstation bringen wir bei uns unter«, sagte sie fröhlich. »Die anderen, die oben das Mastfundament machen, müssen halt hier bleiben. Sonst wird der Weg zum Wolfstritt zu weit. Für die werden wir wohl ein Zelt und Schlafsäcke auftreiben!«

Sie spürte, wie Leben in Fortunat zurückkehrte. Herzhaft kusste sie ihn. Kein bisschen weniger würde sie ihn lieben, selbst wenn er an seinem grossen Traum scheitern sollte. Nur nicht auf diese Weise! Scheitern durfte er an der Natur, an der Technik, an den Zollgesetzen ihretwegen, aber nicht an diesem nichtsnutzigen Capun. Er sollte ihr besser nicht mehr über den Weg laufen, sonst konnte sie für nichts garantieren!

Severin betrachtete die Zeichnung des brennenden Hauses. Die Flammen waren so gemalt wie der feurige Haarschopf des Roten Capun im ersten Skizzenbuch! Natürlich hatte Capun gezündelt. Er selbst oder einer seiner Handlanger, dieser Hirte aus der Gemeindeversammlung etwa, der Tomaschett! Danach hatten sie es den Italienern in die Schuhe geschoben, die Fremden unmöglich gemacht, ihre Abreise gefordert... Nicht ungeschickt, das Vorgehen, das musste man Capun lassen! Doch war es wirklich so gewesen? Genauso wie er an Fortunats und Lisbeths hehre Absichten glaubte, unterstellte Severin Capun Bösartigkeit. Malte schwarz und weiss. Nahm Partei. Für die lebenslustigen Italiener, gegen die engstirnigen Gsponer. Sass er den eigenen Klischeevorstellungen auf? fragte sich Severin nicht zum erstenmal und wusste keine Antwort. Nach bestem Wissen und Gewissen las er Lisbeths Bilder. Mehr konnte er nicht tun. Er hatte nur die Zeichnungen, die Chronik war eine Art Gegenquelle, Peider Capuns Verhalten allenfalls ein Wegweiser.

Die Müdigkeit wurde übermächtig. Severin döste mit halbgeöffneten Augen ein. Die Flammen des Feuers züngelten zum Rauchabzug hoch, sie schlugen aus den Fenstern der Wasserfallhütte, ein kleiner Junge rannte aus der Tür, sein Gesicht war erwachsen, war seines, das Feuer verbrannte Lisbeths Schürze und weichte die Gummisohlen seiner Wanderschuhe auf. Im Traum gefangen, zog er die Füsse von der Esse zurück. Durch die Flammen starrten ihn die gelben Augen des Wolfes an. Severin drehte mit einem gequälten Seufzer den Kopf. Der Wolf verschwand, an seinem Platz sass lauernd Peider Capun. Er sprang. Seine Hände packten Severins Schulter. Mit einem Ruck drehte er sich weg.

Lucrezia verlor das Gleichgewicht. Sie fiel auf ihn.

»Ruhig, Severin. Du hast geträumt!«

Verwirrt setzte er sich auf.

»Es wird Tag.« Lucrezia legte Holz nach. Die Glut schwärzte das Holz, eine Flamme erwachte an einem der abstehenden Späne. Sie wand sich hoch, Sekunden später hatte sie das Brett erobert, warf ein zuckendes Licht auf Peider. Er war wach. Ungelenk stand er auf. Lucrezia legte ihm die Hand auf den Arm. »Wie fühlst du dich?«

Er entzog sich ihr. »Wo ist Gion?«

»Wie wenn du nicht ...« Severins Zähne gruben sich in seine Unterlippe.

Peider beachtete ihn nicht. Er wiederholte seine Frage.

Lucrezia schossen Tränen in die Augen. »Wir sind schuld, Peider. Er ist ... die Lawine!«

Peiders Gesicht färbte sich aschgrau. Entsetzen stand in seinen Augen.

»Wo?«

»Oben im Haus, im Atelier.« Sie knetete ihre Hände. »Wir haben alles versucht, das musst du uns glauben! Er ist in meinen Armen eingeschlafen. Was hätten wir tun sollen, Peider? Severin wollte Hilfe holen. Das Dorf ist evakuiert, die Telefone sind tot, die Wege verschüttet ... Was, Peider?! Was hättest du getan? Sag etwas!«

»Wenn ihr meine Anweisungen befolgt hättet, würde Gion noch leben.« Er ging an Severin vorbei zum Eingangsloch.

»Mag sein«, sagte der gepresst. »Es wird sich herausstellen. Wenn es so war, nehme ich die Schuld auf mich! Nur – was ich mich ständig frage: Was hast du getan, als die Lawine abging?«

Peider verschwand durch die Bretteröffnung. Lucrezia sprang auf. Sie folgte ihm.

Einen Moment später kletterte sie wieder herein.

»Wohin will er?« fragte Severin nervös.

»Wohin wohl! Zum Haus, vom Bruder Abschied nehmen.«

»Vom . . . ?« Severin schaute sie überrumpelt an. »Gion und Peider waren . . .«

13.

Der Schatten

Brüder!

Die mögliche Verwandtschaft war seine erste Frage an Gion gewesen, doch der hatte so erstaunt verneint, die beiden waren ihm so verschieden erschienen ...

Weshalb hatte Gion gelogen? Oder war er nur auf einen seiner Scherze hereingefallen? Bei ihm war es schwierig gewesen, Ironie und Ernst zu unterscheiden.

Lucrezia sank neben dem Feuer nieder. Sie verbarg das Gesicht in den Händen.

»Was gestern nacht passiert ist«, sagte sie müde, »das streichen wir besser aus dem Gedächtnis.«

»Es hat dir nichts bedeutet?«

»Darum geht es nicht. Vergiss es wenigstens, bis wir gerettet sind. Bis das Unglück mit Gion aufgeklärt ist.«

Zäh blieb der Nebel im Tal hängen. Er verhinderte wohl weiterhin einen Suchflug. Severin zog den Reissverschluss seiner Jacke hoch. Die Temperatur war über Nacht gestiegen. Der Regen weichte mit einem steten Knistern die oberste Schicht des Schnees auf. Severin wusste nicht, welche Folgen der Wärmeeinbruch haben würde. Noch mehr Niedergänge wahrscheinlich. Nassschneelawinen waren die gefährlichsten, erinnerte er sich.

Peiders Spuren unterschieden sich deutlich von ihren eigenen rund ums Kantonnement. Severin ging in seinen Abdrücken. Peider sollte nicht merken, dass er ihm gefolgt war. Auf halbem Weg zum Haus musste er sich setzen. Sein Atem rasselte, kalter Schweiss bedeckte seine Stirn. Er fühlte sich fiebrig. Er zehrte von den letzten körperlichen Reserven. Trotzdem musste er in Peiders Nähe bleiben.

Und er wollte einen letzten Blick in die Dorfchronik werfen.

Vor dem Haus ging er in die Knie. Er wartete, bis sich sein Puls ein wenig verlangsamte. Jede Andeutung eines Geräusches vermeidend, glitt er durch das Fenster. Mit zwei Schritten war er neben dem Mauerloch. Er schielte ins Atelier. Peider sass neben Gions Leiche, die Augen geschlossen. Trauerte er tatsächlich? Für einen Moment kamen Severin Zweifel an seiner Theorie. Peider beseitigte sie bald. Über Gion gebeugt durchsuchte er die Jacke des Toten.

Severin lächelte. Peider suchte vergeblich, die schriftliche Erklärung hatte er schon verbrannt. Er huschte hinaus in die Küche, hinter dem Herd kauerte er nieder. Peiders Schritte querten bald darauf die Stube, seine Bergstiefel scharrten am Fenstersims, dann war es still. Durchs Fenster sah Severin, wie seine Silhouette verschwand. Mit einem Satz war er am Tisch, auf dem die Dorfchronik lag. So wie er sie zurückgelassen hatte. Zum ersten Mal übersprang er einige Jahre. Bisher hatte er der Versuchung widerstanden. Wenn er eine Zeichnung erstmals betrachtete, erforschte, durfte er nicht mehr wissen als Lisbeth im Moment ihrer Entstehung. Jetzt blieb nicht genug Zeit, so gewissenhaft vorzugehen. Prompt hatte er das Gefühl, Lisbeth zu verraten. Er verdrängte es. Ungeduldig überflog er die Seiten. Da! 1963, die Einweihung der Luftseilbahn! Severin las den untersten Satz der Seite. Seine Hände zitterten. Er schlug die Seite um, blätterte zurück und wieder vor. Der ganze Rest war herausgerissen. Peider!

Wie gelähmt sass er auf der Ofenbank. Dieser letzte Satz, dieses eine Wort bestätigte seine Vermutungen nur teilweise. Nun fehlten ihm die Beweise! Blieben nur Lisbeths Zeichenbücher. Ohnehin die einzige vertrauenswürdige Quelle! Er musste ins Kantonnement zurück: Wenn Peider in der Chronik die Spuren verwischte, würde er bei den Zeichnungen dasselbe tun!

Polternd rutschte er durch das Loch, Peider fuhr herum. In der Hand hielt er eines der Zeichenbücher, Lucrezia klemmte ein zweites an ihre Brust.

»Ich wusste es!«

Lucrezia machte eine beruhigende Geste. Severin jedoch liess sich nicht bremsen, die ganze aufgestaute Wut schrie er Peider ins Gesicht. »Verbrennen willst du sie! Verbrennen, das ist alles, was ihr könnt! Du und dein sauberer Vater damals. Verbrennen und morden!«

»Severin!«

»Ist dir klar, was er gerade tut, Lucrezia? Er bringt Lisbeth ein zweites Mal um! Das eine Mal hat nicht genügt! Diesmal nicht, diesmal musst du erst ...« Severin sprang Peider an. Der wischte ihn mit einer einzigen Armbewegung weg, Severin wurde um die eigene Achse katapultiert, er verlor das Gleichgewicht, schlug hin. Lucrezia war sofort bei ihm. Sie müsste ihn zurückhalten, weil er ein zweites Mal losstürmen wollte.

Peider legte das Buch ruhig auf den Stapel der anderen. Severin den Rücken zugewandt, setzte er sich ans Feuer.

»Er hat nur die Bilder angeschaut, Severin. Komm zur Vernunft! Er hat nur darin geblättert.«

Sie assen schweigend. Peider starrte unentwegt in die Flammen. Seine Kiefer mahlten, sein Körper verharrte in einer unnatürlichen Ruhe. Ein Knacken im Feuer durchbrach gelegentlich die Stille.

»Die Vorräte gehen aus«, sagte Lucrezia endlich.

»Bei Tagesanbruch gehen wir«, erwiderte Peider. Er blickte nicht auf.

»Wohin?«

»Der Gspona nach, das Tal hinab. In Gspona-Wiler werden wir auf Leute stossen.«

»Oder ... wir warten auf den Helikopter?«

»Kommt keiner, der Nebel hält.«

»Das schaffen wir nicht, zu Fuss im Tiefschnee«, warf Severin mürrisch ein.

Peider zog eines der morschen Fässer ins Licht. Er liess es auf den Boden krachen, es zerfiel in die einzelnen Dauben. Peider fädelte seinen Gurt aus den Hosenschlaufen. Aus einem Etui nahm er eine Art Teppichmesser, schnitt damit den Gurt in zwanzig Zentimeter lange Stücke. Mit Hilfe eines Steines trieb er aus einem zweiten Brett rostige Nägel. Er stellte einen Fuss auf die Daube, legte das Gurtstück über den Schuh, nagelte das Leder ans Holz. Einen zweiten Riemen befestigte er über dem Fussrist.

»Fertig sind die Schneeschuhe! Entschuldige: die Fassdauben natürlich.« Lucrezias Lächeln war kokett, fand Severin.

»Machst du mir welche?«

Peider nickte.

Severin fragte gar nicht erst.

Bei Einbruch der Dunkelheit war er mit der Bastelei fertig. Er kletterte hinaus. Nützlich waren die Dinger, das musste er Peider lassen. Wenn er beim Gehen in den Knien federte, blieb er nicht hängen und sank kaum ein. Durch die nächtliche Abkühlung war der Schnee gefroren. Das würde morgen anders sein.

Als er an den kommenden Tag dachte, beschlich ihn ein eigenartiges Gefühl – wie es vielleicht der Vater vor seinen Expeditionen verspürt hatte: eine Mischung aus Ungeduld und Nervosität, die alle Sinne schärfte, die Beine lahm und kribbelig zugleich machte.

Beim Vater war Vorfreude dazugekommen.

Was auch geschehen mochte, er würde ihm ein würdiger Sohn sein.

»Alles in Ordnung?« fragte Lucrezia, plötzlich neben ihm stehend.

»Ich ... habe gerade an meinen Vater gedacht!«

»Was ist mit ihm?«

»Weiss nicht. Er ist irgendwo da draussen. Bei Merlin und Lena.«

»Das hast du nie erzählt.«

»Du hast nicht gefragt. Gehen wir rein. Wer weiss, was dieses Monster sonst anstellt.«

»Peider ist kein ... ach, es ist sinnlos mit euch.«

Die Spitze der rechten Fassdaube verfing sich, sein Schwung riss ihn nach vorn, der Rucksack mit den Zeichenbüchern landete in seinem Genick, das Gewicht drückte ihm das Gesicht in den Schnee. Fluchend und spuckend stemmte er sich hoch. Die Umrisse der andern verschwammen bereits im Nebel. Wenigstens hatte sie seinen Sturz nicht mitbekommen. Sie hätten ihn nochmals aufgefordert, die Bücher zurückzulassen. »Das käme dir gerade recht! So einfach kannst du die Geschichte nicht ungeschehen machen!« hatte er Peider vor dem Aufbruch angefahren. »Schlepp sie halt mit, nur beschwer dich später nicht!« hatte der geantwortet und ihm die Wolldecken in die Hand gedrückt. Er trug sie unter den Arm geklemmt. Lange würde er sie nicht mehr halten können. In der Nacht war sein Fieber gestiegen. Er fühlte sich schon nach wenigen Metern, als sei er tagelang unterwegs. Anmerken liess er sich nichts. Er durfte Capun keine Schwäche offenbaren.

Auf rund dreissig Kilometer schätzte der die Distanz nach Gspona-Wiler. Dreissig Kilometer durch den Tiefschnee, mit diesen handgemachten … na ja: Schneeschuhen! Wenigstens waren die Dauben gekrümmt. Deshalb hatte Peider nicht normale Bretter genommen, alter Bergler-Trick, haha! Severin spuckte verächtlich einen Klumpen Schleim aus. Ein normales Gehen war trotzdem unmöglich, den hinteren Fuss musste er bei jedem Schritt anheben, damit die Spitze nicht steckenblieb. Seine Waden schmerzten von der ungewohnten Belastung.

Nach zwei, drei Stunden stellte er sich geschickter an. Er fand seinen Rhythmus. Die Wolldecken hatte er zwischen Rücken und Rucksack geklemmt. So konnte er die Arme gebrauchen. Die Äste, die Peider bei der ersten Rast am Gsponaufer zurechtgeschnitten hatte, waren passable Skistöcke. Sie halfen in unebenem Gelände das Gleichgewicht zu halten. An Peiders Fertigkeit würde er ohnehin nie herankommen. Sobald ein Hang steil genug abfiel, lehnte der sich in seinen hohen Bergschuhen nach hinten, die vorderen Enden der Dauben kamen aus dem Schnee, ohne Anstrengung glitt er hinab.

Lucrezia hatte seine Methode kopiert. Einmal. Ihr Sturz zeigte Severin, dass er es nicht versuchen sollte.

Hinter den andern stakste er der Gspona entlang. Nur ein gelegentliches Glucksen verriet die Nähe fliessenden Wassers, das Bachbett war zugeschneit und der Nebel, dessen Feuchtigkeit sich in seine Kleider schlich, verwischte alle Konturen. Ohne Peiders Spur hätte er sich verirrt. Die Unebenheiten des Bodens unter der Schneedecke konnte er nur fühlen. Jeder Schritt barg eine Überraschung. Wenn er glaubte, das Gelände steige an, schwand der Boden unter seinen Füssen, weil es bereits wieder abwärts ging. Schwindelanfälle packten ihn. Er musste den Blick auf das dunkle Holz der Dauben zwingen, den Augen einen Anhaltspunkt dafür geben, dass unten noch unten war.

Er wischte sich den Fieberschweiss von der Stirn. Seine Lunge war verklebt. Zumindest, tröstete er sich, hatte er nach dieser Tortur etwas zu erzählen. Die Abenteuer seines Vaters hatte er selbst erfinden müssen. Noah hingegen würde auf seinen Knien sitzend gespannt seinen Geschichten lauschen: Wie er den Lawinen entgangen war, wie er den Verschütteten geborgen hatte, wie er tagelang durch die Schneehölle geirrt war ...

Noah! Die Ereignisse hatten ihm die Zeit geraubt, sich mit der Zukunft auseinanderzusetzen. Cécile strich ihn wahrscheinlich gerade aus ihrem Leben. Er konnte es ihr nicht verübeln. Den Jungen aber würde er nicht aufgeben. Er wollte jeden Schritt seines Aufwachsens verfolgen. Er würde Noahs Zahnfleisch kühlen, wenn die Zähne nicht durchstossen wollten. Seine Schuhe binden und wieder binden, weil Noah zu schnell lernte, wie man den Knoten öffnet. Er würde den irritierten Freunden die Malversuche des Kleinen präsentieren, die für ihn nicht bloss Gekritzel waren, sondern Belege für Noahs phänomenale Entwicklungssprünge.

Severin wunderte sich. Vor wenigen Wochen hatte er auf eine Abtreibung gehofft, nun war sein Bekenntnis zum Kind selbstverständlich. Die Erlebnisse hier hatten den Sinneswandel provoziert. Peider, Lucrezia, er selbst – alle drei kamen aus zerrissenen Familien. Alle drei Beschädigte der eigenen Geschichte. Auf keinen Fall wollte er seinem Sohn ähnliche Verletzungen zufügen. Die eigenen hatte er jahrzehntelang verdrängen können, bis ihn hier die Natur auf sich selbst zurückwarf, bis Lisbeths Schicksal etwas in ihm aufbrach und Lucrezias Geschichte seine eigene spiegelte.

»Severin!«

Lucrezias Rufe kamen von der Seite, zugleich merkte er, dass er keine Daubenabdrücke mehr sah. Er hatte die Spur verloren.

»Hier!« Er stakste in die Richtung ihrer Stimme und legte ein gutes Stück Weg zurück. Endlich stand er vor ihnen.

»Konzentrier dich auf die Spur!« blaffte Peider. »So schaffen wir es nie.«

Er ging sofort weiter.

»Du bist bleich«, stellte Lucrezia fest.

»Und dein Knöchel?«

»Erinnere mich nicht dran.«

Severin zog im Gehen den einen Handschuh aus. Er fingerte aus dem Kästchen in seiner Hosentasche eine Murmel. Zwischen den Bäumen des Wäldchens, das sie querten, war die Sicht besser. Der Schnee auf den Ästen schmolz, verlor den Halt, lautlos fiel er in kleinen Paketen herunter, ebenso lautlos federten die von ihrer Last befreiten Zweige hoch. Ein Gefühl der Bedrohung beschlich ihn. Als ob hinter den Bäumen etwas lauerte, bereit, ihn anzufallen. Sein Blick glitt prüfend über das hüfthohe Gebüsch, er entdeckte ein Augenpaar, zwei gelbglühende Punkte. Weit hinten, wo die Landschaft ins Ungefähre zerfiel. Er wischte Schweiss aus den Augen. Nichts.

Fieberträume.

»Wenn im Tal Unrecht geschieht, entspringt er strafend dem Fels ...«

So ähnlich hatte Lucrezia die Sage beendet. War der Wolf in der Nähe? Merlin? Er lachte gequält. Nun glaubte er bereits die Gsponer Ammenmärchen. Die Angst verdrängend, beschleunigte er seine Schritte. Nach einer Weile hatte er Lucrezia eingeholt. Angenommen, sie würden heil aus der Sache herauskommen – was dann? Lucrezia musste sich für einen von ihnen entscheiden. Musste sie? Er befürchtete, dass sie beide zum Teufel schicken würde. Wahrscheinlich. Kam darauf an, welche Lucrezia entschied. Die widerborstige Berglerin, der er vor Tagen, vor Wochen erstmals begegnet war, am Fenster seines Hauses, ihres Hauses? Oder die Frau am Feuer? Letzte Nacht. Oder war es die davor?

Er hatte geglaubt, er könne ihre Unberechenbarkeit mit der Zeit besser einschätzen. Ein Irrtum.

Peider verschwand zwischen den untersten Ästen einer grossen Tanne. Severin ging näher heran. Der Schnee fiel trichterförmig zum Stamm ab. Unten sammelte Peider Zweige und Rindenstücke. Zu Severins Erstaunen brannten sie tatsächlich. Lucrezia legte zwei grosse Steine in die Flammen, die mit Schnee gefüllte Pfanne stellte sie darauf. Aus dem Rucksack nahm sie Bouillonwürfel, zwei warf sie ins Wasser, zwei steckte sie zurück.

Wenig später füllte sie die Tasse und reichte sie ... Peider!

»Wie weit wir wohl sind?«

»Zehn Kilometer. Eher weniger.«

Severin blinzelte. Dort, zwischen den Felsen! Hatte der Wind zwei Glutstücke hinübergetragen?

Lucrezias Hand schob sich auf seine Stirn.

»Du glühst!«

»Die Anstrengung.«

»Du bist krank.«

»Erkältet.«

»Erkältet, mmh. Hast du die ganze Nacht mit den Büchern verbracht?«

»Kann sein.«

»Es ... war das letzte Buch, oder nicht?«

Severin nickte widerwillig.

»Und?«

»Was?«

»Weisst du jetzt alles?«

»Ja.« Severin schielte zu Peider hinüber. Er schwindelte. Der sollte nur glauben ...

»Erzähl!«

»Nein. Nicht hier.«

Was sollte er ihr sagen? Dass der Vater von Peider tatsächlich ihren Vater umgebracht hatte? Dieni Valcesca und Lisbeth und die Zwillinge und Mutter Comet dazu. Sie würde es früh genug erfahren. Sobald sie gerettet und nicht mehr auf Peider angewiesen waren. Abgesehen davon hatte er keine Beweise. Nur die unumstössliche Gewissheit.

»Besser, wir gehen weiter.«

»Der erste vernünftige Satz von dem!« brummte Peider.

Schritt für Schritt quälten sie sich voran. Die Kälte würde erst in der Nacht zum Problem, vorläufig lag die Temperatur über Null. Der Schnee pappte an den Fassdauben und verdoppelte ihr Gewicht. Seine Farbe veränderte sich in ein schmutziges Grau. Severin hustete in kürzer werdenden Abständen. Die Erkältung war nicht so harmlos, wie er sich eingeredet hatte. Der stechende Schmerz in seiner Lunge bestätigte es. Aber noch hatte er die Kraft, vorwärts zu gehen. Das Gewicht der Bücher auf seinem Rücken spornte ihn eher an. Selbst wenn er nicht mehr konnte – in der Nacht hatte er sich jede einzelne Zeichnung eingeprägt. Auch das letzte Bild im Buch, das offensichtlich nicht von Lisbeth stammte, sah er vor sich.

Es war nach ihrem Tod entstanden. Fortunats hilfloser Versuch zu verstehen, was nicht zu verstehen war.

Er ahnte nun, weshalb Fortunat Wiler sich umgebracht hatte. Nicht wegen der Krankheit! Ein Wunder, hatte er nicht bereits früher aufgegeben, gleich nach dem Unglück.

Hätte er einmal, einmal nur ernsthaft mit Wiler gesprochen! Damals war er in den eigenen Problemen gefangen gewesen. Ohne Gespür für das Leid des Mannes, der jahrelang neben ihm gelebt hatte. Jetzt war ihm klar, weshalb der eine Raum im Nachbarhaus kein Fenster hatte. Dort hatte Wiler

Abend für Abend gesessen, gefangen in Trauer und Schuldgefühlen. Und er, Jan Somm, hatte gelacht über seine halbierten Bäume. »Man darf sie nicht in den Himmel wachsen lassen!« hatte Wiler gesagt. Weshalb hatte er ihn nicht gefragt, was er damit meine? Womöglich hätte Wiler ihm vom Schicksalsschlag erzählt! Was passieren konnte, wenn die Bäume in den Himmel wuchsen. Er hätte ihm seine Bilder gezeigt. Seine Versuche, den Schrecken der Schattwand auf Leinwand zu bannen. Belege seiner täglichen Niederlage im Kampf gegen die Wand. Er hatte sie herausgefordert, sie hatte sich gerächt.

Die Wand und ... Remidius Capun.

Lisbeth hatte das Unheil geahnt, verhindern hatte sie es nicht können. Nichts liess sich beweisen, nicht die Brandstiftung, nicht die Diebstähle! Dabei wusste sie genau, dass alles auf Capuns Konto ging. Während sie Fortunat stets von neuem Mut zusprach, zerdachte sie sich den Kopf. Wie konnte sie dem Lump das Handwerk legen? Eine Zeitlang hatte sie Dieni und Fortunat dazugebracht, nachts Wachen aufzustellen. Vergeblich. Capun kannte genügend Schmugglertricks.

Fortunat hatte schliesslich aufgegeben. Seine Mannen liefen auf dem letzten Zacken, ohne dass sie sich die Nächte um die Ohren schlugen!

Im Schnellzugtempo hatten sie die Talstation gebaut, das Loch in den Wolfstritt gesprengt, das Mastfundament tief in den Fels gesetzt, die Eisenstreben hochgewuchtet, die Laufräder aufgehängt, die Bergstation in die Scharte gemauert. Während sie unten im Gleichschritt zu Fortunats grossem Werk heimlich ihr kleines vollbrachte: die Felszeichnung. Der Wolf war ihr prächtig gelungen, fand sie. Das Vorbild konnte zufrieden sein mit dem »Altarbild«, und gnädig gestimmt, jetzt, da der Tag des Seilzugs heranrückte! Wenn die dicken Stahlseile oben waren, konnte nichts mehr passieren.

Was sollte Capun probieren? Einen Masten sprengen? Die Polizei würde vom Tal herauf kommen, losgeschickt von den Bänklern, deren Gelder in die Luft gejagt würden. Das wäre etwas anderes als eine verschwundene Schalung, ein gestohlener Wasserschlauch, ein Betonmischer, der nicht mehr drehte oder was der Gugger man alles den Italienern in die Schuhe schob. Die Armen! Unterdessen getrauten sie sich kaum mehr ins Dorf. Capuns Zuleidewerken wirkte. Ihr Fortunat hielt dennoch durch, Fortunat mit Hilfe des unermüdlichen Dieni. Wie stolz war sie auf die beiden, als der Helikopter einflog! Beim ersten Mal brachte er das grosse Schwungrad für die Talstation. Aufgeregt hatte sie sich mit dem Zeichenblock vor die Schmiede gesetzt, dorthin, wo sie sie genau sehen konnte, diese lärmende Riesenlibelle, die einfach in der Luft stand, mitsamt der angehängten Last. Atemlos hatte sie gezeichnet, umgeben von den übrigen Gsponern. Sie liessen sich das Schauspiel nicht entgehen. Endlich waren sie beeindruckt. Und zwar gewaltig! Fast machte es sie traurig. Merkten sie erst jetzt, was Fortunat für das Dorf tat, Heimatland?!

Bei der Prozession fehlte keiner. Ausgenommen natürlich Capun und Konsorten. Das ganze Dorf half beim Hochschleppen des ersten Hilfsseils zur Bergstation. Austragen nannte man das. Jeder Mann schleppte eine Holzspindel mit einigen Metern aufgewickeltem Seil. Jeder war mit dem nächsten verbunden. Eine Seilschaft, wie sie Gspona nie gesehen hatte. »Schau, für einmal ziehen alle Gsponer am selben Strick!« hatte sie Fortunat lachend zugeflüstert.

Wie früher die Bahnpioniere in der Innerschweiz machten sie es. Aus Respekt ... und aus Geldmangel, hatte ihr Fortunat gestanden. Es sparte einen Helikopterflug. Die Zwillinge tanzten dem Pfarrer voraus, so überschtellig, dass sie sie ausschimpfen musste. Steil und gefährlich wie der Weg zur Wolfsscharte war! Dabei ging es ihr genauso wie den Kleinen.

Jede freie Minute rannte sie an den folgenden Tagen zur Station. Zeichnete die letzten Schritte: die Winde, die das Hilfsseil hochzerrte, vom Boden weg, über die Baumwipfel und fast senkrecht hinauf, wo Matteo und Saverio, furchtlos auf dem Wolfstritt-Masten sitzend, unter sich nur Leere, das dünne Seil über die Rollen führten. An ihm wurde das nächstdickere und schliesslich das Tragseil hinaufgezogen. Meter für Meter wuchtete die Winde das tonnenschwere Ding aufwärts, darauf das zweite, das dritte, das vierte. Dann nochmals von vorn: das erste Zugseil, das zweite.

Die Gondeln hatte Fortunat in der Schmiede zusammengesetzt, nach den genauen Plänen der Berner Firma von Roll. Wieder und wieder hatte er jede Schraube, jede Nut kontrolliert, nichts überliess er dem Zufall.

Eines Morgens weckte er sie früher. »Du bist dran! Die Gondeln brauchen Farbe.«

Natürlich brauchten sie das. Aber sie, sie brauchte vorher etwas anderes! Es kribble sie nämlich gerade, sagte sie und lupfte die Bettdecke. Fortunat konnte es diesmal überhaupt nicht halten, weil er es so gar nicht erwartet hatte, wie sie ohne etwas dalag und unverschämt wurde.

Er hatte ja Hände.

Danach war sie in die Schmiede gegangen. Bevor sie hinter sich abschloss, rief sie Fortunat zu, er müsse sich ein paar Tage schon selbst um die Kinder und alles kümmern, sie sei beschäftigt!

Sofort packte sie das Zittern. Ein heiliges Zittern! Fast fiel ihr der Pinsel aus der Hand, als sie zum ersten Strich ansetzte. Richtig Schiss hatte sie! Das hier würde jeder sehen, jeden Tag! Nicht wie ihre Bilder, die sie nur Fortunat und Hanna und neuestens Dieni zeigte. Das war kein Skizzenblatt, sie konnte es nicht einfach zerreissen!

Kaum hatte sie begonnen, war die Angst verflogen. Knallrot grundierte sie beide Gondeln, damit sie jeder sofort sehen würde. Hernach malte sie liebevoll Buchstaben für Buchstaben. Gspona – Schattwand. Wie echt sah es aus, fand sie. Wie in Davos oder Engelberg. Obwohl die Krönung noch fehlte! Sie nahm das Pauspapier, auf dem sie seit Wochen die markantesten Formen und Spitzen und Türme der Schattwand probiert und skizziert hatte. Sie verteilte Kreidemehl auf der Rückseite. Die Vorlage klebte sie neben die Schrift an die Gondel. Mit dem Pinselstil fuhr sie vorsichtig den Linien entlang. Gespannt nahm sie das Papier weg. Ein Juchzer entfuhr ihr: Es hatte funktioniert. Der Abdruck sah aus wie … wie ein Kunstwerk! Mit glühenden Wangen, die Zungenspitze zwischen den Zähnen eingeklemmt, malte sie alles richtig. Die schroffsten Abbrüche strichelte sie mit feineren Pinseln aus.

Fortunat sagte nicht, wie schön er es fand, er sagte nur leise, dass er sie liebhabe. Der Schimmer in seinen Augen freute sie mehr denn jedes gesagte Kompliment.

Während die Gondeln aufgeladen wurden, passte sie auf wie ein Häftlimacher. Keinen Kratzer durfte es geben! Die Italiener machten sich lustig über sie, weil sie jeden ihrer Handgriffe kontrollierte. Aber sie wusste: Matteo, Saverio, Alfio, sie alle waren genauso stolz auf die Bahn.

Kaum hingen die Gondeln am Seil, kaum waren die ersten leeren Probefahrten gemacht, alles ausgerichtet für die Einweihung und der Abend vor dem grossen Fest angebrochen, packte Fortunat das grosse Frösteln! Er fiel in sich zusammen, zähneklappernd, so fiebersüttigheiss, dass die Essigsocken fast verdampften.

»Ich kann doch nicht krank werden.«

»Kannst du wohl! Schlaf einfach. Morgen ist das Fieber weg, wie jedes Lampenfieber. Deins ist halt ein bisschen höher, du hast ja auch eine Luftseilbahn gebaut!«

Irgendwann war er eingeschlafen, eingewickelt in die verschwitzten Leinen. Sie wachte neben ihm, tupfte seine Stirn, wechselte die Socken. Sie versuchte erst gar nicht zu schlafen. Und mitten in der Nacht begann es. Das Wolfsheulet! Oben in der Wand. Sie trat ans Fenster, mit einem Mal eine fürchterliche Angst im Herzen. Gleichzeitig wurde sie wütend. »Tu nicht so da oben!« rief sie. »Ich habe dir ein Bild gemacht. In den Fels gehauen, schau her, meine Knöchel sind noch schorfig!« Sie streckte die Faust zur Wand hoch. »Was willst du? Gspona braucht die Bahn, ob es dir passt oder nicht. Was stört dich das?« Sie sah den Wolfstritt-Masten im Mondlicht glänzen und – daneben ein Schatten! Der schwarze Schatten des Wolfes.

Severins Augen bohrten sich in den Nebel. Wieder hatte er geträumt, die beiden gelben Punkte verschwammen zu einem, sie entpuppten sich als Felsen. Im selben Moment trampte er Lucrezia auf die Fassdauben. Sie hatte auf ihn gewartet, nun reichte sie ihm die Wasserflasche.

»Geht's noch?«

»Ja.«

»Wir sind irgendwo unterhalb der Schrattenlauene, sagt Peider.«

»Dann können wir zur Strasse aufsteigen.«

»Das bringt nichts, meint er. Wir bleiben am Bach, der führt uns genau nach Gspona-Wiler.«

»Meint er.«

»Vertrau ihm, er kennt sich hier aus.«

»Vertrauen? Dem?« Severin unterdrückte den beginnenden Hustenanfall.

»Du machst mir Sorgen, Severin!«

»Der Fortunat hat auch gefiebert, kurz vor dem Unglück.«

»Was?«

»Nichts.«

»Kannst du wirklich weiter?«

»Wenn ich es dir sage.«

»Severin?«

»Ja.«

»Ich mag dich. Nicht so, wie du jetzt bist, aber ich mag dich!«

»Weshalb ...«

»Komm, weiter!«

»Bin ich jetzt anders?«

»Komm, Severin.«

Das Gefälle der Gspona wurde steiler, ihr Weg damit beschwerlicher. Severin taumelte ein-, zweimal. Wenn die Schmerzen in seiner Brust zu heftig wurden und er den Rucksack mit den Büchern liegenlassen wollte, dachte er an den Vater. Er war der Sohn von Matthäus Somm, dem Extrembergsteiger und Entdeckungsreisenden! Er konnte Lisbeths Bücher tragen. Er musste! Das war er Fortunat Wiler schuldig. Ihm und Lisbeth. Und Dienis Tochter Lucrezia. Vor ihm umrundete sie einen Felsen, rutschte zurück, stemmte sich mit aller Kraft gegen den Hang, bis er sie hochdrückte.

»Danke!«

Wie er zur Zeit war, mochte sie ihn nicht. Wie war er, wenn sie ihn mochte? Sollte einer daraus klug werden. Wahrscheinlich meinte sie seinen unübersehbaren Hass auf den Holzklotz vor ihnen. Das konnte nicht anders sein, bei allem, was er wusste! Was er gesehen hatte! Peider mit dieser lächerlichen Maske in ihrem Bett, seinen Arm auf ihrer zarten Brust, seine Pranke über ihrer Scham. Wenn sie unten sein würden, an der Wärme, ausser Reichweite der Lawinen, würde sie bei ihm bleiben, die Nacht im Kantonnement einfach vergessen. So wie sie verdrängte, was er über ihren Vater herausgefunden hatte. Die Wahrheit.

Er hatte die Steigung ebenfalls geschafft. Sie warteten. Vor ihnen stürzte die Gspona in drei Stufen gut zwanzig Meter in die Tiefe. An den Aussenseiten schien das Wasser im Sturz gefroren, erstarrt zu armdicken Eiszapfen. Wie Orgelpfeifen rahmten sie das fallende Wasser ein. Im trüben Licht wirkte es schwarz. Nur im untersten Felsbecken brodelte es weisslich und schäumte auf, bevor es zur Ruhe kam.

»Halte dich links, dort fällt der Hang regelmässig ab!« riet Peider Lucrezia. »Wenn du dich traust, kannst du fahren. Oder rutsch einfach auf dem Hosenboden.«

»Ich stürze mich am besten den Wasserfall hinunter!« sagte Severin spöttisch.

»Du tust, was du willst.«

Peider lehnte sich zurück, seine Fassdauben gewannen sofort an Fahrt. Unten lief der Hang sanft aus. Er blieb ohne Bremsschwung stehen.

»Soll ich?« schrie Lucrezia hinunter.

Peider wedelte mit beiden Armen. Severin sah, wie Lucrezia durchatmete. Sie wollte ihm Eindruck machen, dem Naturburschen! Zeigen, dass sie mehr konnte, als in der breiten Spur hinter ihm herzotteln! Lucrezia verlagerte das Gewicht, schrie auf, weil sie sich sofort abwärts bewegte. Sie stellte sich geschickt an, auch wenn die Fassdauben ihrem Willen nicht ganz gehorchten. Zu unregelmässig belastete sie die Beine. Ihre Spur zeichnete einen beharrlichen Bogen nach rechts, Richtung Wasser. Nicht weiter schlimm, zum Ufer hin war genügend Platz. Sie kam in der Fläche zum Stehen. Wieder schrie sie auf. Diesmal nicht vor Freude. Sie schrie, sie wurde gleichzeitig kleiner, sank tiefer und verschwand.

14.

Das Eis

Peider packte sie in letzter Sekunde.

Was geschah, glich aus Severins Perspektive einer choreographierten Filmszene: Peiders Sätze zur Einbruchstelle, der Rucksack, der in den Schnee fiel, das Knarzen des verborgenen Eises, als es unter Peider nachgab; das schwarze Wasser, sein verzerrtes Gesicht beim Auftauchen, Lucrezias lebloser Körper.

Severin erwachte aus der Erstarrung. Er hechtete den Hügel hinab, der Schwung riss ihn weiter, zweimal wurde er um die eigene Achse gedreht. Benommen rappelte er sich auf.

Peiders freier Arm ruderte wild. Noch hielt er sich und Lucrezia über Wasser.

»Komm nicht näher!« schrie er. »Die Decken! Schnell!«

Severin begriff. Er entledigte sich des Rucksackes. Hastig entfaltete er die drei Decken, ihre Zipfel knotete er zusammen. Die behelfsmässige Rettungsleine schleuderte er Peider zu. Sie blieb einen Meter von ihm entfernt liegen.

»Ich kann mich nicht halten!« Verzweifelt kämpfte Peider gegen die Strömung der Gspona, die ihn unter das Eis zerren wollte. Severin zog die Leine zurück. Er war zu weit von der Einbruchstelle weg. Vorsichtig tastete er sich zwei Schritte weiter, bevor er es erneut versuchte, das Knarren unter seinen Füssen ignorierend. Diesmal landete die Leine näher am Eisloch. Peider streckte sich danach. Severin wurde das andere Ende beinahe aus der Hand gerissen, als Peider sich ein Stück hochzog. Lucrezia hing in seinem anderen Arm. Ihre Haare klebten nass im Gesicht, ihr Kopf pendelte hin und her.

»Zieh, verdammt!«

Severin schlang den Zipfel ums Handgelenk. Seine Schneeschuhe gruben sich tief in den Schnee. Er zerrte, Peider bewegte sich.

»Warte! Vielleicht hält das Eis hier.« Mit einer abrupten Bewegung riss er Lucrezia aus dem Wasser und schleuderte sie gleichzeitig nach vorn, ihr Körper blieb bewegungslos im Schnee liegen.

»Zieh!«

Severins Armmuskeln zitterten. Zentimeter für Zentimeter zerrte er Peider aus dem Wasser, bis er neben Lucrezia lag.

Das Eis unter den beiden knirschte lauter.

»Es hält nicht!«

Die Verzweiflung in Peiders Stimme verriet, dass ihn die Kräfte verliessen. Severin fasste keuchend nach, er rutschte aus, fand Halt, hielt das Seil gespannt. Peider machte vorsichtige Kriechbewegungen.

Lucrezias Augen waren geschlossen.

Severin liess die Leine fahren. Er legte sich auf den Bauch, seine ausgestreckte Hand packte ihren Jackenkragen. Er zog sie zu sich. Langsam hob er sie hoch. Mit zögernden Schritten ging er los, er erhöhte das Tempo erst dort, wo ihn das Eis ohne verdächtige Geräusche trug. Ein Stück entfernt legte er Lucrezia in den Schnee. Sofort suchten seine Finger ihre Halsschlagader. Er fühlte ein schwaches Pulsieren. Ein splitterndes Geräusch liess ihn zurückblicken: Peider war wieder eingebrochen! Er erwischte die Deckenleine, ehe Peider sie mit ins Wasser nahm. Der wehrte sich kaum mehr. Mit einem Ruck brachte Severin ihn näher heran.

Ihre Blicke trafen sich.

Wenn ich loslasse, nimmt ihn die Strömung mit! Severin konnte den Gedanken nicht verdrängen. Das Wasser würde Peider unter die Eisschicht ziehen, er würde ertrinken.

»Wer hat Lisbeth umgebracht?« keuchte er.

»Du weisst es schon. Er hat ...« Das Rauschen des Wasserfalls übertönte Peider. Jeder Widerstand war aus seiner Stimme gewichen.

Severin drehte sich auf den Knien, kriechend schleppte er ihn mit sich, das Wasser überflutete die Eisreste und wusch die Blutspur hinter Peiders Füssen weg.

Peider horchte an Lucrezias Brust.

»Wir müssen sie aufwärmen!« drängte Severin.

»Nicht hier ...« Am ganzen Leib zitternd blickte sich Peider um. Seine Hand deutete auf die grösste Tanne in der Nähe.

Severin hob Lucrezia hoch, Peider hinkte mit den Rucksäcken und den Decken hinterher. Severin rutschte die schräge Seitenwand in den Trichter hinunter. Mit einigen Fussbewegungen wischte er den Schnee rund um den Stamm weg. Peider warf ihm die Überlebensfolie aus seinem Rucksack zu. Severin legte sie aus.

»Achtung!« Peider liess Lucrezia herunter, Severin bettete sie auf die Folie.

Es war schwierig, Lucrezia aus den nassen Kleidern zu schälen. Peiders Bewegungen waren wieder ruhig. Er liess sich auch von der Männerunterwäsche, die zum Vorschein kam, nicht irritieren. Bald lag Lucrezia nackt vor ihnen. Aus seinem Rucksack zog Peider einen trockenen Pullover.

»Reib sie ab. Zieh ihr an, was nicht nass ist!« Er kletterte aus dem Trichter und verschwand.

Severin begann mit den Beinen. Schnell arbeitete er sich zu ihren Brüsten hoch, dann drehte er sie zur Seite, massierte ihren Rücken, die Nierengegend, rubbelte ihre Haare, bis seine Arme ihren Dienst verweigerten. Er zog seine eigene Jacke aus. Der Pullover darunter war vergleichsweise trocken. Er streifte ihn Lucrezia über. In Peiders Rucksack fand er ein

T-Shirt, das er ihr um die Nieren legte. Die Decken lagen noch zusammengeknotet neben ihm. Die hinterste war brauchbar. Er wickelte Lucrezia in die Folie ein und die Decke darum.

Peider rutschte herab.

»Die hier müsste brennen!« Die fehlenden Nadeln der kleinen Tanne verrieten, dass sie schon länger abgestorben war. Peider brach einige Zweige ab. Sie zischten, als er ein Streichholz darunter hielt.

»Warte!« Severin nahm das letzte Zeichenbuch aus dem Rucksack. Die hintersten Seiten hatte Lisbeth nicht mehr füllen können. Er riss sie heraus. Mit Hilfe des Papiers brachte Peider die Äste zum Brennen.

Severin bettete Lucrezia neben das Feuer.

Peider entledigte sich der Kleider. Gespannt schaute Severin zu, wie er die Wunde am Bein freilegte. Etwas Spitzes – Eis oder ein scharfkantiger Stein – hatte die Wade dicht unterhalb des Knies drei Zentimeter aufgeschlitzt!

»Abbinden!« schlug er vor.

Peider schüttelte den Kopf. »So tief ist der Schnitt nicht. Verbinden reicht. Aber ich kann nicht mehr gehen.«

Severin hatte geahnt, was ihm blühte. Einen anderen Ausweg gab es nicht.

»Hoffentlich schaffe ich es ...«

»Falls das bei dir keine Lungenentzündung ist ...«

Peider setzte sich ans Feuer. Aus seinem Rucksack fischte er eine Wundbinde. Während er sie eng um das Bein wickelte, kontrollierte Severin Lucrezias Puls. Sie reagierte nicht auf seine Berührungen.

»Wird sie es überstehen?«

»Wenn bald Hilfe kommt.«

Die Aufforderung war deutlich. Severin stemmte sich hoch. Sein Frösteln liess er sich nicht anmerken. Mit einem resignierten Kopfschütteln beobachtete Peider, wie er den Rucksack mit den Büchern verschnürte.

»Kein Wort! Ich nehm sie mit.«

»Weil du mir nicht traust.«

»Weshalb sollte ich? Denk an die Lawine!«

»Die ging von selbst ab.«

»Glaub ich nicht.«

»Es war so. Obwohl Gion wollte ...« Er verstummte.

»Gion wollte was?!«

Severin blickte erstaunt auf Peider hinab, der plötzlich sehr hilflos wirkte.

»Gion hat mich hinaufgeschickt. Die Lawine sollte nur ... Er hat versprochen, Lucrezia rechtzeitig zu holen!«

Severin sank auf die Knie. »Gion? Gion wollte mich umbringen?«

»Du wolltest zuviel wissen. Er hat alles eingefädelt, auch die Verantwortlichkeitserklärung. Ich tat nur als ob. Gion war ... wie der Vater. Schon immer.«

»Und du? Du hast mitgemacht!«

»Er hätte Lucrezia alles erzählt!«

Severin zweifelte ernsthaft, ob er durchhalten würde. Das Fieber wummerte in seinem Körper. Jeder Atemzug scheuerte wie eine rostige Feile durch seine Lunge. Alle paar Meter blieb er stehen, weil sich alles um ihn drehte.

Nach dem, was am Wasserfall geschehen war, wusste er nicht, wie nahe er an der Gspona bleiben durfte. Andererseits – wenn er sich vom Bachbett entfernte, verlor er die Orientierung! Peider hatte ihn vor der einen heimtückischen Stelle gewarnt. Die Gspona mache dort eine Schlaufe, die sei meist unterspült.

Peider. Wie falsch er ihn die ganze Zeit eingeschätzt hatte! Wie hatte er übersehen können, wer tatsächlich das Erbe von

Remidius Capun angetreten hatte? Jetzt lag Gion oben im Haus. Getötet von der Lawine. Von der eigenen Waffe! War das die sogenannte gerechte Strafe? Vielleicht. Severin wusste nur, was er in den letzten Tagen am eigenen Leib erfahren hatte: Die Wand war unberechenbar – in ihrem Schatten lagen Leben und Tod dicht beisammen. Trotzdem war Peider auf Befehl des älteren Bruders hochgestiegen. Gions Argumente hatten ihn soweit gebracht, sein Gewissen aber nicht beruhigen können. »Ich glaube nicht, dass ich es wirklich getan hätte!« hatte er Severin vor dessen Aufbruch gestanden. »Ich wollte nur zwei Dinge: Lucrezia behalten und ... nie so wie mein Vater werden!«

Severin zwängte sich durch eine schmale Lücke zwischen zwei Findlingen. Gion hatte dem naiven Kerl weisgemacht, dass eines ohne das andere nicht ging. Wollte er Lucrezia behalten, die Vergangenheit also vertuschen, müsse er handeln wie einst Remidius Capun. Den Unterländer loswerden!

Gion hatte ihm so die perfekte Falle gestellt. Er war dumm genug gewesen, die Erklärung zu unterschreiben. Sie hätte jeden Verdacht, jede Untersuchung erübrigt.

Dann war Peider oben am Wolfstritt gesessen, die Sprengladung in der einen Hand, das Funkgerät in der anderen, auf Gions Befehl wartend. Ein Dilemma ohne Ausweg. Es brauchte nur ein Handgriff, ein gezielter Wurf, die Lawine würde abgehen, den ungeliebten Konkurrenten verschütten, die Vergangenheit löschen. Lucrezia würde nie erfahren, was sein Vater ihrer Familie angetan hatte. Zugleich hatte er gespürt, dass ihm die Skrupellosigkeit seines Vaters und seines Bruders abging. Mit einem weiteren Mord hätte er die Schuld des Vater auf sich geladen.

Die Wand hatte ihm die Entscheidung abgenommen. Die Wand ... oder der Wolf! Den Schatten eines springenden Tieres habe er mit dem ersten Rumpeln gesehen, auf der

Wächte oberhalb des grossen Schneefeldes, beim Lawinenabbruch, hatte Peider geschworen.

Pure Einbildung. Wie diese beiden gelben Punkte, die ihn ständig begleiteten, die zwischen den Bäumen aufglühten und beim näheren Hinsehen jedesmal verschwanden.

Die Lawine war also von alleine losgegangen. Peider hatte zum Beweis die ungebrauchte Sprengladung aus dem Rucksack gezogen. »Ich wusste nicht, wen sie erfasst hatte. Nur Gion? Gion und Lucrezia. Alle drei?« Bei der Vorstellung, wie Peider in der Wand gehangen hatte, erfüllt von Schuldgefühlen, hatte Severin erstmals Mitleid verspürt. In denselben Minuten hatte er im zerstörten Atelier Lucrezia in den Armen gehalten. Genauso schuldgeplagt.

Severin stolperte. Von der Schattwand heulte dumpf das Lied des Wolfes. Der Westwind, korrigierte er sich, der den Felsen entlangstrich und sich zu seinem hörbaren Unwillen in den senkrechten Rinnen verfing. Er zog die Riemen seiner Fassdauben enger. Als er sich aufrichtete, sah er Dutzende von grellweissen Punkten, zwei davon waren gelb. Die weissen verglühten schneller.

Das Tageslicht war zusammengefallen, die Schatten der Nacht haschten nach ihm. Er nahm Peiders Taschenlampe aus dem Rucksack. Solange die Batterie reichte, würde er weitergehen.

Der Lichtkegel hatte einen Durchmesser von einem Meter. Er blieb nahe beim Bachbett. Es unterschied sich vom übrigen Gelände nur durch die vorstehenden Rundungen der verschneiten Ufersteine. Solange er auf dieser Seite der Steine blieb, sollte nichts passieren. Die Bachschlaufe, vor der Peider ihn gewarnt hatte, ging ihm nicht aus dem Kopf. Würde er sie im Dunkeln früh genug erkennen?

Er fand einen neuen Rhythmus. Das Licht der Lampe

knapp vor seinen Füssen, machte er zehn Schritte, danach blieb er einen Augenblick stehen, liess den Kegel weiterwandern, erkundete das vor ihm liegende Gelände. Fiel ihm nichts Verdächtiges auf, keine unbewachsene Fläche, bohrte er zehn weitere Abdrücke in den Schnee. Dessen Oberfläche gefror. Tückisch glänzte sie im gelben Licht. Die Fassdauben sanken nur ein, wenn er sie kräftig durch die Eisschicht stiess. Tat er es nicht, schlitterte sein Fuss weg.

Das Unterfangen war hoffnungslos, sah er bald ein. Klüger war es, sich für die Nacht einzurichten! Als der Lichtkegel die nächste Baumgruppe erfasste, hielt er darauf zu. Er kroch unter die nächstbeste Tanne. Einer der Äste sah ziemlich mitgenommen aus. Er riss alle dürren Zweige ab, entzündete sie mit Hilfe der Streichhölzer und eines Papiertaschentuches. Mit Peiders Taschenmesser schälte er Rindenstücke vom rissigen Stamm. Sie brannten leidlich. Solange er ein Feuer hatte, konnte er sich sitzend ausruhen! Wenn es ausging, würde er sich bewegen müssen. Oder erfrieren.

Er sank in sich zusammen. Das Fieber war gleichbleibend hoch, das Stechen in der Brust und zwischen den Schulterblättern untrügliches Symptom einer Lungenentzündung. Egal, er musste die Nacht durchstehen. Für Noah. Für Lucrezia? Wahrscheinlich machte er sich vergeblich Hoffnungen. Sie wusste nun, was Peider vor ihr verborgen hatte. Nach dessen Geständnis hatte er zu ihr hinübergeschaut. Ihre Augen waren offen. Sie hatte zugehört. Als hätte Peiders Offenbarung sie aus der Bewusstlosigkeit geholt!

»Du bist nicht wie dein Vater, Peider«, hatte sie nur gesagt.

Er zog das Metallkästchen aus der Tasche, die Murmeln nahm er heraus. Er füllte es mit Schnee. Die Tasse hatte er ihnen gelassen. Wenn er nicht überlebte, blieb dies das letzte Bild, das er von ihnen hatte: Lucrezia und an ihrer Seite Peider, der ihr Bouillon einflösste.

Severin trank das lauwarme Schmelzwasser. Der zugeschwollene Hals machte jeden Schluck zur Tortur, trotzdem füllte er sein Trinkgefäss neu. Er brauchte jeden Tropfen Flüssigkeit. Im erlöschenden Licht der Lampe säbelte er jeden halbwegs dürren Zweig ab.

Peiders Geständnis hatte nicht alles geklärt. Es war ihm ein Rätsel, wie das Verbrechen hatte vertuscht werden können. Wie war es Remidius Capun gelungen, die Nachfolge des getöteten Gemeindepräsidenten anzutreten? »Nie wieder«, mochte er scheinheilig versprochen haben, »nie wieder wird in Gspona ein solches Unglück geschehen. Ich habe euch gewarnt. Ich habe euch gesagt, sie bringen nichts Gutes, all die Fremden. Was ist geschehen, kaum war das Pack hier? Häuser haben sie abgebrannt und gestohlen und Schlägereien angezettelt! Über die Pfuschereien an der Seilbahn müssen wir nicht reden. Das ist traurig genug, ihr alle wisst, wie gerne ich die Lisbeth gehabt habe, nur ... die hat sich eben den Falschen ausgesucht! Der Wiler ist für alles verantwortlich, der Untersuchungsbericht wird es zeigen. Die Seilbahn räumen wir ab. Tomaschett besorgt das, sobald er von der Alp herunterkommt. Wir brauchen das moderne Zeug nicht! Der Herrgott hat gewusst, weshalb er uns eine Wand hingestellt hat. Die trennt das, was nicht zusammengehört! Uns und die Italiener. Sie hat unsere Heimat vor den Deutschen, vor den Italienern geschützt, als wir die Grenze verteidigen mussten. Das habt ihr zu schnell vergessen. Alleine sind wir am besten zurechtgekommen. So wie unsere Väter und deren Väter davor. So war es hier, so wird es wieder sein, wenn ihr mich wählt.«

Was die orientierungslosen Gsponer taten, Peider hatte es ihm bestätigt. Severin konnte es ihnen nicht verargen. Wie Capun den Untersuchungsbericht gefälscht hatte, war schwerer vorstellbar. Vor der Einweihung hatte doch irgendeine Bundesstelle die Sicherheit der Bahn überprüft!

Die Glut des Feuers fiel zusammen. Wie in Trance beobachtete Severin das Verschwinden der roten Punkte. Widerwillig zog er den Rucksack heran, lange hielt er Lisbeths erstes Buch in den Händen. Seine Finger strichen über das Deckholz, über das pergamentene Papier und die verschnörkelte Handschrift:

Dem Fräulein Lisbeth Comet zugedacht – auf dass Ihre meisterhaften Bilder einen würdigen Rahmen finden.

Fortunat Wiler, Gspona im Juli 44.

Er brachte es nicht über sich. Noch gab er nicht auf. Nur die Einbände wollte er verbrennen. Die konnte Lucrezia rekonstruieren. Mit dem Taschenmesser trennte er sorgfältig die Naht auf, die den Buchdeckel mit dem Rücken verband. Mehrmals hielt er inne, unterdrückte das Zittern seiner Hand. Der Einband fiel auf die letzte Glut. Vorsichtig blies er hinein. Das staubtrockene Holz entzündete sich. Dank den stärkeren Flammen brannten auch die grüneren Zweige. Erleichtert hielt er seine Hände darüber.

War er also Gemeindepräsident geworden, der Capun! Er hatte die Trauer der Gsponer ausgenutzt und den Unschuldigen, dem er alles genommen hatte, aus dem Tal gejagt. Fortunat Wiler, erstarrt in seinem Schmerz, hatte sich nicht gewehrt. Damals nicht. Später, viel später hatte er die Kraft gefunden und gut zwanzig Jahre nach dem Unglück jenen Brief geschrieben, von dem ihm Peider erzählt hatte. Zum ersten Mal habe er da von der Geschichte erfahren! Was bewies, dass es Remidius Capun gelungen war, ein ganzes Dorf zum Schweigen zu bringen. Bis alle Wunden vernarbt waren. Bis die Gsponer die Erinnerungen ihrem Gewissen angepasst hatten. Wer sprach schon über die eigenen Fehler, wo doch die fremden Sündenböcke, Fortunat und all seine Italiener, so zahlreich waren!

Fortunats Brief war der erste Versuch einer unverfälschten

Darstellung gewesen. Vergeblich. Peider hatte den Brief ratlos dem älteren Bruder gezeigt, gemeinsam hatten sie ihren Vater zur Rede gestellt. Bereits von seiner letzten Krankheit gezeichnet, hatte der ein Leugnen für ungefährlich befunden. Zu Recht, Gion Capun schickte sich an, in seine Fussstapfen zu treten. Er übernahm die Eigenschaften des Vaters und dessen Ämter. Den Thronfolger durfte es nicht kümmern, wie der Job des Dorfkönigs ursprünglich zustande gekommen war! So genau wollte Gion nicht wissen, was der Vater damals getan hatte, in der Nacht vor der Einweihung, oben am Seilbahnmast auf dem Wolfstritt.

Und Peider? Severin legte den zweiten Deckel in die Glut. Peider war wie alle Gsponer. Sie sassen lieber unten am Bach, beobachteten, wie die Gspona auch dieses Jahr talwärts floss. Wozu hineinspringen, gegen den Strom schwimmen? Solange Peider die Geschichte verdrängte, war sein Vater kein Mörder, so einfach war das. Bis eines Tages Lucrezia in der alten Schmiede einzog, hergelotst von Fortunat und dessen Treuhänder. Bis Peider sich in sie verliebte. Ausgerechnet in die Tochter eines der Opfer seines Vaters. Wilers Saat konnte aufgehen. Jahrzehnte nach dem Verbrechen. Er brauchte nur einen gewissenhaften Gärtner.

Ihn, Severin.

Er löste die Deckel des nächsten Buches. Für Wilers Rachegelüste war er ein Glücksgriff gewesen. Auch wenn der selbst es nicht mehr erlebt hatte.

Falls Wiler tatsächlich gestorben war!

Der Gedanke kam ihm fast beiläufig. Von Sterbehilfe hatte Treuhänder Gebhardt erzählt, von einem Krebsleiden. Den Eindruck hatte Wiler nie gemacht. Turnte ein siebzigjähriger Schwerkranker in den Bäumen herum? Beobachtete einer kurz vor seinem Selbstmord die Nachbarn beim Liebesspiel? Vielleicht hatte Wiler seinen Tod nur vorgetäuscht, um die Erbschaft zu ermöglichen. Um ihn nach Gspona zu bringen!

Er an Fortunats Stelle – er hätte die Tage der Wiedergutmachung miterleben wollen.

Wiedergutmachung. Ein sinnloses Wort. Nichts konnte wieder gut werden, keiner wusste das besser als Fortunat Wiler.

Gerechtigkeit wenigstens mochte er sich ersehnt haben.

Ob Wiler lebte oder nicht, war unwichtig, sein Plan hatte dank Severin funktioniert. Er hatte aus Lisbeths Bildern herausgelesen, was wirklich geschehen war. Er, mit seiner Geschichte, in dieser Lebensphase, in einem Moment der Verunsicherung. In Fortunats und Lisbeths Haus, mit so unscheinbaren Hilfsmitteln wie dem Kugelspiel, dem Schaukelstuhl und dem Wolf, der ihn stets wieder aufgerüttelt hatte, der nun neben ihm sass, die gelben Augen starr auf ihn gerichtet. An seiner Flanke sah Severin die Naht, die er beim Flicken der Schrotlöcher sorgfältig gestichelt hatte.

Er schreckte auf. Sein Herz schlug unregelmässig. Entsprangen die Träume seiner Erschöpfung oder dem Fieber? Benommen zog er sich am Stamm hoch. Seine Füsse waren bereits gefühllos. Es blieben nicht viele Einbände. Ein letztes Mal entfachte er das Feuer. Die Zeichnungen legte er vorsichtig in den Rucksack. Ohne seine Interpretationen waren sie wertlos. Was hatte Fortunat von ihm erwartet, jetzt, da er alles wusste? Rache? Gion war tot. Blieb nur Peider. Er konnte ihn doch nicht für die Verbrechen seines Vaters zur Rechenschaft ziehen! Seine Strafe waren die endlosen Stunden in der Wand gewesen. Die Angst, Lucrezia getötet zu haben! Die Angst, die ihn nicht losgelassen hatte, während er im Sturm durch vereiste Kamine klettern musste, weil der normale Weg von den Schneemassen verschüttet war. Die Angst, die nicht gewichen war, als er das halb zerstörte Haus entdeckt hatte. Den Widerschein des Feuers unten im Kantonnement. Dann die zweite Lawine – kampflos ergab er sich ihr, doch sie schleuderte ihn nur fort. Tötete ihn nicht, wie er es sich in seiner Verzweiflung erhofft hatte. Statt dessen erblickte er durch einen Spalt in der Bretterwand Lucrezia. Sie lebte! Und liebte.

Severin rechnete ihm hoch an, dass er nicht hereingestürmt war, wie er selbst es getan hätte. Peider war draussen geblieben, bis er nicht mehr konnte, kapitulierte, hineinkletterte, in der Hoffnung, sie würden nicht mehr …

Als der letzte Buchdeckel verbrannte, nahm die Idee Gestalt an.

Er würde die Geschichte weitererzählen! Nicht mehr und nicht weniger. Die Erinnerung an das, was in Gspona geschehen war, wachhalten. Er konnte seine Recherchen beispielsweise ins Internet stellen. So würde selbst Céciles Zwangsunterricht in moderner Kommunikationstechnologie einen späten Sinn erhalten.

Entschlossen stiess er sich vom Stamm ab. Ein Schwindelanfall warf ihn gegen die Seitenwand des Trichters und eine zweite Erkenntnis relativierte alle Zukunftspläne: Erst musste er überleben.

15.

Das Fieber

Der Schnee unter seinen Füssen schlug Wellen, der Boden wankte. Aus dem Weiss des Hügels löste sich ein Bällchen. Severin verfolgt seinen Flug und hört das Echo des Klockens auf der grünen Fläche. Sein Arm täuscht einen Schmetterschlag an. Noah weicht zurück. Er bremst den Schwung, weich tropft das Bällchen ab. Der Junge reagiert blitzschnell: Er wetzt an die Tischkante, seinen Arm mit dem übergrossen Schläger verzweifelt vorgestreckt. Das Bällchen landet genau auf der Netzkante. Severin sieht die selbstvergessene Konzentration im Kindergesicht, das Bangen und die Hoffnung in seinen Augen, weil die Kugel auf dem Netz schwebenbleibt. In Zeitlupentempo fällt sie herunter. Auf seiner Seite! Das Geräusch des Aufpralls hallt von der Schattwand wider. Noahs Konzentration löst sich in einem Schrei, seine Arme schnellen triumphierend in den Himmel. Lächelnd betrachtet er die Jubelposen, die Noah den Fussballern im Fernseher abgeschaut hat. Fortan kann er auf die absichtlichen Fehlschläge verzichten, sein Sohn schlägt ihn auch ohne Hilfe. Übermütig springt der Junge in seine ausgestreckten Arme. Severin lässt sich nach hinten fallen. Er landete im Schnee, rutschte den nächsten Hang hinunter. Nicht weil er bewusst Kraft sparte, er hatte keine mehr. Sein Körper setzte nur um, was ihm sein Wille vorgab, während die Fieberträume ihn durch Raum und Zeit katapultierten.

Sein Rutsch endete abrupt. Eine weite Fläche lag vor ihm, zu seiner Rechten deuteten die Konturen des Bachbettes einen Bogen an. Er starrte in die nebeltrübe Landschaft. War er schon mal hier gewesen? Unmöglich. Die Erinnerung brach seine Lethargie auf. Das war die Stelle, vor der ihn Peider gewarnt hatte! Hier musste er die Gspona verlassen, das Tal queren, die letzten, ansteigenden Kilometer nach Gspona-Wiler hochgehen! Der kürzeste Weg führte durch die unberührte Ebene. Wollte er Peider glauben, war es eine Todesfalle.

Der Wunsch liegenzubleiben war übermächtig. Severin kühlte sein Gesicht mit Schnee. Gewaltsam verdrängte er die Bilder seines ungeborenen Sohns, den er vielleicht nie sehen würde.

Was hätte sein Vater getan? Wie oft war Matthäus Somm in Situationen gewesen, in denen ihn nur die Willenskraft vom grossen Schlaf getrennt hatte? Auch diese Fragen versagte er sich. Es gab bessere Vorbilder als den Vater. Der war nicht zurückgekommen.

Damals.

Entschlossen öffnete er den Rucksack. Wie Peider es ihm gezeigt hatte, stellte er den elektrischen Zünder der Sprengladung auf dreissig Sekunden ein, dann schleuderte er die Stange in die Fläche hinaus. Im Fallen zog er den Rucksack schützend über den Kopf. Dem dumpfen Krachen folgte die Erschütterung, dem Widerhall Stille. Ein sanftes Grollen beendete sie. Es kam von oben. Er schaute hinauf. In der Schneedecke öffnete sich ein Riss. Der Hang kam in Bewegung, das Brett raste langsam auf ihn zu. Seine Füsse bewegten sich plötzlich wie auf einem Skateboard. Die Beine wurden ihm weggezogen. Er rutschte sitzend einige Meter mit. Blieb stecken. Verdutzt blickte er über die Schulter. Der hintere Teil des Brettes holte ihn ein, Schnee türmte sich auf, zur Brust, zum Hals, er schrie, gleichzeitig merkte er, wie alles zur Ruhe kam.

Als er sich freischaufelte, kam er sich etwas lächerlich vor. Ein kleiner Rutsch war es gewesen, nicht der Rede wert.

Nur … er schaute sich suchend um. Der Rucksack war weg. Die Zeichnungen! Hastig begann er zu graben, verbissen schaufelte er den schweren Nassschnee beiseite, unter ihm, neben ihm und weiter oben, wo er den Halt verloren hatte. So lange hatte er die Bilder behütet! Er grub sich durch den Kegel des Rutsches, hinab in die letzten Ausläufer. Er wollte bereits aufgeben, da entdeckte er ein Stück des braunen Tragriemens. Schnell grub er den Rucksack aus, zog die zusammengedrückten Zeichnungen heraus. Liebevoll glättete er sie auf seinen Beinen, bevor er sie wieder einpackte.

Erst jetzt begutachtete er das Resultat seiner Sprengung. Die Explosion hatte einen Krater in das Schneefeld gerissen. Schwarze Verästelungen liefen davon weg, sie verloren sich im schmutzigen Weiss. Wasser! Er musste sich einen anderen Weg suchen.

Die dunklen Umrisse am Ende der Kuppe deuteten ein Waldstück an. Er würde zurücksteigen, dem Hügelkamm folgen, bis zu den ersten Tannen, dort, wo dieses Tier …

Der Wolf!

Keine glühenden gelben Punkte diesmal, ein Wolf stand in voller Grösse an der Stelle, die er anvisiert hatte! Bewegungslos blickte er zu Severin herüber.

Blödsinn! Er bildete sich das Tier ein. Seit Lucrezia sie erzählt hatte, ging ihm die Sage von Merlin und Lena nicht mehr aus dem Kopf. Auch diesmal würde die Halluzination verschwinden, beruhigte er sich. Er hievte sich die ersten Meter hoch, den Blick auf das Tier geheftet. Rund siebzig Meter mochten sie trennen. Der Wolf beobachtete aufmerksam seine Bewegungen. Als wolle er feststellen, ob sein Opfer genügend geschwächt war!

Womit sollte er sich verteidigen?

In diesem Moment verschwand er zwischen den Bäumen.

Siehst du! Wölfe sind scheu. Wölfe greifen keine Menschen

an, redete Severin sich ein. Es gab gar keine Wölfe in dieser Gegend der Schweiz. Im Wallis vereinzelte! Wie jenen, den er ausgestopft hatte. Doch wenn sie dort über die Grenze kamen, weshalb nicht hier? Egal, er hatte keine Wahl! Schritt für Schritt näherte er sich dem Waldstück. Er wusste vieles über tote Tiere, über ihre Anatomie und die spezifischen Schwierigkeiten ihrer Präparation. Von lebenden wusste er nichts. Das war nicht nur bei Tieren so, ging ihm auf, während er den Waldrand entlangschlitterte, in steter Furcht vor dem grauen Schatten, der ihn jederzeit anspringen konnte. Auf das Leben war er nicht spezialisiert. Seine Berufswahl war nicht zufällig gewesen. Immer erst im nachhinein hatte er wahrgenommen, was ihm widerfahren war. Die Jahre waren vergangen, und er, gefangen in seinen Ritualen, hatte nur beobachtet, was an ihn heran und an ihm vorbeigetragen wurde. Einige Fundstücke hatte er herausgeangelt. Die Beziehung zu Cécile zum Beispiel. Nicht mal die hatte er gelebt. Eher ertragen. Nie ausgekostet, nur analysiert. Ein früh vergreister Theoretiker ohne Vergangenheit und deshalb ohne Zukunft. Welch niederschmetternde Bilanz! Er war dreiunddreissig. Das Alter, in dem Lisbeth Wiler und sein Vater gestorben waren. Sie waren Beispiele dafür, dass sich das Leben nicht in Jahren messen liess. Sie hatten in ihrer begrenzten Zeit Ziele erreicht, die er sich nicht mal vorgab. Seine Passion war das Leben nach dem Tod gewesen, das Leben vor dem Tod hatte er in Kauf genommen. Dabei konnte es so schnell vorbei sein. Aus den verschiedensten Gründen. Weil man Berge bestieg, weil man ein Haus erbte oder weil man liebte. Wie Lisbeth Wiler.

Frühmorgens war sie an der Station gewesen. Vor Fortunat. Der hatte kaum mehr Fieber und war wieder ganz täfel. Jetzt sass er vor der Schmiede, schaukelte in seinem neuen Stuhl die Nervosität weg. Auch sie brauchte einen Moment für sich. Andächtig betrachtete sie die dicken Seile. Wie eine

Girlande hingen sie von der Schattwand herab. Die aufgehende Sonne schpienzelte über die Gipfel. Das morgendliche Blau der Schattwandfelsen verwandelte sich in pures Gold. Glücklich war sie, einfach glücklich! Die Strahlen trockneten den Tau. Vertrieben den Gedanken an den nächtlichen Schatten am Wolfstritt und die Wehmut darüber, dass ihr Vater diesen Tag nicht erleben durfte. Er war trotzdem bei ihr, sie fühlte seinen Stolz, als stünde er neben ihr.

Oberhalb der Station ging sie durch die Matte. Genau unter den Seilen stellte sie ihren Klappstuhl auf. Sofort begann sie die Zeichnung. Wenn der Tuor das Band durchschneiden würde, wollte sie an Fortunats Seite sein. Sie skizzierte das Gebäude. Wie ein weit aufgerissenes Maul öffnete es sich zu ihr hin. Darin hing die Gondel. Ihre Gondel!

Bereits hörte Lisbeth die Musiker. Sie stimmten ihre Instrumente, die Töne hallten in der Wand. Fast schludrig warf sie die Häuser des Dorfes auf das Blatt. Heute waren die Schmiede und der Schrattenhof, die Kirche und der Hirschen nur Kulisse, heute ging es um die Seilbahn.

Der Traum von Fortunat wurde wahr! Versonnen blickte sie zum Wasserfall hinüber. Der Ort, wo alles begonnen hatte. Dort hatten sie sich erstmals nackt gesehen. Dort hatte er ihr erklärt, wo die Bergstation stehen würde. Sein Zeigefinger hatte ihren Blick hinunter auf den Wolfstritt geleitet. »Da wird ein Mast stehen!« hatte er gesagt. Sie hatte ihn sich vorgestellt, so wie er jetzt auf dem Vorsprung thronte: ein lustiges Stahlgebilde, senkrecht wuchs es aus dem Fels, mit einem schrägen Mittelstück über den Abgrund hinaus, gekrönt vom obersten Teil, der wieder gerade in den Himmel pfeilte, Wind und Wetter trotzend.

Die Dorfmusik ertönte. Diesmal galt es ernst! Mit einem zünftigen Marsch machte sie dem Festzug Beine. Aufgeregt zupfte Lisbeth die Bluse zurecht. Was für ein Tag! jubelte sie, die Wiese hinunterspringend. Alle Entbehrungen würde er wettmachen, den Ärger mit Capun, das Feuer, die Klauereien, die ganze riesige Arbeit. Und die bangen Stunden, in denen sich die Bänkler geziert hatten: So ein Kredit sei eine grosse Sache, man könne nicht einfach ... Jetzt zierten sie sich nicht mehr, die Herren, jetzt stolzierten sie mit Fortunat und dem Pfarrer und Tuor in der ersten Reihe das Strässchen hoch, noch vor Saverio und Alfio und all den andern, die soviel mehr getan hatten.

Sie erwartete sie neben der Eingangstür. Die Schere hatte sie auf eines ihrer bestickten Kissen gelegt. Tuors Augen leuchteten auf. Er sah das Band am Türrahmen. Kein Wunder, so oft hatte der nicht Gelegenheit, gross aufzutreten!

Seine Rede war dennoch kurz. Der hatte ein schlechtes Gewissen, weil er sie nicht unterstützt hatte! Hernach sprach der oberste Bänkler. Hanna gähnte hinter Dienis Rücken so frech, dass Lisbeth ihr Lachen verstecken musste. Endlich war die Reihe an Fortunat. Sie beobachtete ihn von der Seite, die Arme um die Zwillinge gelegt.

»Wir haben viel durchgemacht in den letzten Jahren, aber wir haben unseren Traum nie aufgegeben! Nicht als es brannte, nicht als uns die halben Baustellen weggestohlen wurden, nicht mal als unsere Arbeiter angegriffen wurden.« Fortunats Blick suchte in den hinteren Reihen nach Capun. »Allem zum Trotz: Die Bahn ist fertig. Ich bin überzeugt, bald wird jeder im Dorf stolz darauf sein. So stolz wie wir, die Erbauer, es heute sind. Ich will nicht viele Worte machen. Nur eines: Was passiert, wenn man zwischen zwei Ländern eine Mauer hochzieht, seht ihr in Deutschland. Wir haben keine Mauer, dafür eine Wand. Die wollen wir nicht einreissen, die ist viel zu schön und sowieso zu mächtig. Doch überwinden wollen wir sie! Wenn wir oben ankommen, sind wir mit zwei Schritten in einem anderen Land. Im Ausland, aber nicht in der Fremde, sondern bei unseren Freunden! Bei Dieni und Hanna – die werden übrigens bald das nächste Fest ausrichten. Und bei Alfio, Matteo, Saverio ...«

Lisbeth sah die Rührung in den Gesichtern der Arbeiter. Fortunat bedankte sich bei jedem einzelnen. Danach war die Reihe an ihr.

Sie konnte die Tränen nicht zurückhalten.

»Wie erwähnt, haben gewisse Vorkommnisse den Bau verzögert«, setzte Fortunat seine Rede nach einer Pause fort, den Arm um Lisbeth gelegt. »Der Winter steht vor der Tür. Solange es das Wetter erlaubt, wird die Seilbahn regelmässig fahren. Zur Beruhigung unserer Geldgeber: Wir haben Anfragen von Leuten, die ab der Wolfsscharte Skitouren machen wollen, deshalb planen wir einen reduzierten Winterbetrieb. Uns Gsponern rat ich: Geniessen wir die Bahn, solange wir sie für uns haben. Merken wir uns den heutigen Tag, den 22. November 1963, den Tag, an dem die Seilbahn ›Gspona-Schattwand‹ erstmals fuhr. Womöglich fragen euch dereinst eure Kinder und eure Enkel danach!«

Lisbeth klatschte lauter als alle anderen. Später tasteten ihre Finger nach Fortunats Hand. Die Zwillinge hingen an ihrem Rock. Der Pfarrer segnete die Station. Er schritt zur Gondel. Auch sie erhielt einige tüchtige Spritzer Weihwasser. Lisbeth winkte Alfio und Matteo zu, machte eine Kopfbewegung zur Gondel hin. Von den dunklen Anzügen der Bänkler verdeckt, schlichen sie sich hinein. Lisbeth lächelte zufrieden.

»Bitte sehr«, sagte Fortunat mit einer einladenden Handbewegung.

Sie nahm Alma bei der Hand, der kleine Fortunat hatte die Grossmutter zum vorderen Fenster der Gondel gezerrt. Dieni stand am Bedienungskasten bei der Tür, Hanna dicht neben ihm. Tuor führte die Bänkler in die Gondel, gleichzeitig kam von oben das Klingelsignal.

»Saverio ist bereit!« erklärte Fortunat Lisbeth aufgeregt.

Dieni schloss die Tür. Die Gondel wurde leicht angehoben, Lisbeth verlor einen Moment das Gleichgewicht, zur Freude von Alma liess sie sich ungeschickt gegen Fortunat fallen. Der machte das Spiel mit und stolperte auch.

»Verflucht!« Sein Misstritt hatte die Lederriemen der einen Fassdaube ausgerissen. Von Hand brachte er die Nägel nicht mehr ins Holz. Er suchte nach einem Steinbrocken. Ein Schwindelanfall erfasste ihn. Trotzdem sah er den Wolf, viel näher diesmal! Das Tier blieb stehen. »Ruhig, nur ruhig!« keuchte Severin. Die Selbstbeschwörung half wenig, der Wald drehte sich weiter, er fiel auf Knie und Ellbogen. Das wenige, das er im Magen hatte, kam hoch, er würgte, nur schaumiger Schleim brach aus ihm heraus. Seine Glieder schlotterten, als er sich hochstemmte.

Der Wolf hatte sich nicht vom Fleck gerührt.

»Komm! Komm her, Dreckvieh!«

Severin brüllte es verzweifelt heraus. Der Wolf zog sich zurück. Spielte sich das, was er sah, nur in seinem Kopf ab? »Was willst du hier, Merlin? Weshalb jetzt? Und damals, beim Unglück? Wo warst du da? Keiner hat Capun zurückgehalten. Keiner hat sie gerettet!« Er schleuderte die unbrauchbare Fassdaube in Richtung des Wolfes. Der Schwung riss ihn nach vorn in den Schnee. In Erwartung des Gegenangriffes vergrub er den Kopf in seinen Armen. Nichts geschah. Er schaute hoch. Der Wolf war weg.

Severin wusste, er würde nicht mehr weit kommen. Er taumelte dennoch vorwärts. Die zweite Fassdaube behielt er in der Hand. Er wollte sich wehren! Lieber erfrieren, als in Stücke gerissen werden. Seine Lunge rasselte bei jedem Atemzug. Ohne die Bretter unter den Füssen sank er knietief ein. Er stolperte, er fiel und noch im Fallen war er froh, dass wenigstens Noah Gummistiefel trug. Wer ein rechter Dammbauer sein will, muss mitten hinein ins Wasser! hat er ihm erklärt. Nun stapft der Kleine verwegen durchs Bachbett. Severin hat Angst, Noah gleite aus. Werde mitgezogen! Dabei ist das Wasser nur knöcheltief, der Bach hat kaum Gefälle, der Himmel ist tiefblau, keine einzige Gewitterwolke in Sicht, kein Erdrutsch möglich, der ihr Werk vernichten könnte, wie es ihm einst passiert war. Seine Furcht ist väterliche Unzurechnungsfähigkeit, nicht mehr. Zumal Lucrezia mit wachsamem Blick am Ufer sitzt. Das Bikini, sein Geschenk zum letzten Hochzeitstag, schillert in allen Farben, die Sommersonne modelliert ihren Körper in immer neuer Perfektion. Jetzt schreit sie. Noah hat sie mit Wasser bespritzt. Die Tropfen brechen das Sonnenlicht, ein Regenbogen spannt sich über Lucrezia. Spielerisch droht sie dem Kleinen mit dem Finger.

»Bring mir den Stein da, Noah! Den grossen!« ruft er ihm zu. Stolz beobachtet Severin, wie er ihn hochhebt, mit wackligen Schritten herbeiträgt. Severin zeigt ihm, wo er ihn einfügen muss. Darauf klauben sie Dreck und Kies vom Bachgrund. Die letzte Lücke im Damm füllt sich. »Fertig?« Noah schaut ihn fragend an. Er nickt. Ihre Hände treffen sich zum Abklatschen. Lucrezia kommt herüber und bewundert das kühne Bauwerk. Vorsichtig setzt sie sich in das gestaute Wasser, ein Frösteln unterdrückend. Severin lässt sich neben sie fallen, legt den Kopf an ihre Brust. Sie streicht ihm über die Haare. »Solltest einen Hut tragen«, sagt sie. »Dein Kopf glüht!« Gleichzeitig revanchiert sie sich bei Noah und spritzt ihn voll. Er quietscht vergnügt.

»Sie sind halt überschtellig«, entschuldigt Lisbeth den Lärm. Tuor neben ihr lacht nur. Sie blickt hinunter auf die Gsponer, die vor der Station warten, bis sie an der Reihe sind. Auf der Treppe hat sie Capun getroffen und spontan gefragt, ob er nicht mitfahren wolle, es sei ein Platz frei und sowieso höchste Zeit, den Streit zu begraben. Der Tuor fahre auch mit! Das Friedensangebot hat Capun nicht erwartet. Er ist bleich geworden unter seinem scheusslichen roten Balg. Richtig erschreckt hat sie ihn, den Lump! Er hat nichts sagen mögen und ist spurlos verschwunden.

Da! Severin atmet auf. Da steckt er! Kurz vor der Hauptstrasse holt er Noah ein. Er schimpft nicht, wie könnte er! Noah balanciert auf dem Wings-Board mit den extraweichen Rollen, als hätte er nie etwas anderes getan. Schon will er die nächste Strasse hinunter, weil es dort von selbst rollt. »Zeig ihm erst, wie man es macht!« ruft Lucrezia. Sie ist ihnen auf den Rollerblades gefolgt. Er stellt sich auf das Board. Elegant rollt er in die erste Kurve. Die zweite ist schwieriger, das Tempo steigt. Beim dritten Mal verlagert er das Gewicht zu weit nach innen. Er springt ab, wie er es Noah gezeigt hat, der Schwung reisst ihn zu Boden, sein Kopf kracht auf den Asphalt. Als er zu sich kommt, blickt er in das Gesicht seines Vaters. »Du schlägst mir nach!« sagt er. Seine Stimme tönt transparent. Sie befinden sich auf einem Felsplateau hoch über dem Tropenwald, die Baumwipfel verlieren sich zum Horizont hin im Dunst.

»War es das wert?« fragt er den Vater.

»Wenn du tust, was du liebst, stellst du dir diese Frage nie«, antwortet der. »Nur Zweifler zweifeln.«

»Und Träumer?«

»Wachen irgendwann auf.«

Er dreht sich auf den Rücken, die Bewegung löst heftige Stiche in seinem Hinterkopf aus. Benommen starrt er in den grauen Himmel. Dreht den Kopf zurück. Er ist alleine.

»Vater? Bist du hier? Ich wollte dir etwas sagen. Ich mach dir keinen Vorwurf! Jetzt nicht mehr!« Severins Stimme verhallt in der Leere. »Hörst du?!«

»Muss ich alles zweimal sagen? Das ist kein Klettergerüst!« Lisbeth zerrt den kleinen Fortunat in die Gondel zurück. Gefährlich weit ist er durch den Spalt des angestellten Fensters gekrochen. Einen Sack Flöhe hüten ist einfacher! Gebannt schaut Lisbeth, wie sie sich weiter vom Boden entfernen. Wenn sie beim Malen jeweils die Adler beobachtet, wünscht sie sich, einmal von da oben ein Bild malen zu können. Jetzt ist es möglich! Sie wird Fortunat um eine Extrafahrt bitten. Dann könnten sie in der Mitte anhalten, wo sie Gspona und ihr geliebtes Tal aus der Vogelschau zeichnen wird. So wie sie es sieht, wenn sie durch die Seitenfenster blickt! Die Dächer gleichen braunen Blätzchen, die man in der Mitte gefaltet hat. Die Gspona ist ein silbern glitzernder Schuhbändel, der Dorfplatz ein grauer Dessertteller.

Stunden haben sie früher gebraucht bis auf diese Höhe. Erst der bequeme Weg Richtung Wasserfall, danach schnaufend den steilen Saumpfad hoch, der ohne Ende neue Kehren erfindet. Sie freut sich auf die Reaktion der Gsponer. Sie werden bei ihrer Fahrt nachher das gleiche denken: Wie es gewesen ist, wieviel leichter es sein wird. Einige Scherze und schwupps ist die halbe Distanz zurückgelegt!

»Schaut, Kinder! Da unten, die Schmiede.«

»Wo ist unser Zimmer?« fragt Alma laut.

»Das zweite von rechts, im oberen Stock«, erklärt Lisbeth.

»Wo ist rechts?« fragt der kleine Fortunat.

»Hier dänk!« Alma streckt ihm ihre rechte Hand hin. Alle lachen.

»Passt auf, bald kreuzen wir die andere Kabine. Und nachher, beim Masten, wird es schaukeln!« sagt Fortunat. »Wie ein Schiff auf Wellen. Keine Angst, das muss so sein!«

Erwartungsvoll schauen die Zwillinge hinauf. Lisbeth legt liebevoll die Innenfläche der Hände an ihre glühenden Wangen. Fröhlich winken sie beim Kreuzen Saverio in der anderen Kabine zu. Lisbeth spürt ein unangenehmes Beben unter den Füssen. Sie greift nach Fortunats Arm. Dessen ungläubiger Blick sucht Dieni. Die Gondel steigt höher und sinkt nach dem Mast. Etwas knirscht laut. Die Kinder schreien vor Vergnügen, weil die Kabine wie versprochen pendelt. Lisbeth hingegen ahnt schon, was gleich geschehen wird. Sie sieht den nächtlichen Schatten am Wolfstritt vor sich. Capun, der unten bei der Station blass geworden war! Verzweifelt klammert sie die Kleinen an sich. Spürt ihre Wärme. Zum letzten Mal, sie weiss es jetzt. Fortunat macht einen Schritt hin zum Bedienungskasten, gleichzeitig sackt die Gondel ab. Etwas fängt sie nochmals auf. Die Pendelbewegung schleudert Lisbeth und die Kinder gegen das Fenster. Sie lässt sie nicht los. Noch einmal sieht sie Fortunats Gesicht. Seine Ohnmacht! Hilf, Gott, hilf! Sie betet, Schreie gellen. Die Gondel gibt endgültig nach, kracht gegen die Felswand über dem Wolfstritt, die Bewegung schleudert Fortunat von ihr weg. Lisbeth spürt keinen Schmerz. Der Aufprall zerschmettert ihren Körper.

Lisbeth Wiler-Comet stirbt. In derselben Sekunde ihre Kinder Fortunat und Alma. Ihre Mutter. Dieni Valcesca. Alfio, Matteo, Tuor ...

Fortunat lebt. Bewusstlos liegt er auf der Felsplatte des Wolfstrittes. Als er zu sich kommt, hört er als erstes Hannas Schmerzensschreie.

Er öffnete die Augen. Zwei glühendgelbe Kreise! Der Wolf stupste ihn an. Severin schloss die Lider. Seine Fieberträume wurden wirrer. Er spürte, wie der Wolf die Zähne in seinen Kragen schlug. So war das mit dem Sterben! wunderte er sich. Er fühlte keinen Schmerz, er spürte die Kälte nicht mehr. Statt dessen merkte er, wie ihn das Tier ein Stück fortschleifte. Wieder schlug er die Augen auf. Der Wolf sass neben ihm, beäugte ihn aufmerksam.

»Was willst du?«

Der Wolf verschwand aus seinem Blickfeld. Severin setzte sich auf. Das Tier wartete einige Meter von ihm entfernt.

Er hatte Lucrezia nicht erzählen können, wie es passiert

war, fiel ihm ein. Dass ihr Vater nicht leichtsinnig mit dem Leben gespielt hatte! Was immer ihr die Mutter erzählt hatte, in ihrem ungerechten Schmerz.

Lucrezia musste erfahren, was geschehen war.

Vielleicht war das der Moment für die Heldentat des Severin Somm, Sohn des Matthäus Somm! Er stemmte sich hoch. Der erwartete Schwindel blieb aus. Seine Beine waren gefühllos. Er konnte trotzdem gehen. Der Wolf liess ihn nie aufschliessen. Geduldig wartete er, bis Severin auf wenige Schritte herankam, dann legte er die nächsten zwanzig Meter vor. Severin blickte zurück. Sie gingen nicht mehr in dieselbe Richtung. Die neue Spur zweigte in einem rechten Winkel von der alten ab. Aber weshalb sollte er dem Tier nicht folgen? Was wusste er denn?

Bald hatten sie das Waldstück hinter sich gelassen. Der Wolf blieb sitzen. Severin holte ihn ein.

»Und jetzt, Merlin?«

Das Tier starrte unverwandt geradeaus. Severin tat es ihm nach und sah nichts. Der Wolf rannte davon. Kaum hatte ihn der Nebel verschluckt, heulte er. Die klagenden Laute fuhren Severin ins Mark. Zugleich kam Wind auf. Er zerriss das Grau vor ihm und Severin sah die Häuser von Gspona-Wiler. Der nächste Traum? Er schaute in den Schnee, dorthin, wo der Wolf eben gesessen hatte. Da waren keine Spuren! Hastig stapfte er einige Meter zurück. Nichts. So weit er sehen konnte – nur die eigenen Abdrücke.

Das Heulen des Wolfes verklang, das Schwindelgefühl kehrte zurück. Doch nun hatte Severin das Ziel in Sichtweite, nun würde er nicht mehr ohnmächtig, verdammt, Lucrezia brauchte Hilfe! Peider auch. Schluss mit dem Fieberfirlefanz! Dort waren Häuser. Menschen!

Er hetzte mit pfeifendem Atem los, stürzte, stand auf, fiel, quälte sich hoch, den Blick auf das erste Haus fixiert.

Eine Ewigkeit später polterte er gegen die Tür.

Ein alter Mann mit schlohweissen Haaren öffnete. »Bitte? Um Himmels willen, wie ... sind Sie nicht der mit dem Schaukelstuhl?«

Severin nahm ihn nur durch einen Schleier wahr. Die Augen erinnerten ihn für Sekundenbruchteile an jene von Fortunat Wiler.

»Die Tanne am Gsponafall. Capun und Lucrezia! Schickt Hilfe!« Severin hörte die eigenen Worte nicht mehr. Seine Beine knickten ein, er fiel in tröstliche Dunkelheit.

16.

Anmerkungen von Severin Somm

In der Nacht unter der Tanne hatte ich mir geschworen, dass ich die Geschichte von Lisbeth und Fortunat Wiler vor dem Vergessen bewahren würde. Nach meiner Genesung nahm ich Anlauf um Anlauf. Vergeblich. Wie auch? Ich war nicht in der Lage, einen Film zu drehen oder eine Internetgeschichte zu schreiben. Vielleicht weil mir alles zu nahe ist. Oder weil es mir schlicht am nötigen Talent fehlt. Auch musste ich das Schreiben neu lernen – aufgrund der Erfrierungen wurde mir ein Finger abgenommen.

Dennoch: Das vorliegende Buch löst nun mein Versprechen ein.

Nach meinen nächtelangen Schilderungen hat sich der Autor gegen ein Sachbuch und für die Romanform entschieden. Ich war überrascht, musste ihm nach reiflicher Überlegung jedoch recht geben. Meine einzige Auflage befolgte er strikt: Er erzählte die Geschichte chronologisch. Genauso, wie sie sich abgespielt hatte. Nur so ist verständlich, was geschehen ist. Dafür meinen herzlichen Dank.

So oft es mein Biologiestudium und das damit verbundene Projekt der Luchsansiedlung zulässt, besuche ich Peider und Lucrezia in Gspona. Beide haben das Manuskript gelesen, ihr Einverständnis zur Veröffentlichung gegeben. Das rechne ich insbesondere Peider hoch an. Seine Entscheidung beweist: Das jahrzehntelange Verdrängen der Wahrheit ist vorbei. Gspona hat wieder eine Zukunft. Peider und Lucrezia arbeiten mit aller Kraft daran. Ihre Erfolge sind erstaunlich. »Merlin«, ihr kleines Seminarhotel, floriert. Das Tal zieht zusehends mehr Wanderer und Strahler an. Fast so, wie es sich

Fortunat Wiler erträumt hatte! Kürzlich ist gar eine Familie mit kleinen Kindern nach Gspona gezogen. Ein Lehrerpaar, das die Gsponer Schule wiederbeleben möchte, sobald genug Kinder im Dorf leben.

Einer meiner Besuche in Gspona fiel mit der Eröffnung der Lisbeth-Wiler-Galerie (www.schriftsteller.net/galerie) zusammen. Die Idee dazu hatte Lucrezia. Peider baute den Ausstellungsraum auf das Fundament der alten Talstation! Von Lisbeths Zeichnungen und vom Schaukelstuhl habe ich mich schweren Herzens getrennt. Doch in der Galerie ist alles am richtigen Ort! Noah und ich machen uns in den wenigen gemeinsamen Ferienwochen ein Spiel daraus, jeweils eines der Bilder auszuwählen. Dann wandern wir an den Ort, wo es entstanden ist, und ich schildere ihm, was damals an dieser Stelle passiert ist, erzähle von Fortunat und Lisbeth Wiler und erkläre ihm, weshalb Bäume manchmal nicht in den Himmel wachsen.

Severin Somm, im März 2001, Gspona